U0500888

光尘
LUXOPUS

The
READING
LIST

阅读清单

［英］莎拉·尼莎·亚当斯　著　王喆　陈榆　译

北京联合出版公司
Beijing United Publishing Co.,Ltd.

深切怀念奶奶、爷爷、外婆、外公。

献给妈妈和爸爸，

超爱你们的。

目录

楔子

2017

　　门是新换的：会自动打开。真高级。艾丹上次来的时候还不是这样。他第一眼就看到了那稀稀疏疏的几排书——小时候，在小小的他看来，书架似乎永无尽头，上面有形状各异大小不同的书。即便是到了十几岁，过来打暑期工的时候，他依然会把这里当成避风港。虽然从没和朋友们提起过，但他就是喜欢被成堆的参考书淹没的感觉。或许他只保留了记忆中美好的部分，臆想出了一片神乎其神的书之仙境。但现在，22岁的他已不再是孩子了。他再次来到这里，想把自己藏起来——避开外面的世界，避开朋友和家人。

　　图书管理员在他进门时抬起头，对他微笑。艾丹收到了无声的问候。在他的印象里，这个地方从未如此安静。当然了，这是个图书馆……所以向来很安静，但也有嘈杂声——混杂着人们四处走动的脚步声、孩子和妈妈的低语声，以及翻书页、挪椅子、扭身子、咳嗽或抽鼻子的声音。而今天，图书馆里几乎没有一点儿杂声。有人在手机上敲短信。图书管理员有节奏地敲击着笨重的老旧键盘。此外再无其他声响。不久前，他在社区公告栏上看到了关于拯救布伦特[1]图书馆的海报：特易购超市、健身房，甚至地铁站附近都贴上了，和蛋糕打折、图书馆编织俱乐部、静坐、请愿的广告一样。但他从未想过，哈罗路图书馆竟然会需要拯救。在他心中，这个图书馆人气非常高，但现在，他站在这里，心情愈发沉重……下一个要失去的可能就是哈罗路图书馆了。

他逛到陈列小说的书架前，悬疑小说区，手指抚过一本本书脊，停在阿缇卡·拉可的《暗流》上。好几年前，他读过这本书。可能还不止一遍。他怀着想逃离的心翻动书页，回忆扑面而来……阿缇卡·拉可所在的休斯敦，活力十足、生机勃勃，同时藏着黑暗，充满矛盾与背离。眼下，他需要那种熟悉感，他需要回到那个遍布惊恐、扭曲、波折的世界，但在那个世界里，他知道一切将以怎样的方式收场。

他需要知道某事该如何收场。

小时候曾蜷卧过的那张桌子不在了，这里的布置已经彻底变了样。没有什么会为了取悦他而固定不变，这里没有，他的生活中也没有。又是一个让人讨厌的夏天。故事中的话语逐渐将他淹没，他的手指循着一行行文字，试图找回那种将躯壳留在原地，并通过阅读让思绪四处漫游的感觉。他能感受到心魂被故事所摄，继而出窍。他的思绪、担忧，那个声音，逐渐成了他脑后的嗡嗡声，最终成了一片白噪声。

1　英国伦敦西北部的自治市，包含了后文中的温布利。

小时候，妈妈莱拉会带他和妹妹阿莱莎一起到这里来；阿莱莎一向更爱玩，她会不安分地到处乱踢，妈妈只能带她到外面去。艾丹独处的时间从来不会超过几分钟，但就是那几分钟，就能让他平静下来，集中精神，平缓呼吸，逃离……那就是他最需要的东西。

一声巨响，提醒他旁边有人来了。他用余光扫了一眼，仍然专注于眼前的书本，他现在可不愿被其他人破了法。他瞥见了一大摞书，堆得很高。简直像个路障。

传来了椅子摩擦地板的声音，接着是从包里扯出纸片的声音，皱巴巴的收据、借书卡、背面朝上的填字游戏纸，在旁边的桌上垒成了起伏的白色纸堆。

他尽力放轻呼吸，而他的邻座开始以极微小的声音喃喃自语。他辨不出对方到底是在唱歌、哼曲子，还是在胡言乱语。他发现最上面的小纸片上放着支钢笔，随后又响起了圆珠笔有节奏的刮擦声。

艾丹一直盯着书页，扫阅书上的文字，细细琢磨，试图唤起他上次这样阅读这些文字时的感觉。

有那么几分钟，艾丹任由自己的心思在书内、书外来回跳跃，从图书馆里飘到马路上，一直飘荡到温布利。他想知道他妈妈现在怎么样了。阿莱莎有没有发现他不见了？他又把思绪拉回到这个房间，回到图书馆，回到坐在他旁边的人身上。那人正匆匆地写着什么，好像出了什么人命关天的大事。

然后，那人突然站了起来，叠起来的小纸片就堆在桌面上。艾丹用余光看着他动作缓慢地把几张纸片排成一排，又用手指一张张地点过去……数着一、二、三、四、五、六、七、八……然后把所有纸片都塞进了放在最上面的那本书中——他终于看到了，是《杀死一只知更鸟》。

那人的手在书的封面上停留了一会儿。艾丹发觉自己已经有一会儿没翻页了。他想知道对方有没有发现他在偷瞄。他也想知道自己为什么要偷瞄。片刻之后，那人裹着黑色厚毛衣的手臂伸向前方，把书往自己面前拢了拢。伴随着一声轻叹，那堆书从他的视线边缘划过。他听见那人正拖着步子往前台走，鞋子踩在图书馆的劣质地毯上，发出了"哗啦、哗啦"的声响。他让自己的思绪回到故事里。

他终于从椅子上站起来时，暮光已透过窗户洒了进来，图书馆又恢复成了他记忆中的模样：真是如梦似幻。虽然他一向不信这些，但这简直就是个奇迹。夕阳在脏兮兮的图书馆里投下长长的影子，把一切都罩上了一层温暖的琥珀色——看起来像是用黄金雕刻而成。他提起椅子，把它推进桌子下面，尽量不发出一点儿声响——尽管这里已经几乎没人会被他打扰到了。

他随即发现，隔壁桌面上孤零零地放着一张折起来的纸片——是张填字游戏纸。

环顾四周，没有人在看他。他伸出手，把纸片拉到面前，然后一层一层地展开。他轻轻地摆弄着这张仅比卷烟纸厚一点儿的纸片。可别把它弄破了。他想到那个人，那个不知姓名的邻座，快速地写写画画、专心致志的样子。

他展开了最后一角，谜底骤然揭开。

优美的字体游龙走凤，他心驰神往的同时，胸中升腾起丝丝暖意。

你可能用得上：

《杀死一只知更鸟》

《蝴蝶梦》

《追风筝的人》

《少年派的奇幻漂流》

《傲慢与偏见》

《小妇人》

《宠儿》

《如意郎君》

　　《杀死一只知更鸟》——刚才那一大堆书中的第一本。他顺着清单往下看，没看出个所以然来——只是纸片上匆匆地写下的文字罢了。但在那一瞬间，他想带走这张书单，想把它塞进口袋。他掐掉了这个念头。这张叠得整整齐齐的小纸片，只不过是一个陌生人的阅读清单。要这东西干什么？

　　于是，他把纸片放回桌子上，合起自己的书，在心里向阿缇卡·拉可说了声"谢谢"，然后把它放回悬疑小说的书架上，供其他人阅读。他径直走出图书馆，门在他身后自动合上。他再次转身，还能看到被留在桌上的那张纸。图书馆的阴影在他身后逼近，那些读过和没读过的书将他与那张清单隔开。他离图书馆越远，越觉得平和与寂静正慢慢地从自己身边溜走。他朝着声色犬马的城市走去，那个他称为家的地方。

寒冰期

第一章
穆克什
2019

嘟。"嗨，老爸，我是罗希尼。抱歉，抱歉又给你打电话了，但你知道我给你打电话，你既不接，也不回，我有多担心吗？我们周五来看你，我和普丽娅，如果要我带点什么东西来，吃的或喝的之类的，就告诉我。你饮食肯定不均衡，老爸——光吃绿豆可不行。别忘了，今天收垃圾，只收黑桶[1]里的，知道吧。下周收绿桶[2]里的。如果你自己弄不了，就打电话给住在87号的帕拉姆，好吧？我知道你的背一直不太好。"

---

1 黑桶：指不可回收垃圾的垃圾桶。
2 绿桶：指厨余垃圾桶。

嘟。"爸爸，我是迪帕利。罗希尼让我给你打个电话，因为她一直没等到你回消息。她让我提醒你今天收垃圾，要记得喔，好吗？可别像上次那样，一大清早穿个睡袍就追到外面去！晚点给我回个电话行吗？我现在去上班了，可以吗？再见。双胞胎也跟你说拜拜哦！再见，外公。"

嘟。"嗨，老爸，我是弗里蒂。身体还好吧？就想看看你怎么样。需要什么就跟我说。我保证随叫随到，你有空的时候跟我说一声就行。这几个星期我都挺忙，但还是可以做点事的，对吧？"

就这样，穆克什的一天开始了，今天是星期三，几乎一如往常：早上八点，罗希尼、迪帕利、弗里蒂三个女儿会在上班之前发三封如出一辙的语音邮件过来——穆克什这时候通常还没醒。

他会另选一天依次给女儿们打电话，就算他没法处理垃圾，也会跟她们说自己完全能搞定。他压根儿不知道住在 87 号的帕拉姆是谁，就算他知道——他也想让她们多放个心眼。但今天，他可没那时间。

今天是购物日。奈纳总是在周三去买东西。现在要是不按照之前的习惯来，想必也不太合适。还是先做要紧的事，他检查了一下冰箱和碗橱，里面的东西都按照奈纳喜欢的方式摆放着，不过他并不喜欢这样。正如他所料：他需要去买些秋葵和绿豆。不管罗希尼怎么说，他就是爱吃绿豆。除了奈纳临终那几个月，他以前都很少做饭，但他记得几道食谱。够用了。反正都这把年纪了，"营养均衡"还管什么用？

他走出屋子，"砰"的一声关上身后的门，仲夏的热浪扑面而来。衣服又穿多了。对于热浪，他都习惯了。寺庙里的一些"老人"嘲笑他——他们觉得太凉的时候，穆克什却热得不行。他担心腋下长汗斑，但他们经常说："穆克什老哥，为什么要担心这样的事情呢？我们现在老了，都不会在意这些了。"

但穆克什并不甘愿变老，而且如果不再担心汗斑，或是在公共场合打嗝什么的，他可能也不会再去关心其他比这更重要的事情了。

他把扁帽戴正。不管什么天气他都戴着这顶帽子，不想让太阳直射他的眼睛。这顶帽子跟了他五十年了，被磨得越来越薄、越来越破。但他还是很喜欢。五十年，比他婚姻持续的时间还要长，虽然不想太过悲观，但要是哪天帽子丢了，他肯定会觉得，自己的心又缺了一块。

从家里到公路的这段小坡一次比一次难走，他的呼吸也变得越来越短促。或许这五分钟的路程，某天他得叫个车才行。他总算走到了坡顶，左转，深吸了一口气，靠着路桩缓了缓，把印着寺庙标志的帆布包往肩膀上提了提，然后继续往伊灵路上那家常去的杂货店走去。

周三的伊灵路比平时安静，所以奈纳将周三定为她的购物日。她总说，这样能大大地降低碰到熟人的概率，不然的话，原本只需花费十来分钟的采购活动，就很可能变成长达一小时的闲聊。

商店里进出的顾客寥寥无几，漂亮的人体模特站在橱窗里，展示珠宝和亮眼的衣服。但能吸引大多数人频繁光顾的还得数水果摊和蔬菜摊，温布利中央的清真寺附近也有许多人闲逛。邻居纳西姆和他的女儿努尔正坐在墙头上，一起吃着放在两人中间的那袋木薯片，穆克什向他们挥了挥手。奈纳去世后，他们每次交流都不过短短几分钟，但只要看到纳西姆和努尔，他的心情就会明朗起来。

穆克什终于来到了他最喜欢的店里，凉棚下的荫凉处摆满了各种新鲜芳香的蔬菜，店里挤满了买菜的人、婴儿车和孩子们。穆克什有点乱了阵脚。尼基尔站在门口，好像一直在等穆克什一样。

"嘿，穆克什！"尼基尔三十岁，是穆克什在寺庙里认识的朋友的儿子。所以，他应该叫他"穆克什叔叔"以示尊敬，但穆克什也就由着他了，之前一直都是这么叫的。他并不想当这个年轻人的叔叔，因为这个孩子还很青涩，到挺着穆克什那样的啤酒肚还早着呢。在过去的十年里，穆克什为了减肚子一直都在锻炼，只吃米饭、绿豆和豆糊，所以身材维持得很稳定。他很享受跟尼基尔论平辈交情的感觉，也不想被当成是步履蹒跚的老叔叔。

"你好啊，尼基尔。"穆克什答道，"我要绿豆，多拿点儿——再来些秋葵吧。"

"你今天要做什么菜呀，穆克什？"

"你知道我要做什么菜的。"

"问着玩嘛。你知道绿豆和黄秋葵根本煮不到一块儿去的吧？换换花样吧。哪怕一次也行，穆克什。"尼基尔戏谑地转了转眼珠，露齿一笑。

"小伙子，你得叫我叔叔！我要告诉你妈妈，你有多不懂礼貌。"穆克什暗自发笑。不管他怎么努力，都没法和奈纳一样得到人们的敬重。自从他俩结婚成家以来，都是她负责出门交际。每周六，她都会去寺庙灵修，领唱拜赞歌，年轻人和同龄人都对她十分敬重。

穆克什看着尼基尔在人群中来回穿梭。最后，他递给穆克什一个蓝袋子，里面装满了绿色蔬菜。不只有很多秋葵和绿豆，还赠送了很多其他的菜。"多样食材"这个店名可不是随便起的。

他小声道了谢，挤出购物人群，回到街上。路上的汽车"嘀嘀叭叭"，车窗大敞，各种音乐声从里面倾泻而出。

他走到上坡路的顶端，借着向下的斜坡加快了步伐。他打开家门，蹒跚地走进厨房，打开袋子（今天的意外收获：菠菜、香菜，另外还有一两个面包卷，做道蘸酱面包简直完美，但是穆克什根本不知道怎么做）。最后，他坐到了电视机前。

往常周三的时候，打开购物袋后，他就会跷着腿坐在椅子上，喝一杯热腾腾的、甜度恰到好处的印度奶茶（奈纳之前会煮，现在用的是速泡茶包），然后一屁股坐在电视机前，开始看 Zee TV 或是新闻节目，刻意忽略身旁的那把空椅子，奈纳的椅子——用电视中的欢笑、严肃的对谈，以及世界重大新闻充填自己的耳朵，转移注意力。两年了，每天回到家中，迎接他的都是一片死寂。

奈纳去世后的几个月里，穆克什一直无法在自己的床上入睡，因为独自一人躺在床上时，就好像睡在别人家里一样。

"爸爸，慢慢来。"最开始的时候，罗希尼这么对他说。弗里蒂则是在客厅给他铺了一张床。

"他不能一直睡在那里，背会疼得受不了的。"迪帕利给他掖好被子后，悄声地对姐妹们说。这种角色上的奇怪反转，让他陷入了深深的羞愧之中。人生的另一半已经一去不返，如何还能把自己修补成完好的模样？

"他会走出来的。只是现在很悲伤。我自己根本没法走进那间卧室，但是我们需要把妈妈的东西清理掉。她放得太乱了！"罗希尼低声回答。

穆克什躺在客厅的沙发上，闭上双眼，希望能屏蔽掉她们的声音。轻柔而舒心的笑声。他是父亲，应该照顾好女儿们。但他做不到。没有奈纳，他根本不知道该怎么做。

一年过去，穆克什·帕特尔已然进入了"寒冰期"，哀伤弥漫的孤寂时光，所有人都选择了朝前看，只有他还留在原地。最后，罗希尼、迪帕利和弗里蒂坚持要把奈纳的房间清理干净。"爸爸，我们不能再让你这样耗下去了。你该开始新的生活了。"

于是，她们开始将母亲生活中的零零碎碎，那些乱中有序、充满生活气息的一切重新整理。迪帕利对灰尘过敏，就负责为大家准备午餐。那一天，他的房子里又恢复了生机——但究其原因，却并不合理。他站在自己和奈纳的卧室门口，看着弗里蒂和罗希尼在里面收拾，听着迪帕利在厨房里搅面糊。她们并不知道他就在那里。在他自己的家里，他沉默不语，似有似无，简直像个幽灵。

罗希尼一边在房间里来回穿梭，把梳子归回衣柜顶上的一个鞋盒里，把披肩叠好，收进带轮子的大行李箱里，又把成堆的手镯全部打包整理好，一边大声地指挥着弗里蒂挪走床底下的那些盒子。

穆克什眼看着她们从床底下拖出了一个又一个盒子。弗里蒂俯身跪在地上，脸颊紧贴着地毯，伸出手左右摸索。

突然，响起了叮叮当当的碰撞声。

"啊，天哪！你干了什么？"罗希尼低下头，埋怨地盯着她的妹妹。弗里蒂拉出了个盒子，里面是个装着半罐不成对耳环的酸奶罐。接着又拽出了个其乐鞋盒，里面都是照片。这几个姑娘还小的时候，单用这些照片就能逗她们好几个小时。她们就坐在奈纳或穆克什的膝盖上，指着照片里两人穿着的佩斯利花纹衣服和花哨的喇叭裤问东问西。穆克什一直觉得，那样的打扮特别时髦。女儿们则总会嘲笑他。

然后，她拖出了几个空的特百惠盒子。最后是孤零零的一本从图书馆借来的书，上面已经布满了灰尘。

弗里蒂放慢了收拾的速度，把书捧在手里，罗希尼跪到了妹妹身旁。

"爸爸。"她们大声叫道，还没发现他就站在几英尺开外。迪帕利随后也快步地走进了房间。

"这里有本妈妈的书——好吧……是图书馆的书。"罗希尼说，"我以为我已经都还回去了，竟然漏了这本。"她拿着书朝他走来，他也往前迎了几步，心里并不太相信：这本脏兮兮、黏糊糊的书，是真实存在的吗？他先前看到她留下的其他遗物时，心里几乎没泛起一点儿波澜。但现在，看着这本书，灰尘沾在塑料封皮上，星星点点地连成了一片，他突然觉得，奈纳好像就在这房间里。在这房间里，和他的三个女儿，还有这本奈纳心爱的书一起，片刻之间，仅此片刻，孤独感似乎减轻了许多。

从前，奈纳的床头柜上总放着一大堆从图书馆借来的书。那些书陪着她度过了人生中的最后一年。她会反复地阅读其中的几本。那都是她的"最爱"。穆克什很后悔，自己当时怎么不问问她，那些书里都写了什么，她为什么爱那些书，为什么要一遍又一遍地去读。要是自己陪她一起看就好了。

现在，从图书馆里借来的书只剩下了这一本——《时间旅行者的妻子》。

当天晚上，奈纳留在房间里的杂物已被收拾得一干二净。穆克什翻开了那本书，觉得自己就像是个冒失的闯入者。这不是他的书，不是选给他看的书，或许奈纳也根本不想让他看这本书。他强打起精神读了一页，还是不行。他理解不了书中的文字。他试着把那些黑色的字母和泛黄的书页当成是奈纳写给他的信。但他无法接收到任何信息。

第二天晚上，他再次进行了尝试。他把奈纳的阅读灯打开，又把书翻到第一页。他不停地往后翻，尽量把动作放轻，尽量不在这本书上留下任何可见的痕迹。在他眼里，这本书就是奈纳，只是奈纳。他如法医般搜寻着线索——书页上的痕迹，哪怕是一滴茶渍、一颗眼泪、一根睫毛，任何东西都好。他告诉自己，总有一天要把书还给图书馆——奈纳会希望他这样做。但他还不能就此罢休。还不行。这是他把奈纳找回来的最后机会。

他一页一页、一章一章地翻看。他遇到了亨利，一个能够穿越时间的角色。凭借着这一天赋，他可以遇见过去或未来的自己，而且更重要的是，他也因此遇见了克莱尔——他穿越时空，遇见了还是个小女孩的她，并在多年间一次又一次地回到过去。她是他一生的挚爱。而克莱尔别无选择，只能爱他，因为她的生命中，从来都只有他一个。

在他眼中，这两个角色逐渐化成了爱情本身，而非亨利和克莱尔这两个人。那是种宿命般的，无法躲避的爱情。他和奈纳的爱情正是如此。在故事的结尾，亨利穿越到了未来，却得知自己命不久矣。他告诉克莱尔，他知道自己何时将死去，他们何时将永远地分离。

当他旁观着克莱尔和亨利的悲剧时，身旁的电话响了起来。是迪帕利。他泪流不止，根本说不出话。

"我知道她快死了，孩子。"他总算缓过来了些，"和这本书里，克莱尔知道亨利快死了一样。他们最后能一起度过的日子几乎屈指可数。我也经历过那样的时刻。但我做得够好吗？我让她开心地过完最后几个月了吗？"

"爸爸，你在说什么？"

"你妈妈的书——《时间旅行者的妻子》。"

"那书怎么了，爸爸？"她的声音很温柔，他能听出她内心的怜悯。

"亨利和克莱尔……你知道吗……他们从非常年轻的时候开始就彼此相爱，就像我和你妈妈一样。他们知道他什么时候会死。他们尽自己最大的努力来好好地生活，把每分每秒都过到极致。我不知道我是不是也做到了。"

"爸爸，妈妈爱你，她也知道你爱她。这就够了。振作起来。很晚了，爸爸，去睡觉吧，好吗？不要再担心了。你给了她美好的生活，她也给了你美好的生活。"

奈纳已经不在了。但通过这本书，仿佛窥见了她的灵魂深处，窥见了他们的爱情，窥见了他们共同的生活。记忆闪回到他们刚结婚的时候，俩人对彼此都还很陌生。虽然已经结了婚，但对彼此都没什么深入的了解。奈纳包揽了全部家务——她会做饭，打扫卫生，开怀大笑，独自啜泣，缝缝补补。结束一整天的忙碌之后，她就会开始阅读。她会窝在床上，仿佛白天的疲惫都已一扫而空，就这样开始阅读。从一起生活的头几个星期开始，他就知道自己爱她，而且会永远爱她。

我会永远在你身边的，穆克什。他捧起书，耳边响起了她的声音。他听到了这句话。是她的声音。这篇故事真的把她带回了他身边——哪怕只有短暂的瞬间。

穆克什伸手去拿遥控器，试图把自己拉回日常的轨道，就在这时，他的手碰到了一本书。《时间旅行者的妻子》就在客厅的桌子上凝视着他。"该去图书馆了，别再找借口。"那本书低声地对他说道。虽然很不可思议，但那很像是奈纳的声音。是时候该把这本书还回去，开始新的生活了。就现在，是时候了。

他做了几次深呼吸，伸了伸腿，站起身来，把书塞进帆布包里，确认自己把公交卡装进了口袋，然后径直出了屋子，走上斜坡。他走到红绿灯处，穿到马路对面，前往最近的那个公交站台。他一边等车，一边吃力地看着公交时刻表。

旁边站着位年轻女子，挽着凌乱的发髻，双手拿着只超大的手机。

"打扰一下，请问图书馆在哪里？我应该乘哪路公交车？"

女子叹了一口气，开始用手指敲击手机屏幕。看来是她觉得烦了，他得另想办法。他眯起了眼睛，但还是看不明白。不知道要在这里等多久才行。

"你得从这里坐92路。"女子突然开口，把穆克什吓了一跳，"市民中心有图书馆。"

"啊，那里不行！肯定还有别的图书馆吧？市民中心人挤人，我实在受不了。你能再看看吗？"

女子一脸愠色，大声地嚼着口香糖。她看着手机。"我不知道。这附近的图书馆都关了，不是吗，你是想去图书馆吧？"她吸了一大口气。又过了一会儿，她又开口道，"行吧，有一个，哈罗路图书馆。在那边，还是那路车。但你得去马路对面乘车。"

"谢谢你啊，谢谢你。我真的太开心了。"他冲着她笑了笑；虽然不情不愿，但她也回了个笑脸。他走下路缘，激动得忘记了自己腿脚有多不灵便——膝盖处传来了一阵刺痛。女子一把抓住了他，力道柔和，但抓得很牢。"别着急，先左右看看有没有车再走。"她向右看了看，又朝左看了看，然后又看了下右边，确认路况安全之后，才用手肘轻轻地推了推他。

到达马路对面之后，他转过身，把手举得高高的，向她挥手。但女子等的公交车已经到了，他已被抛到了九霄云外。

92路公交车停在了他面前，他用尽全力蹭上公交，用交通卡碰了下读卡器。"不好意思，"他问司机，"请问我要去哈罗路图书馆，应该在哪一站下车啊？"他一板一眼地说着，好像那是个非去不可的名胜古迹似的。公交车司机望着他，表情有些茫然。

"伊灵路站。"他最终还是出声了。

"谢谢你，朋友，谢谢。今天对我来说是个重要的日子。"

第二章
阿莱莎

"阿莱莎，"萨摩斯·弗拉斯克·德夫用手敲了敲桌子，"我现在下班。稍微打起点精神来。我知道这里不是 Tiger Tiger 夜店，也不是你们这些孩子平时喜欢的地方，但来这里的人还是希望能被服务好的。"

阿莱莎趴在桌子上，摆着一张"天生臭脸"，她哥哥很爱这么形容她。她抬头看了眼萨摩斯·弗拉斯克·德夫，甚至懒得坐直身子。萨摩斯是她的经理。一个长得很高、干干瘦瘦、总爱穿针织背心的印度男人。他挺烦人的，但也能让她萌生出些许被人关照的感觉。在这间图书馆里，就是他说了算。图书管理员们跟在他后面端茶倒水，试图取悦他，就算他只是坐在角落里，喝着膳魔师保温杯里的东西，也总有人围着他转（她总怀疑他的保温杯里装的是酒，因为员工休息室里就有一台时髦的——呃，反正挺不错的——咖啡机，为什么他还要自己带咖啡来喝呢）。但只要出了图书馆的门，她觉得他的气势就要减掉一半。因为在外面的世界，尤其是在温布利，人们可不太喜欢常年拿着保温杯，穿着针织背心，还喜欢指使人干这干那的男人。她觉得，要是他在街上走得太慢，可能会有人冲着他大吼，或是从他身旁挤过，把他的"咖啡"弄洒。

"别担心，老板，今天肯定没人来。"

他抬了抬眉毛，却也没法否认。几个大声吵闹的孩子和他们视若无睹的父母已经在这里待了一阵子。他们手上都拿着书，还信誓旦旦地说，下次一定会把逾期罚款付清。这笔罚款（分别是20便士[1]和67便士）他们已经拖欠了三个月，而且可能会一直这样拖下去。阿莱莎不以为意——她并不想管这事。这不是她梦寐以求的工作（会有人心心念念地要做这份工作吗）——她只在这里干一个夏天。她五月才刚考完试，所以讲真的，这是她人生中最漫长的一个夏天。

"现在还有人会去图书馆？"听说她找了这份工作的时候，她的同学这样问道。寂静如死水。无聊得要命。她也试过去牛津街[2]的快时尚应聘——成了的话就能享受员工折扣，还能离开温布利生活一段时间。但她最终还是来了这里。"这儿是个安静的地方，"面试结束后，萨摩斯对她说，"我们觉得非常骄傲。最近很多图书

---

1 英国货币单位，1英镑等值于100便士。
2 牛津街：英国首要购物街，伦敦西区购物中心。

馆都关门大吉了，相信你也有所耳闻，所以我们正竭尽所能地去向当权者强调，这处空间对我们社区的重要性。"他张开双臂，沉浸在图书馆无趣的寂静之中，"很多人都是为了享受这份怡人的安宁才常来这里，你知道吗？你哥哥以前也很喜欢这个特别的地方，对吧？你哥哥现在怎么样？"

阿莱莎点了点头，又耸了耸肩作为回应。她的哥哥艾丹在她这个年纪的时候，也在这里工作过。"我总会被这些人迷住。"当她说自己确定要来这里工作时，艾丹对她说，"就看着他们坐在那里，安安静静的，要么在读书，要么在做其他的事，而且他们并不知道有人在看自己……该怎么说呢，没人会在图书馆里掩饰自己。"

阿莱莎不理解他的这种痴迷。艾丹一直都是个书呆子。他很好学，而且单纯是为了学习而学习；她就不一样，她学习只是为了考个好成绩，绝对不会像他那样，拿着本书蜷在那里，看到停不下来。

小的时候，妈妈偶尔会带他们到这里来，但阿莱莎受不了这种安静的氛围。她会又踢又叫，想去外面的公园里奔跑玩闹。年纪稍长后，阿莱莎自己就再也没有去过图书馆，不过艾丹倒是会在放学后去，有些时候是去写作业，大多数时候都只是开心地看书。

所以，一听到阿莱莎说，快时尚没有录用她，艾丹就建议她去那个又小又安静，充斥着一股霉味的哈罗路图书馆工作。所以，从某种程度上来说，她是因为艾丹才选择了这份工作。她有那么点儿希望，这能让他以自己为傲。

"我也要走了，阿莱莎，你一个人在这里能行吗？"露西是图书馆招的两名志愿者之一，她从书架中间匆匆地走了出来。萨摩斯说，他们雇不起更多的员工——也没能力同时把两个图书馆运营好。市民中心的那间图书馆已经超级豪华，所以他们要做的就是努力削减成本，但同时也要尽可能地提供"最好的服务"。露西已经在温布利住了好几年，自从资金筹措完毕、准备开业以来，哈罗路图书馆就一直是她的理想工作地。她喜欢畅谈过去的美好时光，每逢假日，孩子们都会蜂拥而来。"阿莱莎，你是知道的，以前这个图书馆总是座无虚席，充满了活力。我就喜欢每周来上几次，这里能勾起我和小家伙们的回忆。他们之前都会来这里看书。"露西喜欢追忆往昔。这个故事她至少已经和阿莱莎讲过十五遍了，而且她每次都说，"如果我以前说过这事，就别让我再说下去了。"

"近来这里安静多了，孩子们应该都在家玩 Xbox 之类的吧！"露西接着说道，"不过，我家的小孩都会把拿到的书一页一页地认真读完。"

露西的一个孩子后来开了自己的连锁发廊，当地就有两三家，生意做得风生水起；另一个孩子完成了会计师培训，在城里的一家律师事务所里工作。这两个孩子让露西无比自豪，而且她总是把功劳归在"这间图书馆"头上。

"今天挺平静的，是吧？"露西看着他俩，披上夏天穿的轻便外套，慢悠悠地朝着大门口走去，"特别适合看看书放松一下。"她冲他们眨了眨眼睛，"下周见！"

确实很平静。露西和艾丹都说对了。但是，平静就代表着无趣，今天的时间着实难熬。

"也许吧。"萨摩斯走到门口，转身对阿莱莎说，"你检查检查那堆还回来的书吧？要是里面夹了纸片垃圾什么的，你得把它们全部拣出来。有些常来的读者"——什么？总共不就五个人，阿莱莎心想——"抱怨说，书里经常夹着些乱七八糟的小东西。抽屉里还有乳胶手套。我知道一般都是凯尔乐意承担这项工作，但如果你今天能把这事儿干完，那就是帮了他大忙了。"

老好人凯尔当然喜欢这些又累又烦的工作。她想过要不要直接忽略掉他的吩咐……但环顾四周，整间图书馆里鸦雀无声。有个男人在角落里看书，一位妈妈和她刚学会走路的孩子在儿童读物区。他们都有自己的事儿做。没人需要她的服务。她的手机放在桌面上：没有新消息传来。挂在门上的老式时钟刚走到一点三十分。距离下班还有好几个小时。一旦无事可做，时间就好像被按下了暂停键。所以，她拉开办公桌的抽屉，戴上了紧绷在皮肤上的乳胶手套，开始干活。

十分钟后，她已经把书里夹带的东西整理成了两堆。一堆扔掉：几张火车票、旧收据和一张已经撕坏的 2017 年斯顿姆兹演唱会门票。一堆留下：孤零零的一张炸鸡店积点卡——再盖一个章就积满了。可怜的凯尔错过了这个宝贝，肯定会很伤心。

就在她即将翻开一本脏兮兮的《战争与和平》时，透过眼角余光，她发现图书馆的玻璃门外有一位老人，正试着把门推开，眼见那扇门纹丝不动，就挥起了双臂。

活见鬼，她心想，你面前不就是按钮吗？她刚才还以为，今天接下来的时间里不会再有人烦她了呢。她翻了个白眼，等老人自己发现开门的按钮。运气好的话，他可能会失去耐心，转身去做别的事情。

但她错了。老人坚定地想要进来，却始终找不到方法。他站在门前，一只手搭在后背上，一只手举在那儿，脖子也伸得老长，仔细地观察着门上的每一寸地方，想弄明白该怎么开门。他从左看到右，脑袋也随着转来转去。

还是不行。

她又等了一会儿，但当他的手开始伸向门顶时，她妥协了。如果这家伙想从上面的窗户爬进来，却不小心摔倒了或是出现了其他什么问题，萨摩斯肯定会因为她的失职而对她大吼大叫的。

她扯下耳机，走到门口，按下了开门的按钮。大门缓缓地朝两边敞开。"啊哈！"门外那人喜出望外地喊道。

"我只是按了按钮。门外其实也有。"

"噢，谢谢您，小姐。"他点了点头。

阿莱莎慢悠悠地走回桌边，再次戴上耳机，然后就准备再戴上乳胶手套。

但她一抬头，发现那位老人还站在原地。在她转身离开的时候，玻璃门已经自动关上了，他却没有进来。她翻了个白眼，决定这次不再帮他。

"小姐，可以帮个忙吗！"他一只手敲着门，另一只手着急地摸索着，寻找那个先前没找到的按钮。她现在就拿这么点儿工资，可不想管这么多。

他又是摸索，又是敲门，三十秒后，有位妈妈决定带她的小孩回家，出门的时候顺便就让老人进来了。这次他没有错失良机，立马进门，径直朝阿莱莎的办公桌走来。她紧盯着废纸堆，假装全神贯注的样子，希望他知道自己现在很忙，别来打扰。

耳机里的音乐声从未间断，但她还是能听到对方在不停地念叨："打扰一下，小姐。"然后就开始敲她的桌子。眼看他要把手伸向服务铃，她才抬起头与他对视。

"我能帮您什么忙吗，先生？"她露出甜美的笑容，用那种标准的图书管理员式的优雅而不失礼貌的语气问道。

"我想还……"沉默片刻后，他的脸色变得苍白，"不，抱歉，我其实想……"他使劲地摇了摇头，"我想找些书。"她注意到他紧紧地抓着身侧的小帆布包，好像死死地攥住自己的命一样。

"那您就来对地方了。"她揶揄道。

"不，小姐，我需要你的帮助。请你务必帮帮我。"

她叹了一口气："您需要什么帮助？"

"我……"他的声音颤抖着，几乎低不可闻。他的双颊微微泛着红晕，耳朵也变得通红，"我不确定要找……什么……书，能给我推荐一些故事书吗？"

"您可以用自助服务机找书。"她指向电脑桌。

他看了看电脑，又低头看着自己的手。"我不会用。"他说。

"您要找什么样的书？"她叹了一口气，转向屏幕，快速瞥了一眼前男友拉胡尔发布的新照片，然后把 Instagram 的窗口最小化，打开了本应出现在界面上的数据库。

"我不知道，这也要请你帮忙找找。"

她拼命地压制着不耐烦的情绪。

"如果您都不知道自己要找什么书的话，我恐怕就帮不了您了。我这儿只有个搜索引擎。"

"可是，你难道不了解这里的书吗？图书管理员应该知道人们想读的是什么书呀。我大致知道自己想找什么类型的书。我想找些好看的书，或者甚至可以和我外孙女一起读的书……比如说，名著类？小说吧。我刚读完《时间旅行者的妻子》。"他的手迅速地放回到包上，紧紧地攥着，"对，我真的很喜欢那本书。它对我帮助很大，真的。"

"从没听说过。真的抱歉，我比较喜欢看非小说类的书，比如教科书，或是其他能教我实用技能的书。我不看小说。"

老人震惊不已，嘴巴张得老大："你应该了解小说。这是你的工作。你能给我指个方向吗？就大致指个方向。"

"不能，我想您也许可以用谷歌之类的找找看。"

"我——"

她从椅子上站起来，太阳穴传来了一阵剧痛。她回想起昨晚——妈妈把自己关在房间里，哥哥在外面过道里踱来踱去，仔细地听着房间里的动静，时刻关注着妈妈的状况。他的脸上写满了忧虑。阿莱莎觉得眼睛既酸涩又疲倦，脑袋也变得沉重。"拜托了，先生，"她咬紧牙关说，"如果您想找书读，可以随意去书架上翻翻。小说区在那边。"她朝大致的方向挥了挥胳膊。

说完这句，她就坐了下来，看着那个人缓慢却坚定地走向那边的书架。他眉头紧锁，回头瞄了她几眼。她坚持盯着屏幕，决心不去理会他。某种像是负罪感的东西从她的喉咙里往外涌，她不禁咳嗽了起来。自己这是怎么了？她抓起耳机，把它们紧紧地塞进了耳朵里。

她戴上了一只乳胶手套，把它往胳膊的方向提，感觉到自己的汗毛在被拉扯。在她就快把几分钟前发生的事抛诸脑后时，又来了一个跟她搭话的人。是图书馆的五位常客之一：那个爱看悬疑小说的家伙。他几乎一直待在悬疑小说区，坐在桌子边，眺望外边的公园。那个区域有些许遮挡，和图书馆的其他区域分隔开来，就静静地藏在那里。有几次，等图书馆闭馆之后，阿莱莎就喜欢独自坐在那里，往外面看。就是一两分钟的事。权当是回家之前的片刻休憩，好让自己重新振作起来。

"什么？"她怒气冲冲地回道。她知道自己表现得很粗鲁，但她已经没有精力去在乎这些了。

"啊，抱歉。"他咕哝着说。他的头发很长——在她看来，对于一个成年男人来说，这也太长了——遮住了他的大半张脸。他喜欢穿亮色系的 T 恤，但总要再套上一件厚厚的黑色帽衫。在这令人汗流浃背的夏天，只要看着他，她就打不起精神来。"我只是想还这本书。"他拿着一本《杀死一只知更鸟》。

她戴着乳胶手套，指了指那堆还回来的书："放在那儿就行了，我待会儿去处理。"

他点了点头。"这不是我平时爱看的悬疑小说，但写得真好。我已经读了好几遍了——我一直在回味这本书……它能让我放空自己——好吧，其实所有的故事都有这种作用，你知道吧？这个地方对我来说也是这样。"

她皱起了眉——如果悬疑小说是他的避风港，那么他究竟在逃避什么呢？她点了点头以示回应。

这位悬疑小说爱好者仿佛领悟到了什么，尴尬而羞涩地说道："这本书……呃……我想推荐它。"他扬起眉毛，几乎下意识地朝书架边的老人点了点头。阿莱莎又皱起了眉。犯罪惊悚小说爱好者再次朝着老人的方向晃了晃手里的书，"这是部经典之作……每个人都应该读一读。"他磕磕绊绊地说完，小心翼翼地把书放在其他被还回来的书旁边——好像这是份珍贵的礼物似的——然后慢慢地转身离开。

他是不是有毛病啊？是想勾搭她吗？

等他走远后，阿莱莎拿起那本《杀死一只知更鸟》，扫描录入还书系统，然后拿起来晃了晃，看看有没有不应该夹在里面的废纸需要清理。这时，一张纸掉了出来，她还以为是他的电话号码或者Instagram账号之类。但摊开一看，竟然是张购物清单。她叹了一口气，想把他叫回来，责备他平白地增加了自己的工作量。不过，阿莱莎仔细看了看——上面的字迹很好看，每一笔都恰到好处。那个悬疑小说爱好者应该写不出这样的字。她又仔细看了一遍：是一张书单。

一张阅读清单。

上面龙飞凤舞地写着八个书名。第一本是《杀死一只知更鸟》，也就是她手上正拿着的这本。

你可能用得上：

《杀死一只知更鸟》

《蝴蝶梦》

《追风筝的人》

《少年派的奇幻漂流》

《傲慢与偏见》

《小妇人》

《宠儿》

《如意郎君》

　　她原本准备把它丢进那堆要扔掉的废纸里。但正当她要把这堆东西全都倒进垃圾桶的时候，一股无形的力量阻止了她。她摘下一只手套，小心地拂过"杀死一只知更鸟"这几个字，然后把这张纸片连同炸鸡店的积点卡一起，塞到了手机壳后面。

　　她把这本书拿起来，端详着封面，感受着书页的重量。

　　随后，她站起身，向老人走去。她的心怦怦直跳，"每个人都应该读一读"在她的脑海里不断地回响。这本书，代表着她的善意。

第三章

穆克什

穆克什迈着沉重的步伐走向书架时，能感觉到女孩正直勾勾地盯着他的后脑勺看。他不知道该从何开始"寻找一本小说"——在他眼中，书架上的各种颜色已经糊成了一团。他抚过书脊，感受着不同的质地——大多都闪闪发亮、柔软丝滑。他想起了奈纳那些整整齐齐地堆在家里的纱丽。书脊上印着的文字向他袭来，又嘲笑着从他身边逃离。好像它们也知道他不属于这里一样。那女孩还在看他吗？他在书架之间徘徊，试图躲避她的视线。

他听见有人在窃窃私语。他不知道声音是从哪里传来的，但就是觉得他们在小声地议论自己。他脸颊发烫，迫切地想躲起来。他飞快地从书架上抽了一本书，都没顾得上看一下是什么书。

《司机专用公路驾驶守则与理论测试》。好吧，这本肯定不是他要找的书。它甚至都不是一本小说。可能要再过六年，等他外孙女普丽娅准备驾驶理论考试的时候才派得上用场。他不愿就此认输，决心无论怎样，装都要装出一副不需要图书管理员指导的样子。他坐到一张桌子旁开始读："引言：每个人都该读一读公路驾驶守则。"

"啊，奈纳，"他大声地说，"我究竟在这里干什么？"

角落里的某人生气地朝他嘘了一声，他惊慌失措地抬起了头。他要在这里挨多久，才不会让人觉察出，自己犯了一个愚蠢的错误？很显然，他最近根本不可能去参加驾驶考试！竟然会慌张成这样，别人会怎么看他？他浏览完整个目录页，又看了点引言。虽然这些内容与他的日常生活完全无关，倒还挺有趣。他早就放弃学车了。他的女儿们都知道。

他坐在那里，因为帆布包里那本《时间旅行者的妻子》而有些坐立不安。他没有及时把书还回去。他知道，要是现在去还书，肯定会因为拖了太久而惹上很多麻烦。也许他应该借由阅读逃离这一切，让自己的内心从这场糟糕、别扭又尴尬的图书馆之行中抽离……

身后传来的脚步声打破了寂静。他来不及拿出《时间旅行者的妻子》，只好继续埋头读起了《司机专用公路驾驶守则与理论测试》。"嗒嗒嗒"——他扭头朝背后看，尽量避免引起其他人的注意。发现是那个女孩时，他惊诧地瞪大了眼睛。她手里捧着本书——可能是为了嘲笑他。她的指甲又长又尖，敲打在封皮上，发出了"嗒嗒嗒"的声音。

"先生？"这一回，她的语气非常友善，但他已然警惕了起来。他猛地转回头，继续看着手里的书。他想安安静静地阅读这本有意思的书。

"先生？"她又喊了一声，"您刚才就是想找这种书吗？"她指着那本《司机专用公路驾驶守则与理论测试》问道，"要是您跟我说清楚些，我可以帮您找的。"

"不要叫我'先生'，我不是你的'先生'！"穆克什又羞又怒地站了起来。

话音刚落，他抄起《司机专用公路驾驶守则与理论测试》，以最快的速度冲向门口，按下自动开门的按钮（这哪能算自动），冲出了图书馆。他高昂着头，无视探测器发出的警报声，完全没有发现，自己算是偷走了手里的这本书。

到家了。穆克什打开门，进入空荡荡的屋子。他现在冷静多了，但眼眶里仍有泪水在打转，耳朵也羞得发烫。不知怎的，在门边脱下鞋子后，他先是粗暴地把帆布包甩到了客厅的椅子上，然后才去确认座机的留言。罗希尼又留了一条。她最后叮嘱说："老爸，听到留言记得给我回个电话。我们要先定好，周五回家要做什么菜。我明天就得去采购。希望你有好好吃饭哦。"

他一屁股坐在沙发上，罗希尼的留言只会让他心跳加速。上周时，普丽娅恳求他找点东西给她看。她把自己的书落在了家里，也没什么东西能让她打发时间。他提议看《蓝色星球》。她朝他哼了一声。

"要是外婆还在就好了！她有那么多书。"

普丽娅和奈纳总是扎在书堆里。她俩在楼下的卧室里用床单和靠垫搭建了一座城堡，可以坐在一起看书。他听着她们对书中角色的讨论，好像那些人都真实存在一样。在他看来，虽然确实很有趣，但那都只存在于想象中。他看纪录片的时候也同样兴致勃勃。看纪录片不仅能学到知识，而且还不伤眼睛。他真希望普丽娅能和他一样爱大卫·爱登堡。

"我有一本书。"穆克什对外孙女说道。他急匆匆地冲上楼，跑进储藏室。书架上现在只有那本布满灰尘，包着塑料封皮的《时间旅行者的妻子》。

他把书拿下楼，伸手递给普丽娅，只见对方一脸不开心。

"给你，普丽娅。就连我也读过这本书，这是个非常美好的故事。"

"外公，这本书是大人看的！"穆克什看得出，她的脸颊因沮丧而红彤彤的，"要是外婆还在就好了。她懂。外公，你不懂书。"她的下唇开始颤抖。最后，她抽泣着说，"你根本就不在乎！"普丽娅一巴掌把书从他手里拍飞，一反常态地发起了脾气。

他的心都碎了，像是胸口被人捶了一拳。穆克什怔在原地，恨不能灵魂出窍。他渴望能再次听到奈纳的声音，体验她坐在自己身边的那种感觉。

不。他无法忍受这样的事情再次发生。他觉得十分羞愧，觉得自己一无是处……奈纳也会对他很失望吧。"我能做些什么？"他对着寂静的房子喊道。

现在还没到该放弃的时候，穆克什。

穆克什停下了乱转的念头，这是他的幻觉，是失望的心理在作怪。可是，奈纳之前好像确实说过这样的话。

每个人都有需要帮助的时候，穆克什。她的声音又一次回响在耳边，他觉得自己脖颈后面的汗毛都竖起来了。她说得对，她一向都说得对。

一想到普丽娅坐在扶手椅上，或是拿着一本书蜷在她外婆床边的样子，他的心就坠入了谷底——普丽娅和他隔得好远，他们之间相隔了好几英里，隔着好几个世界。

"她喜欢来我这里吗？"穆克什大声地问道。

他等待着，希望奈纳能够再次回到他身边，告诉他一切都会好起来——但周围只有一片死寂。

他一屁股坐在电视前面，开始播放《蓝色星球》。通常情况下，大卫·爱登堡的声音、海洋的深蓝、生物发出的有趣声响，都能帮他敛神、放松。但今天，他根本无法把注意力集中到大卫·爱登堡身上。他慢慢地走向帆布包，把《时间旅行者的妻子》拿出来，紧紧地抱在胸前。他摇摇晃晃地走进卧室，扑倒在床上。他摊开这本小说，将意识转回克莱尔和亨利的世界；他们提前获知了亨利会死的消息——这既是祝福，也是诅咒。对于任何人来说，这都是一项最严厉的警告。明知还能彼此相伴的日子已屈指可数，也只能等待最后那一天的到来。

但根据穆克什自己的经验，他知道，不管那警告有多决绝，都不会是一种慰藉，只会带来恐惧，并在欢喜与悲伤之中缓缓地降临。就像是一颗嘀嗒作响的定时炸弹。他记得，在奈纳做完最后一次扫描后，医生找他和奈纳谈话。

"帕特尔夫人，我很抱歉。"医生的语气很是坚定，穆克什却从中听出了一丝颤抖。他的眼镜利落地架在鼻梁上。如果穆克什和奈纳有儿子的话，应该就会是这副模样。不知为何，这种熟悉感又平添了几分心痛。他们一直希望家里能出个医生。在这种时候，能以专业的立场对他们说："别担心，爸爸，医生经常会搞错。"

但奈纳和穆克什都知道，医生并没有弄错。

罗希尼来医院接他们回去，一路讲了许多新闻里的趣事儿来逗他们开心，试图缓解车内的悲伤气氛，而穆克什和奈纳只是静静地坐着。这是属于他们的时刻——就如同亨利穿越到未来，亲眼看着自己死去时一样——在那一天到来之前，不知道他们还有多少时间能一起度过。

之后几周，奈纳在他身边熟睡的每个漆黑深夜里，穆克什的脑海中都回荡着那句："帕特尔夫人，我很抱歉。"

"奈纳。"他在她的耳边低语，"我怎么才能和你交换？我怎么才能告诉神，我愿意代替你离开？"穆克什知道将要发生什么。就是亨利和克莱尔那样。他只是不愿意承认。

"穆克什，"一天早上，奈纳对他说，"我们应该谈谈以后的安排……"她的声音轻柔而平静。他却因此心痛。亨利从未让克莱尔深陷于他即将逝去的事实中而无法自拔，不是吗？穆克什陷入了混乱，他对书中故事的记忆已经与他自己的生活交织在了一起。亨利就是奈纳，穆克什就是克莱尔。是那个被抛下的人。

"奈纳，"他微笑着说，"这些你都不用操心，我们只要享受这美好的一天就行了。"不管外面是风雨交加，还是艳阳高照，他都这么说。

"我们得谈谈几个女儿的事，看她们需要些什么。普丽娅、贾亚和贾耶什也是。我有一些东西要留给他们。等他们长大些再给他们。我先给你看看。"

穆克什就只是摇头，抿着茶。"没事的，奈纳。你要好好歇歇，所有这些事情都可以改天再做。我们看点什么吧，看部电影，好电影。"他一股脑儿地说出了这些话，试图冲走奈纳这些太过现实的念头。

"穆克什。"奈纳厉声说道。每次她开口想和他说这些事，他都会把话题岔开。"既然神给了我们时间，我们就应该好好地利用。"

尽管如此，她从未和他谈过，等她去世之后，穆克什应该以什么样的心情面对，应该为自己做些什么，才能让一切保持原样。这才是他一直想要知道的事。

现在她走了，留下他孤身一人，茫然无措地生活在这间了无生气、杂物被女儿们收拾起来的房子里。奈纳的痕迹无处不在，她的情感依附在那些纱丽上，她的物件装点着屋内的每一个角落——每张椅子上都盖着她的布料和毛衣，墙角堆着书，床杆上挂着珠宝首饰。

他把书放下，跳下床，打开奈纳的衣柜，抽出了许多纱丽。他也没有想到，自己的动作会如此粗暴。他告诉自己，这是在找书，要找些东西出来给普丽娅读。但事实上，他只是希望再次体验奈纳还在身边的那种感觉。一件又一件的纱丽散落在地上，他能闻到奈纳的香水味，很温暖，夹杂着些霉味。他仿佛被裹进了一朵云里。

在那一瞬间，她又回到了这间房里。哪里都是她。

他毫无缘由地沉沦了——罗希尼若是在场，肯定会用力地把他摇醒，说："老爸，生活还得继续。妈妈也会希望你好好过下去的。"

他躺回床上，盯着天花板，立马就对自己的决定萌生了悔意。他还能重新振作起来吗？他注视着天花板上的裂缝，看着它们在眼前慢慢地放大，蜘蛛网逐渐覆盖了房间的每一个角落，窗玻璃投下的阴影变成了粗大的墨黑色线条。他等待着，等待着墨汁滴落到他身上，把他完全淹没。他想起了亨利，想起了克莱尔，想起了那时候，妻子还躺在他身边。而如今，只剩下了这个悲痛欲绝的男人在日思夜想。

阅读清单的漂流之旅：克里斯
2017

　　他硬撑着下了床，脑袋睡得发蒙。但也算是有进步：这是他几周来第一次在正午前睡醒。身旁空荡荡的——梅拉妮躺过的那一边——他恨不得立即被地面或床垫吞噬掉，让他再也感受不到痛苦。地板上堆着的悬疑小说似乎正盯着他看，嘲笑着他。书上已经积了薄薄的一层灰。

　　平时，他只要看看书，就能从消沉的情绪中走出来。但在分手后第一次打开一本小说时，看到里面那位聪明、高挑、优雅、美丽的侦探，他满脑子想的都是梅拉妮。她也是那么聪明、高挑、优雅、美丽。他沮丧地合上书，书页"砰"地合了起来。他茫然地盯着天花板，就这样过了一整晚，脑海中不断地浮现的都是她的身影。梅拉妮……开心的样子。梅拉妮……伤心的样子。梅拉妮、梅拉妮、梅拉妮。

但今天，他决心要把梅拉妮从他的脑海中抹去，连同他的尴尬，他的软弱，他无法与人建立"情感联系"的缺陷一起。他要把这一切统统地塞进一个小盒子里，再盖上个小木盖。他盼望着、祈祷着能有什么东西让那个盒子一直紧闭。他只需要用几个小时忘掉那些，成为一个全新的自己。

于是，他穿上了今天刚洗好的裤子和一件刚从衣柜里拿出来的新 T 恤，朝哈罗路走去。他目前的阅读效率很低，但依然会每天坚持去图书馆：在这座寂寞的城市中，那就是一处小小的避风港。分手之后，他的手机就振动个不停，都是朋友们发来的信息："嘿，你和梅拉妮今晚要不要来和我们一起吃个晚饭？""嗨，克里斯，我们去散散步吧。乔安娜想梅拉妮了，也想你了！""最近好吗？梅拉妮的新工作怎么样了？希望你们俩都好好的。想你们了。么么哒。"梅拉妮、梅拉妮、梅拉妮。每个人都爱梅拉妮，他也爱梅拉妮。还好，他至少可以在图书馆里喘口气，躲避信息的狂轰滥炸，哪怕只是一小会儿。

今天，在老位置前准备坐下的时候，他看到那里放了本书。有些人就是那么马虎，拿一堆书供自己"研读"，看过之后却从来不把书放回原处，只等着图书馆里的工作人员来收拾。他就做回好事，把书放回书架上吧。

他拿起书，发现桌子上还贴了张便利贴。他小心翼翼地把它揭下来，凑近了看上面写了些什么。因为总是在昏暗的公寓里看书，一看就是好几个小时，所以他的视力早已大不如前了。便利贴上是手写的字，笔迹飘逸俊秀。

> 我知道这不符合你平时的喜好，但我在 21 岁的时候
> 读了《杀死一只知更鸟》，挨过了一段艰难的时光——它
> 教会了我很多，让我再次以一个孩子的视角重新看这个世
> 界，看那些好的或是坏的。它让我得以逃脱，躲进书中的
> 世界，亲历种种不公，体验不同的角色，提供了我迫切
> 需要的片刻歇息——我也因此获得了对别人感同身受的能
> 力。我希望这本书也能让你从现实中抽离，获得片刻歇息。
> 有些时候，我们只是借书躲避一小会儿，之后就会带着全
> 新的视角回到原处。

他撩开挡住眼睛的头发。便利贴上没有留名。没说写给谁，也
没说是谁写的——可能是任何人。可是，他为什么会有这种突然被
人看穿的感觉？仿佛有人读懂了他的心思？他又看了看这本书，紧
盯着书名：杀死一只知更鸟。不管是谁写了这张小小的便利贴——
那人是否知道他坐在这里，日复一日地虚度着光阴？

他把书紧紧地抓在手里，想象着它会突然有了生命，开口向他
解释一切。但什么都没发生。没有人从书架后面跳出来，说这是场
喜剧节目，我们在录制《克里斯，这是你的狗屁人生》中的一集。
而是有个不知姓名、身份的人对他说，理解他所经历的一切。

他心想，要不再等等，等下雨的时候再看这本书好了……但他
先前下过决心，要从今天开始转换心情。

手里的《杀死一只知更鸟》似乎在发烫：读我、读我、读我。没有别的解释了——这本书，就是个信号。他翻到第一页，自动过滤掉了图书馆里的窃窃私语，并且惊讶地发现，书中的文字没有到处乱跳、从他身边跑开，而是稳稳地待在原地，并很快就变成了画面。当叙述者斯各特·芬奇向克里斯介绍她童年的居所，介绍亚拉巴马州梅康镇时，他不由自主地笑了起来——小镇居民的怪异行为，斯各特的哥哥杰姆孩童般的坚韧，还有他们的朋友迪尔……那完全是另一个世界，而他乐在其中。连他自己都没想到，他很快就读到了第二十七页。他又发现了一张纸片。是一份完整的阅读清单，《杀死一只知更鸟》就列在首位。这本书让他暂时忘记了梅拉妮——她还待在那个小盒子里，上面的小木盖纹丝未动——他也暂时摆脱了痛苦和疑虑在全身血脉中涌动的折磨。这二十七页文字给他带来了分手后就从未感受到的东西：希望。

　　这份清单是给他的——他知道。

　　他想起了纸片上的第一句话：**你可能用得上**。这就是他现在最需要的东西。

无处可逃的青春

第四章
阿莱莎

阿莱莎从图书馆走回家，路边公园里的喧闹声一直在她耳边环绕——孩子们在嬉戏玩闹，跟她年纪差不多的人抽着烟，放声大笑。也不知道那之中有没有她认识的人。她特别想去公园散散心，抽根烟，但她之前答应了今晚要早点回家陪妈妈、做晚饭。她知道妈妈想吃吐司配意面圈——她的最爱。但最近，她天天都要吃这个，阿莱莎已经快吃吐了。虽然现在正值盛夏，酷暑难耐，但她就想吃杰里米舅舅的拿手菜：炖羊肉配饺子。

她给表姐蕾切尔发了条短信要食谱（杰里米舅舅的手机完全就是个摆设），立即就收到了回复——她拍了张照片，是杰里米舅舅潦草地写在迪莉娅·史密斯烹饪书上的食谱。蕾切尔说，爸爸肯定比迪莉娅更内行。阿莱莎的妈妈很爱她的弟弟杰里米，也很喜欢他做的菜，所以阿莱莎迫切地希望能靠这道菜打破意面圈连吃一周的僵局。最好和最坏的结果同时在她脑海闪过，阿莱莎胸口一紧。菜炖煳了——触发了火警警报——莱拉因此而愤怒、失望、焦虑。就算能和杰里米舅舅一样做出完美的炖菜，也存在一定的风险。要是莱拉不接受别人做她弟弟的拿手菜怎么办？要是她因此而自闭更久怎么办？阿莱莎深吸了一口气，满腔都是夏季炎热的空气，然后把注意力转回食谱上——还是一步步来吧。

阿莱莎把杰里米舅舅潦草的字迹放大，找到材料表，然后走进了食材店。她在店里转来转去，挑选需要的蔬菜，对照着清单，一遍、两遍、三遍地反复核对，努力地辨认杰里米舅舅的字。

她把钱递给收银台后的男子，走出店外，给蕾切尔发了一条信息："太谢谢啦，妈妈肯定会喜欢这道菜的——肯定比意面圈好吃。"

对面显示正在输入，停了一会儿，又显示正在输入，但阿莱莎并没有收到新消息。她盯着屏幕，等待着。阿莱莎又打了一行字："最近怎么样？"停顿了一会儿，她还是一个个地删光了这几个字。表姐可能在忙。她也没时间闲聊。阿莱莎把手机塞回了口袋里。

在冰岛超市买好肉后，她沿着那条熙熙攘攘的公路多走了五分钟。一方面，是因为她讨厌走那条近道，路两边巨大的商业用垃圾箱中总是堆满了垃圾，在这么热的天气里放了一天，可能正散发着令人作呕的甜腻恶臭；但另一方面，最主要的原因还是想拖延回家的时间。家。不知道对其他人来说，这个词意味着什么？

她转过街角，不出所料，家里的每扇窗户都紧闭着。而同一条街道上，别人家的窗户都敞开着，传出电视机的声音、孩子们玩

Xbox 的声音，还有吵架的声音。她妈妈莱拉在家肯定热坏了，但她无法忍受室内外空气流通的感觉。

阿莱莎小心翼翼地打开门，好像只要动作稍有不对，就会引发一场大爆炸似的。艾丹已经走了，他一到六点就准时出门——轮班结束，该她接手照顾妈妈了。有些时候，就算他在家，也会坐在停到街边的敞篷车里消磨时间，用车载喇叭大声地放音乐。这辆敞篷车还是几年前，他跟妈妈借钱买的。妈妈也从不介意。她基本不会放在心上。艾丹可是她的宝贝儿子。街上的人也会冲着他家的窗户吼叫，让他把该死的喇叭关掉，他就会回怼说："这是个自由的国家！"不过，通常只有他朋友在场，等着看他反应的时候他才会这么横。其他时候，他就会主动把音量调到合适的大小，然后继续消磨时间。

阿莱莎把购物袋放到厨房的操作台上，然后上楼看妈妈。她知道妈妈肯定还和自己早晨离开时一样，待在那个房间里，保持着那样的姿势。她打起精神，扭动了门把手。

莱拉蜷缩在床上，裹着一床厚厚的冬季羽绒被。看到她这样子，阿莱莎就开始冒汗了。莱拉双眼紧闭，呼吸深沉，但她并没有睡着。对莱拉来说，今天依然是糟糕的一天。不过，他们之前还有过更糟糕的日子。

"妈妈，晚餐我来做炖羊肉，好吗？用杰里米舅舅的配方做。"

"好啊，宝。"莱拉还是闭着眼。

"想开个窗吗？"

莱拉蜷缩成了更小的一团，几乎要融进床里了。好像阿莱莎的这句话把滚烫的火钳刺进了她的皮肤一样。

"我猜你不想。"阿莱莎转身离开，"砰"的一声关上了门。太阳穴又突然疼了起来。屋里的气氛已经开始浸润她了。她"咚咚咚"地走下楼梯，想摆脱这种感觉。她想冲出家门。她想把自己关在艾丹的敞篷车里，把音乐调到最大声。她想让邻居冲她尖叫，朝她大吼。再朝他们吼回去。

但她只是走进了厨房，把塑料袋里的食材倒在台面上，用一贯的平静态度准备做饭。她回想着蕾切尔和杰里米在烹饪前准备食材的样子——和电视上的大厨没什么差别。阿莱莎开始有节奏地切片、剁碎、称重——逐渐集中了注意力。她抬头看了看钟——已经七点三十分了。在那钟下面，厨房墙壁上最显眼的位置上，摆着比阿特丽克斯·波特的彼得兔瓷盘。艾丹在差不多十岁的时候，画了幅彼得兔的画（其实画得也不是很好）参加学校开放日的活动，然后赢回了这个奖品。从那时开始，这瓷盘就一直摆在那儿。

她用沾满洋葱的手指轻敲手机屏，想看看艾丹有没有给她发信息，说他大概什么时候到家。但并没有未读消息。

她沮丧地回过头，看着那只微笑着的、无忧无虑的彼得兔。它撅着屁股，似乎在摇动毛茸茸的小尾巴。

"阿莱莎！"莱拉沙娅的声音传来，语气中带着恳求。阿莱莎感觉到一股熟悉的恐惧从胃部涌出。

"怎么了，妈妈？"

"你过来一下。我的脚抽筋了。"

"活动活动就好了啊。"阿莱莎喃喃道。

"拜托，快点过来。"

阿莱莎往楼梯上走。"妈妈，只要拉伸下脚就可以了。"她把语气放轻，尽量掩盖心底的不耐烦。

"我自己做不到。我现在这样子怎么拉伸啊？"

"就这样做。"阿莱莎踮着脚走进房间，往地板上一坐，开始拉伸腿和脚。莱拉看着她，稍稍动了动四肢，模仿着她的动作，随即深深地叹了一口气，双手往两边一甩。

"我做不到。"

阿莱莎站起身。"你做得到。每个人都能做到。"她微笑着鼓励道，"这就像是入门版的瑜伽。"她瞬间屏住了呼吸，担心自己说过了头……还没到能开玩笑的时候。

莱拉对着她皱起了眉头。

"或许你可以尝试上一节瑜伽课。"阿莱莎不经心地说道，她又坐了下来，开始摆那姿势，"热热身。"

莱拉扬起眉毛，勉强地"哈"了一声；阿莱莎觉得心跳有所缓和。莱拉重新模仿着女儿的姿势，四肢突然变得灵活了起来。当莱拉活动到腿部的抽筋部位时，阿莱莎注意到了她脸上一闪而过的畏缩，但她并没有就此停止。她的拇指和食指环成了"O"形，"唵"了一声，然后就开始轻哼。

阿莱莎闭上眼睛，双手合十，用空灵的瑜伽声调说道："希望你喜欢今天的练习。"阿莱莎拍了拍膝盖，觉得妈妈和自己都很好笑。妈妈是绝对不愿意去上瑜伽课的。她坐到了妈妈的床位，看着她舒展了下四肢，然后真诚地说了句"Namaste"[1]。

---

1 梵语。字面意思表示"向我鞠躬"或"我向你鞠躬"。常常会在做完瑜伽后说。

"希望这样能帮你清理清理脉轮。"

莱拉抓住自己的左脚,按了按前脚掌。"嗯,我的脉轮现在很好。"

"那要做下犬式了。"

莱拉紧闭着双眼,咯咯地笑了起来——阿莱莎睁大了眼睛,为了掩饰内心的惊讶,也跟着大笑了起来。转瞬间,她们便笑得前仰后合了。莱拉仰着头,咧着嘴,像个小女生似的欢笑着。阿莱莎望着她。阳光从窗帘的缝隙间照进来,在莱拉脸上留下了一条光带。她的皮肤微微发光,很是白皙。她看起来很开心。阿莱莎把这一幕牢记在了心里。她很想停在这一刻,永远地停在这一刻。咯咯笑完之后,她们紧贴着坐在一起,稍稍平复了些,刚才那阵笑声就此消散在了空气中。

一切归于平静。她本能地把手伸向妈妈的脸庞。但就在她快要触到妈妈时,妈妈猛颤了一下,闪开了。

第二天早晨,阿莱莎听见她哥哥正在厨房里煎些什么东西。油烟味从门缝里飘了进来。她摇摇晃晃地下了床,揉着眼睛。她的头有点痛,也能感觉到白日里的闷热感在逐渐逼近。她扫了眼手机,尽量不去理会学校群聊里的一大堆消息,反正肯定全都是他们在海滩上度假、啜饮鸡尾酒的照片。她想再给蕾切尔发条短信,谢谢她的食谱——莱拉昨天吃得比她预想的要多——但还是没有发出去。不用特地向蕾切尔致谢。她们是一家人。

她走进厨房找艾丹,脚上穿着拖鞋,在地毯上发出了"咔嗒咔嗒"的声音。

"嘿，莱莎[1]，昨晚没见着你，工作怎么样？"

"说实话，一塌糊涂。"

艾丹看着她，眉毛微微地扬起，这意思是，"继续，和我说说看"。

"我只是……"阿莱莎叹了一口气，真的不愿再去回想，"有位老先生到图书馆里来，我敢保证，他差不多都有九十岁了，非要我给他推荐本书……你知道的，我压根儿就不喜欢书。"阿莱莎抬头看着他，但艾丹什么也没说，"我就对他语气不好了。"

"阿莱莎！"

"我知道。我已经很不好受了，你就别再说了。"

"听我说，没事的。我在那里工作的时候，肯定也惹火过很多人……虽然和你情况不太一样……吸取这次的教训吧。就像杰里米舅舅过去常说的那样，下次做得更好就行。"

"得了吧，你又不是妈妈……也不是杰里米舅舅。不需要你来教训我。你今天在家待着吗？"阿莱莎不太确定地问道，这才注意到他穿着围裙、家居服和拖鞋。

"嗯，你今天可以休息。去见见朋友吧。我留在家里陪妈妈。我觉得她昨天晚上没睡好——夜里醒了好几次。"

阿莱莎走过去拿艾丹身旁那盘吃的。盘子里有三根肥腻的香肠，刚出锅，还烫着。她用长指甲掐住一根香肠，尽量不碰到手指的皮肤，然后用嘴在下面接着。

---

1 阿莱莎的昵称，下同。

"注意点，阿莱莎！油都滴到地上了。"艾丹扯下一张厨房纸扔到地上，擦掉了黄色的油滴。在他蹲下去的瞬间，他身上的围裙"呼"的一声鼓了起来，"听我的，你今天就出门透透气去。"

"没事，我没什么要做的事。我就待在这儿看电视。"

"不行，阿莱莎。妈妈今天听不了一点儿噪声。她偏头痛犯了。"艾丹皱着眉，严肃地看着她，他眼下有着重重的紫色眼袋，"我会待在家里，别担心了。"

阿莱莎耸了耸肩，用最快的速度吃完了香肠。艾丹一脸嫌弃地看着她。"没事的。"她嘴里塞得满满的，"真的，我没人要见，我就待家里。我就安安静静地坐在我房间里——绝对不会有一点儿动静。"

莱拉突然在楼上大叫道："闭嘴！阿莱莎，闭嘴！"阿莱莎和艾丹面面相觑。两人脸上的笑容消失无踪，只留下了一片空白。她并不觉得惊讶。昨晚的欢笑，瑜伽……但什么都没有改变。什么都不会改变。厚重的黑色窗帘会一直挂在那里，把整间房子罩得严严实实。这一回，艾丹也被封在了里面。沉默片刻后，两人才勉强恢复了呼吸。艾丹摇了摇头说："她不是故意的。"他没有大声说，因为他也知道，这不是真话。

"那，我只能出门了？"她的声音很尖——但音量很低。她不想再弄出声响。

"阿莱莎，你可以待家里，但你知道的，要极其小心。"

阿莱莎耸了耸肩。"说实话，换成是谁，都忍不了这种破事。你不觉得厌烦吗？"她已经筋疲力尽——因为神经总是紧绷着；因为即便晚上听见了妈妈在哭，也要装作什么都听不见，等着艾丹去处理；因为自己从来都没有被妈妈需要过，还总惹她生气。阿莱莎累了。

艾丹一声不吭。他依旧在擦着地面，但地面其实早就一尘不染了。

她"砰"的一声甩上前门，莱拉的声音还在阿莱莎的脑海里回荡："这是我的房子，不是你的！"每次都是这样。

她无处可去，没有比家里更好的去处了。

她脑袋放空，漫无目的地往前走。她慢悠悠地从支起的市集小摊旁经过，不管水果贩子喊什么，"便宜卖啦，亏本甩卖啦"，她都不去理会。她和骑着车横穿马路的孩子们擦身而过，他们一个个的都不看路，一边骑着，一边把头扭向背后张望自己的伙伴，对着后面大喊大叫，车把手摇晃个不停。

她沿着伊灵路往下，又顺着公路一直走，离家越来越远。每走一步，她的心跳就平缓一些。她不知道自己要去哪里，内心毫无想法。从弯道进入直道，眼前出现了一座都铎式小屋的建筑，和周围的风格有些格格不入。

她的潜意识指引着她来到了这里：图书馆。她知道，只有在这里，她才能独自安静地待一小会儿。或许这并不是最糟的选择。如果真能帮她逃离现实，读书至少比喝得酩酊大醉省钱。

今天坐在前台的是自命不凡的凯尔——走进图书馆大门时，阿莱莎向他点头致意，没有在意他脸上露出的惊讶，直接逛了起来。她来到悬疑专区，希望能从悬疑小说爱好者的话中抓到点灵感。在阳光的照耀下，套着塑料封皮的书脊闪闪发光。她用指尖一本本地轻抚过去，但没从书架上拿下任何一本书。这些红的、蓝的、黄的书脊似乎融成了一大团，但对她来说根本毫无意义。图书馆里寂静无声，她的耳朵里却隆隆作响。那些争先恐后跳出来的词——"死亡""谋杀""杀手"——还有稍显委婉，却更令人毛骨悚然的标题，比如"盯着你"……这些都太过头了。他是怎么做到的？这片区域里的文字几乎压得人喘不过气来，他怎么会觉得很轻松呢？她用手指轻敲着腿侧，尽量表现出平静的样子，表现出很清楚自己在做什么的样子。

手机开始振动。

又是 WhatsApp 群的消息：她们十四岁的时候就建了这个群。阿莱莎已经好几周没在里面说过话了。也没有人注意到。米娅刚艾特了其中的三个人。而米娅曾是阿莱莎最好的闺蜜。

@ 贝丝 @ 洛拉 @ 凯茜 你们在家吗？今晚有没有什么想法？

群里的另外两个女孩，詹娜和斯瑞亚，正在外面度假——分别去了阿依纳帕和克罗地亚，不停地发她们在泳池边拍的照片。

即便数月以来，她编了无数借口不和朋友们见面，但此刻被排斥的刺痛感依然明显。大家都知道，每次有生日宴或公园聚会，她总会在最后一刻因为生病、食物中毒、偏头痛等原因"被迫"失约。但她宁可被当成怪胎，也不愿意和她们说实话：她不想让她们知道她妈妈疯了。她们不会理解的。

贝丝、洛拉、凯茜，甚至詹娜都立即回复了。

新消息。振动。*我有空，出来玩吧。*

新消息。振动。*想你们了，姐妹们，玩得开心哦。我的心和你*

们在一起，来杯伏特加！

新消息。振动。我们去哪儿？

阿莱莎站在图书馆里，整面书墙似乎在朝她逼近，书脊越来越大，越来越重。她的朋友们已经过上了没有她的新生活。消息一条接一条地弹出。书一点又一点地逼近。她的存在已被抹除。表情、舞女、击掌、点赞。好欢乐，她们都很欢乐。没有什么需要操心的事情。这可是夏天。美好的未来就在她们眼前。这是她们一生中最美好的时刻。

她从书架间挤出，站在空地上。她需要调节下呼吸，吸入充足的氧气。她反抓着手机，屏幕贴着手掌，印着西瓜图案的手机壳在视线中变得朦胧。

透过西瓜图案的间隙，她看到了夹在手机壳里的那张阅读清单。

就是它——那本书、阅读清单上的第一本书——《杀死一只知更鸟》。阿莱莎瞬间想起了莱拉仰起头欢笑的画面，她今早的尖叫和大喊，她整夜的啜泣。还有艾丹的眼睛——黑眼圈，说不出口的安慰。她快被自己逼疯了，她得离开，离开温布利，离开她的家人，离开一切。一本书真能创造出这样的奇迹吗？算了，起码也是个好的开始。

她找了个空位——就是悬疑小说爱好者的"专座"——坐了上去，把手机塞进了包里。这把椅子已经坏了好几处，扶手也有磨损，但坐在上面还是很舒服。阳光洒在《杀死一只知更鸟》的书页上。如果她真要读下去，现在就已经拥有了合适的位置，合适的视角，合适的环境。可以把书翻到第一页，开始阅读了。就在她快要适应，准备全身心投入其中时，凯尔响亮且傲气十足的声音打破了周遭的宁静。他在接电话，对面应该是个为了一点儿鸡毛蒜皮的事就打过来絮絮叨叨的顾客——但还是比当面和这种"麻烦精"对峙好点儿。艾丹之前为什么那么喜欢这份工作?

"不行,先生。如果您没登记就把书带离了图书馆,我们是要收取费用的。"

凯尔皱紧了眉头。

"对不起,先生,您能稍慢点儿,再说一遍吗?"键盘声响,随后他又问道,"您有借书证吗?"

阿莱莎没法当作听不见,凯尔实在是太吵了。

"很抱歉,先生。我不知道有这事。这是什么时候的事情?昨天?嗯,好,谢谢您,先生。感谢您的告知。我查查看能不能帮上您……对,那个,如果您没有借书证,我现在就可以帮您办一张,然后把这本书登记上去,您方便的时候随时可以来还书。这样等您来的时候,我的同事就不会向您收取费用了。"

阿莱莎躲在椅子的扶手后面,浑身僵硬,羞愧难当。她回想起了昨天那位老人站在她面前,向她求助的样子。她听见自己用尖锐刺耳的声音告诉他"不行",她不想费事。阿莱莎恨不得能钻进椅子里。

凯尔把听筒一甩,就立即跳了起来,像只狐獴似的转着头来回看。是在找……在找她。

阿莱莎尽量把头压低。但没用,凯尔很快就看到了她。

"嗨,凯尔,怎么了?"当他走到她身旁时,阿莱莎开口了。

"昨天是你当班,对吗?"他问道。

"是啊。"

"刚才有位可爱的老先生打电话来,说得好听点儿就是,他很难过，因为你把他从图书馆里赶了出去。真有这回事吗？"他俨然一副"命令式的"腔调。萨摩斯不在，凯尔就自视为领导。

"不完全是那样。他想让我给他推荐书。但我不负责推荐书啊。"

"你就该给他推荐。你还想要这份工作吗？"

她并不想做这份工作，但她需要这份工作。她得帮艾丹。莱拉是搞艺术的设计师——会为世界各地的广告商工作，经常忙到焦头烂额。但那并不是固定工作，所以她的收入也不稳定。陷入低谷期之后，更是基本断了收入。因此，阿莱莎不能失去这份工作。没有别的地方要她。她很清楚，尽管有很多值得吐槽的点，但这里也是她逃避家中混乱、获得宁静的避风港。

她点了点头。

"你知道有多少人可以在这里工作，又有多少人真的想来这里工作吗？"

阿莱莎摇了摇头。

凯尔的胸口鼓动着："老实讲，多的是。萨摩斯总说，我们要尽最大的努力让顾客开心，要态度友善地给他们推荐书籍，提供全面的服务，不然的话，谁还会常来？你要是不好好干，就肯定会被扫地出门。再严重些，图书馆都要关门大吉——到时候我们都得失业。"

阿莱莎不信。她很容易就得到了这份工作。但她真的不能失去它。而且，要是因为自己，导致志愿者露西和本尼丢掉喜欢的工作，导致凯尔失去他唯一可以耍脾气（尽管这让她觉得很烦）的地方，导致萨摩斯失去他不惜一切代价也要维持运营的哈罗路图书馆，她实在无法心安。要是这座可爱的建筑被人封了窗户，在门上贴了文化教育处指引人们改道去市民中心的标志……不行。虽然这里从未出现过人满为患的状况，但大家都喜欢这里。她想起了艾丹模仿杰里米舅舅说话的样子："再加把劲。"

"如果那位先生向萨摩斯正式投诉你的话，你就得卷铺盖走人了。"

阿莱莎换了个姿势坐着。"你看，我今天是来放松的，可不是来上班的，你能不能把这些话留到——"

"那你也不该对一个八十来岁的老人甩脸色啊。阿莱莎，我不知道你经历了什么。"凯尔的语气稍稍轻柔了些，"还是要尽力对别人好一点。微笑一下，或者表情和善点，就能让别人觉得如沐春风。而你可能就毁了那位老先生的一天。值得吗？你觉得满意吗？"

阿莱莎再次摇了摇头，她无话可说，像是一个刚学会走路的孩子因为打架而被训斥了一顿。

"这就对了。下次再见到他，就给他推荐本好书吧——"

"我想给他推荐，但他跑了！"阿莱莎插嘴说。但凯尔没搭理她，自顾自地往下说。

"读点书吧。"他指着她手里的《杀死一只知更鸟》说道，"如果你觉得不错，就叫他也去读读。很简单的。读一本书，推荐一本书。知道吗，就算你真不喜欢这本书，也可以推荐给他。人各有所好，我奶奶说得对，要饭的哪能挑肥拣瘦？"

阿莱莎叹了一口气，看着凯尔昂首阔步地走回办公桌旁。他可能是代入了老板的角色吧。

她重新拿起书，翻到差不多中间的地方。书脊上已经有了好几处裂口，但她还是想在上面留下属于自己的印迹，于是用力地把书页朝两边压了压。效果并不如她所想。这本书柔软又有韧性……图书馆里的温暖环境让胶水拥有了果冻般的质地。

她重新翻回到第一页。挠挠鼻子，翻翻书，拨弄拨弄几撮散落在面前的头发。她一个字都看不进去。她强迫自己凝神往下看，但还是不行。

她就是个笨蛋，只会假读书。她放弃了，无精打采地瘫在褪了色的橘红色座椅里，四下打量着整个阅览室。有几个人正在读书。他们才是真的读者，才是属于这里的人。书虫。书呆子。

"这样的话。"她默默地念叨了一句，然后就把自己的东西收拾好，塞进了手提包里。这本书就躺在桌面上。她不知道该把它拿走，还是就放在这里。她又环顾了一下四周，然后把书也塞进了手提包里。

她走了出来，图书馆的警报器哔哔作响，被偷拿走的书静静地待在她的包里。

第五章
穆克什

门铃响起时，穆克什正仰躺在床上。他睡着了吗？罗希尼和普丽娅几个小时后才会过来，至少他记得是这样。他缓缓地支起身来，全身骨头嘎吱作响，忍不住发出了呻吟。他的背比想象中还要僵硬。他想骂粗话，但这可不符合他穆克什的作风。

他期盼着能见到外孙女，还有女儿。但他知道，自己即将见到的是旋风般的罗希尼……尽管已经有了丰富的经验，但经过了如此茫然的一天，他不知道现在的自己有没有做好准备。往常，周五是他和奈纳的休息日，他们会做些自己想做的事情。这些天来，每逢周五，他基本都无事可做。

他抓住楼梯两边的扶手，慢吞吞地往下挪。罗希尼有个手巧的朋友，帮忙在楼梯的两侧都装了栏杆，让他可以稳稳当当地上下楼。

他对此觉得有点尴尬。偶尔会有亲戚以外的人来看他，在他们提到这件事情之前，他都会抢先一步拿它开个玩笑。

透过前门中间的磨砂玻璃，他看见了一个女人的头和肩膀。无论何时，他都能认出她来。

他深吸了一口气，然后拉开了门。"罗希尼，我的女儿！"他张开双臂，做出欢迎的动作，努力让自己的声音听起来既欢乐，又明朗。

"老爸。"她径直走了进来，躲开了他的拥抱。普丽娅跟在她身后。小小的手紧紧地抓着一本书。

"快进来，普丽娅小宝贝。"

罗希尼没有浪费时间在打招呼上，而是直接走进了厨房，开始翻箱倒柜，时不时地发出"啧啧"声。穆克什朝普丽娅看了一眼，想借此时机和她亲近亲近，但她已经捧着书，蜷在奈纳放在客厅的椅子上了。

"爸，这是什么？"罗希尼拿着一个特百惠保鲜盒大叫道。盒子里装的是米饭，已经在冰箱里放了几天……也可能更久，"太恶心了！"

"不好意思啦，我发誓，我没打算吃它。"

"不要吃隔夜的米饭！老爸，最起码也要让我帮你炒一下再吃。"

"别担心，孩子。"他拖着步子走过去，从她手里抢过保鲜盒，把里面的米饭全部倒进了垃圾桶，"没了！眼不见，心不烦。"但这时，罗希尼已经转身朝水池走过去了。

"呕！"能听出来，她被恶心到了，奈纳之前也会这样，"老爸，这些盘子放在这里多久了？这也太不卫生了！你又要把蚂蚁引来了——它们就喜欢这种热得要命的天气。"

"罗希尼，拜托，孩子，去坐下吧，我给你做印度奶茶喝。"

"老爸，不行！我得把这些都洗干净。你以为我来是为了喝奶茶吗？我是来照顾你的。真该让妈妈看看你现在的样子。"

穆克什知道她是因为一时之气才会说出这样的话，但还是很伤心。他留意到，过去一年里，罗希尼只有在斥责他，说他活得有多脏乱的时候才会提到"妈妈"。

他太过疲惫，甚至没有力气再去反驳。于是慢悠悠地转身走进客厅，一屁股坐了下来。罗希尼正絮絮叨叨地咕哝着埋怨，她注意到了橱柜门上的几道裂缝（"老爸，我早跟你说过，我可以找人来把这里修好！厨房里的东西基本都换了新的，你不能让它看起来这么邋遢！"）、冰箱里堆放着的一盒盒绿豆（"老爸，如果你只吃这个，是很不健康的！我知道妈妈以前总说豆子富含纤维，但你得保证饮食营养均衡。老爸，医生叮嘱过你的！"），还有三个要送去回收的空纸箱，之前里面装的都是他最喜欢喝的印度奶茶包（"老爸，再喝这些，你剩下的牙也都要烂了！对你的糖尿病也没好处！妈妈说过，只有在特殊情况下才喝茶包！老爸，我教过你怎么自己煮这种茶的呀！"）。他很想把她的声音屏蔽掉。

这是他目前最期盼的事——在关节嘎吱作响、视力下降之前，他宁愿先丧失听力。在这个家里，每个女儿说话的声音都比一般人高一千分贝。所以要是没了听力，对他来说反倒会是件好事。

"小宝贝，你在读什么书呀？"穆克什问普丽娅。此时，罗希尼正像一只嗅探犬一样，在房子里到处溜达，上下翻找，看看还有没有能抱怨的东西。客厅里一片可怕的寂静。

"外公，我在看《小妇人》。"她的目光仍未从书页上移开，"是外婆推荐给我的书，她说她很小的时候就读过。爸爸上周刚买给我。"

"我从来没听说过。"穆克什说的是实话，但他默默在心里记下了书名——既然他已经是图书馆的会员了，那就可以，也应该留意这些东西……

"这本书很有名的，外公。每个人都知道这本书。"她还是没有抬头，但她略带责备、惊讶地皱起了眉头。

"这本书讲了什么？"穆克什有点紧张地问道——想起了她前几天说的话："外公，你不懂书。你根本就不在乎！"

"嘘，外公，我还没看完呢。改天再告诉你。"普丽娅委婉地中断了和他的交流。穆克什只好闭嘴。奈纳以前读书的时候也是这样——也许有一天他能弄明白缘由。

他还记得那些晚上，等到孩子们都上床睡觉了，他在奈纳旁边看报纸，而她则飞快地翻看着书。他想和她说说话，就注视着她，等她察觉到他的视线。

"穆克什，你怎么了？你知道我在认真看书吧。"她面带微笑地嗔怪道。

"我只是想读点报纸上的东西给你听。很有意思的。"

"穆克什，我就快看到精彩的地方了。嘘。"她总是说，自己快要看到精彩的地方了。起初，穆克什还以为，是不是每隔两三页就会出现精彩的片段。但后来，他不禁开始怀疑，这是否只是她找的借口。

他望着她。她身上裹着蓝白相间的睡袍，鼻梁上精致地架着一副大框老花眼镜，乌黑的头发在脑后挽成一个小小的圆髻。他的脑海中浮现出了她 20 岁、30 岁、40 岁、50 岁、60 岁、70 岁的模样。同样的情景，同样的回答。有那么一刻，他觉得自己就像《时间旅行者的妻子》里的亨利，跨越几十年的时间，见证了奈纳生命中所有这样的瞬间。

那时的他从来没有想过，她沉浸于书页中时，到底神游去了哪里。他只是喜欢看她那专注的神情。有些时候，她只是微微地扬起嘴角。还有些时候，她会突然仰着头"咯咯"笑，眼睛眯成一条缝，拍打着穆克什的肩膀，好像是在和他开玩笑似的。那时的他，光看到她这么快乐就已经心满意足了。但如今她不在了，他多么希望从前的自己能更努力些，每时每刻都陪着她。

"爸。"罗希尼叫他。她的声音听起来很近，应该就在他隔壁一楼的卧室里，"你能来一下吗？"

穆克什看着普丽娅，想从她身上找个借口，赖在这儿不过去，但她已经完全沉浸在了《小妇人》的故事里。神情简直像极了奈纳。

"好，来了。"他咕哝着从椅子上起身，两只胳膊都在使劲。

他走到房门口，罗希尼正站在柜子旁，一手叉腰，一手指着从柜门缝里一直拖到地板上的一缕纱丽。

"这是怎么回事？"罗希尼打开了柜门。她夸张地喘着粗气。柜子里有些凌乱，虽然都叠放着，但并不整齐。

"我和弗里蒂明明把这些都收拾整齐了，就在妈妈去……"她顿了顿，"都帮妈妈收好了。怎么回事？又有人来拿她的东西回去纪念她吗？"说到"纪念她"这三个字，她的声音陡然变得高而尖锐。

"没有，是我翻了翻，因为……"

"所有这些，妈妈的朋友们，一直都嫉妒她，都想要她的纱丽。不用想都知道，她们肯定会打着慰问的名头，像秃鹫似的找过来……好朋友，呵，不过就是想拿走她的东西……"

穆克什的脑海里浮现出了关于奈纳的记忆——她打扮好准备去寺庙。"怎么样？是不是很时髦、自然？"她总说成"饰髦"。

"嗯，"穆克什对女儿说，"你妈妈的纱丽向来是最漂亮的。"

"是啊，而且妈妈捡便宜真有一手——要不肯定得花好大一笔钱才能买到。所以爸，你是说这是你弄乱的？那你来帮我收拾吧，可以吗？"罗希尼的语气缓和了许多。穆克什依言走了进来。他坐在床边，等着罗希尼给他分配要叠的衣物，但她只是自顾自地忙碌着，时不时地责备他把这些东西弄得一团糟。

罗希尼把衣服一件一件地拿出来，就连那些原本就好好地放在柜子里，不用重新叠的也全都拿了出来。他又闻到了属于奈纳的熟悉的味道。真好闻。他又闻到了她的香水味，还有洗发水味。他一时晃了神，扭过头去，渴望着、祈祷着奈纳会走过来和他说句话。

这些都是奈纳去寺庙，或者只是去趟商店时经常穿的纱丽——只要看到这些纱丽，看到上面的图案、织锦和佩斯利花纹，就会让人想起奈纳。有些纱丽上还点缀着珠宝和亮片。很好看，又透着雅致。

罗希尼叠好了最后一件纱丽，她轻抚着布料，用指尖感受它的一针一线。

"妈妈最后一次穿这件纱丽是什么时候？"她虽然问得很大声，但语气十分平缓，不再是刚才那个旋风般的"训导督察"了。穆克什默不作声。他知道她真正想问的是什么："妈妈最后一次穿这件纱丽时，知道自己已经时日无多了吗？她知道自己会离开得比大家想的还要早吗？她离开得太早了。"

穆克什默默地看着，一滴小小的泪珠悄无声息地从女儿的面颊滑落。他站在原地，想伸出手去，但他知道，她肯定会躲开他的手。"对不起，罗希尼。是我翻了她的东西，想找几本她的书来读给普丽娅听。对不起，我把它们弄乱了。"

罗希尼望着爸爸，泪光闪烁，她抹去眼泪，装作无事发生。"爸，没关系。但你知道的呀，妈妈一向都是从图书馆借书看的。她不买书。家里可没地方放。"她指了指这个房间，整间屋子。奇怪，怎么现在感觉家里还是这么满？他们先前一家五口都住在这里的时候，确实生活得挤挤攘攘。现在只剩下他了，却依然没有空出来。每个角落都堆满了回忆。

穆克什点了点头。"我知道，我想到了。但我只是……我想给普丽娅找本书。这孩子太安静了，不喜欢看电视，也不爱看大卫·爱登堡的纪录片……你知道的，这些节目都很有教育意义。"

罗希尼站起来走到她爸爸身边，轻轻地拍了拍他的肩膀。穆克什很感谢罗希尼，她知道，如果这时候抱住他，眼泪就要忍不住掉下来了。他不喜欢在孩子们面前哭。她把他留在房间里，没有关上房门。他知道罗希尼的意思："我让你自己缓一缓，需要的话，随时可以叫我。"这个女儿或许有点蛮横，但也很善解人意。

罗希尼坚持要做全套塔哩（虽然穆克什反复跟她说不用带食材来，她还是顺便带来了），他们仨正大口大口地吃着豆糊咖喱。这可是普丽娅的最爱。

"罗希尼……孩子……你对我真是太好了。"穆克什用手抓着食物往嘴里送。和奈纳相比，罗希尼做的菜口味偏淡，这对他来说可能是件好事，因为现在他已经吃不了香料味很重的食物了。

一吃完饭，普丽娅就立即下了餐桌，回到客厅里，继续埋头看她的书。

"罗希尼，"穆克什问，"普丽娅总是这么文静吗？一直这么沉迷看书？"

"她只是喜欢看书，爸，没事的。妈妈也一直捧着书看呀。而且普丽娅根本就不文静。"

"但我从来没听她提起朋友的事，也没说过读书以外的爱好。你妈妈是喜欢书，但她也经常邀请朋友到家里来玩啊。"

"爸，普丽娅还有别的爱好。你问过她吗？"罗希尼说这话的时候并没有看着他，但他感觉到了刺痛，好像被她的眼神戳穿了一样。

"呃，没有，但是……"穆克什结结巴巴地回答。

"爸，她有两个最好的朋友，克丽丝蒂和詹姆斯。"罗希尼补充说，"他们都很好，而且和她一样好静。"

"他们会来找她玩吗？"

"爸，现在的孩子都不喜欢互相串门。他们会在学校里、在课间一起玩。"

穆克什心想，说"现在"是不是在委婉地告诉他，"爸，你太老啦"。他想起了经常在外面马路上嬉闹的那群男孩，他们会大声地笑、大声地闹，有时兴致上来了，还会骂两句脏话。只有在刚接触、刚学会骂脏话的时候才能体验到乐趣。即便是在如今这个时代，人们都不敢放任自家孩子出门肆意玩耍，但只要天气晴朗，那些男孩几乎成天都待在外面。这一回，是罗希尼错了。

他想到了正坐在客厅里的普丽娅。

普丽娅很孤独。九岁时外婆去世，她已经到了能理解何谓"失去"的年纪。他知道失去最好的朋友，失去人生伴侣是什么感觉，但他从未站在普丽娅的立场上，体验失去自己最好的朋友是什么感受。奈纳懂她——当普丽娅一言不发的时候，奈纳会引导她敞开心扉。她不在了，普丽娅现在是什么样的心情？

罗希尼慢吞吞地走进客厅，穆克什跟在她身后。这时，电话响了。他缓慢地往客厅的另一边挪，竭力想向女儿证明，他不需要全方位的照顾。

"喂？"他接起电话时，并没有认出那是谁的号码。

电话的另一头，他的朋友哈里什连声招呼都没打，就叽里呱啦地说了一大串。

"老哥，一定得帮我啊。十万火急的事！萨希尔老哥退出了寺庙组织的慈善健步走活动。你得来顶上啊。我当时就跟他们说了，穆克什老哥肯定会答应，他是个好人，要是奈纳知道了，肯定也会劝他来。你会来的，对吧？"

罗希尼紧锁眉头，专注地看着他。穆克什的第一反应就是立马挂断电话，跟罗希尼说是电话销售。但不管哈里什有多烦人，他都不能这么没礼貌。

"哈里什兄弟，不好意思，你的意思是？"

"穆克什老哥，好兄弟，萨希尔老哥扭伤了脚。健步走就在一周之后，他没法参加，我们也不想丢了算在他头上的那份赞助。"

"他们肯定不会把钱要回去的呀。那可是慈善机构。"

"兄弟，你不明白，不是所有人都像你、奈纳，还有我这样大方的，不是吗？"

"所以，你要找个人替他参加……"

"哈，没错。你能来吗？"他们俩都知道，这并不是个问句。

"兄弟，我的背。你也知道，我背不好。"

哈里什继续自顾自地说话，好像穆克什没开口拒绝似的。最后，他说："你的背肯定没问题。谢啦——下周六早上八点寺庙见。谢啦，老哥，谢啦。"

穆克什看着女儿。她把电视调到了 Zee TV，正跟着主题曲摇头晃脑。

"谁打来的？"她心不在焉地问道。

"你哈里什叔叔。"

"他想干什么？"罗希尼抬起头看着他，脸上露出了鄙夷的表情。她和穆克什一样，不喜欢哈里什。

"他想让我替你萨希尔叔叔参加下周六寺庙组织的慈善健步走。"

罗希尼哈哈大笑。穆克什还是绷着脸。罗希尼便不再笑了。

"你知道今年要走十千米吗？"

穆克什倒吸了一口凉气：除了奈纳，他讨厌和任何人一起走路。她以前有一本小册子，里面记录了伦敦最适合散步的各条路径。她总抱怨说，他们住在英格兰首府，这些年来，就基本没有到布伦特以外的地方游玩过。况且，他周六的生活节奏一向很慢：他会逐个给女儿们打电话，跟孙辈们说说话，补看《园丁世界》（他的花园里只铺了路砖，什么都没种——但他挺喜欢的，因为很方便打理），再接下来就是重温《蓝色星球》。他不知道自己能否彻底地颠覆平常的生活习惯。他已经鼓起勇气去了图书馆……现在又要参加什么慈善徒步活动，是不是有点儿过头了？

"老爸，这挺好的呀。他们想带你一起活动呢。"

"干吗什么活动都要让我参与啊？十千米？怎么不等到走五千米的时候再叫我啊？"

"他们可能是想让你振作起来吧。"

"真好笑！"

"你不需要振作起来吗？"

"不需要。我就是个没了老伴的老头子。很多像我这样的人都很孤独、无聊、遭人厌。我还有你和普丽娅，还有几个女儿，还有双胞胎。我的生活很规律。我很好。"

"爸，去参加吧。尽力而为就行了。你还没老到那地步呢，对吧？"

穆克什直起身子，肩膀往后抻，挺起胸膛。他之前看到过，女婿在慢跑之前就是这样活动的。"我能走下来。我只是不想去而已——我没时间！"

罗希尼憋笑。

"我可以的！"穆克什尽量掩藏着内心的气愤。

"这就对了……"罗希尼看了眼蜷在扶手椅里轻轻地打鼾的女儿，"我们该回去了。路上要几个小时呢。普丽娅功课还没做完。"罗希尼轻轻地摇醒普丽娅——她揉了揉惺忪的睡眼。那一瞬间，穆克什仿佛又看到了那个周五幼儿园放学后，被他带去公园玩的小女孩，那个坐在他腿上看圣诞电影，在外婆的臂弯里看着图画书睡着的小女孩。他知道，小女孩越长越大，不愿意再和年迈的外公待在一起。更何况，他俩也没什么共同爱好。时间不多了，对吧？

"你们可以留下来睡一晚。"穆克什说，"困了就别回去了。很晚了，开车不安全。"

"不了，爸，还是回家好。"

听到这话，穆克什心如刀割——意料之外的痛。罗希尼已经搬出去很多年了，但在他心里，这里仍然是她的家。

"祝你下周六活动顺利——玩得开心点！"罗希尼把包挎到肩上，"东西都带上了吧？"罗希尼问普丽娅。她用手掌拂过普丽娅的前额，拨开她眼前凌乱的发丝。普丽娅点了点头。她们出了门，穆克什艰难地跪下身和普丽娅道别。他的小宝贝已经不是小孩子了。但普丽娅没有停下脚步，直接从他身边走了过去，跳进车里准备回家。他朝她们挥了挥手，脸上僵硬地挂着微笑。穆克什关上门，心里的孤独感比以往又强烈了几分。

晚上，他慢悠悠地上了床。这是他和奈纳一起睡过的卧室，床垫嘎吱作响，他的一把老骨头也嘎吱作响。他念叨着"Jai Swaminarayan"[1]，把脑袋放在枕头的正中央，抬头望着天花板。夕阳的余晖从帘缝中透进来，在墙上洒下了一片橙色的光辉。他闭上眼睛，准备入睡，祈祷着，希望一觉睡醒，奈纳就能回到他身旁。他知道，如果决心要了解外孙女，赢得她的信任与尊重，就势必要做出一些改变。图书馆就是开启改变之门的钥匙，他知道……至于慈善健步走，试试也无妨，对吧？

---

1 宗教用语，可以表达"你好"和"再见"的意思。

第六章

阿莱莎

　　尽管莱拉今天像没事人一样——把本就一尘不染的厨房又彻底地擦洗了一遍，但在离开家的那一刻，阿莱莎还是有种如释重负的感觉。她走在公路上，穿过熙熙攘攘的人群，对那些卖山寨机的人视而不见。她经过了体育馆：没有比赛，也没办音乐会，这时候就几乎看不到人影。和往常一样，路上堵得水泄不通。喇叭声此起彼伏。她闻着尾气味，喉咙里一阵恶心。

　　她路过了一片排屋，曾经雪白的外墙已经被熏染成了灰色。大理石砌成的印度教寺庙气势恢宏。此时，前院里已聚集了一群老老少少，正谈笑风生，聊得热火朝天。她坐在对面的墙头上，剔着指甲看了一会儿。那群人之中，有几个男人的手腕上都系着一根红黄相间的绳子。她想起了图书馆里的那个老人。她依稀记得，老人的手腕上也系着一根这样的手绳。人群散去,她拖着沉重的脚步走到了石桥公园地铁站,暴露在外面的皮肤被晒得生疼。

正值中午。站台上的每个人似乎都漫无目的。有些可能是去轮班的人,她自己也深有体会。其他人则可能同她一样——只是到处闲逛,没什么安排,也不知道要去哪儿。在这样过分闷热的日子里,确实没有其他事可做。

有个人吸引了她的注意力——一个男人。他戴着一顶无檐便帽……这么热的天?肯定闷得不行。他精心修理过脸上的胡茬,瞳孔是鲜艳而明亮的绿色。她盯着他看了一会儿。他身上那件亮色 T 恤十分宽大,松松垮垮地垂在牛仔裤上面。他淡定地进了地铁,一副无所顾忌的样子。不知为何,阿莱莎对他充满了好奇。她也跟着上了这班车,直到广播通知才知道,这条线的终点站是象堡[1]。那家伙一看有空位,就直接叉开腿坐到了两个座位中间。

他拿出手机,划了两下,没精打采地瘫在座位上。在贝克鲁线的地铁进入地下行驶前,手机还能收到信号。她拿出自己的手机,只是机械地滑动,压根没看内容。她的眼神越过了手机,盯着她左边的那个人看,那个男人,不,那个男孩。

她单手捋了捋头发,往座位上挪了挪,还是盯着他看。他抬起眼看了一下,就那一瞬间,他们对视了——很短暂,很不真实。

她匆忙地低下头继续刷手机,忐忑不安,不知所措。她打开了Tinder。她还没认真玩过这个软件。她跟朋友们不一样,她们好像

---

1 位于伦敦一区泰晤士河南岸的区域。

一直都在线，基本每隔一天就有一场约会。她没有时间去认识男孩子，出去约会或一起玩。但偶尔当她想要掩盖自己真实的生活状态，假装活得自由洒脱时，就会打开软件机械地刷一刷。

这个人也玩 Tinder 吗？要是她不小心把他往左划了怎么办？更糟糕的是，如果把他往右划了呢？

她迅速地按下主页键最小化应用，慌忙把手机塞进了口袋。但他还在看手机，根本没注意到这些。他也没留意到她。她轻轻地摸了摸牛仔裤口袋，感受着手机透过布料传来的温热。

她又抬起头来，缓缓地环顾四周，最后眼神停在了头顶上方的地铁线路图上，虽然她也没特意想看什么。张望到最后，属实有些索然无味，于是她从包里拿出了那本《杀死一只知更鸟》……

列车已抵达女王公园站，这节车厢里没有一个人下车。五个人都稳稳地坐着，各有各的目的地。她开始看书，飞快地扫视书页，绞尽脑汁地回想之前读到哪儿了。就在这时，手机响了。

是艾丹。

"喂？"她刻意放低了音量。那个大男孩抬头看向了她。啊，她脸红了，真糟糕。

"莱莎，回来。"他说。

"你说什么？"

"你能不能在一个小时之内赶回来？"

"怎么了？你在家吗？"

"我在。赶得及的话就回来吧。我……"他顿住了。

"怎么了，艾丹？"

"我需要你。"他说得很轻。

他随即就挂断了电话。阿莱莎心头一紧。莱拉今早状态还挺不错的呀？就目前的情况来说，确实算挺好的了。

自从爸爸离开这个家以来，艾丹就从未对他的妹妹说过"我需要你"这种话，而且一直急着要把爸爸的所有东西都处理掉。那个时候，阿莱莎还不明白，艾丹为什么要清理掉爸爸留下的所有痕迹。

那年夏天，艾丹放弃了进入大学读商科的机会，只想着要先把一切都"安顿"好。他们小时候玩游戏，艾丹总扮演自行车店店主的角色，阿莱莎就扮演那种脾气很差的顾客。多年过去，她始终坚信哥哥真的能开一间自行车店（到那时，货架上会摆满各种工具和部件，无须再从橱柜里拿餐具出来代替），但他至今都没"安顿"好。阿莱莎不确定，还会不会有那一天。

"我需要你"，这句话在她的脑海里回荡。到站了，她最后看了那个男孩子一眼，就走到了站台的另一侧准备回家。她把重心放在一条腿上，刷着手机，假装她是有意如此，她有自己的计划，有自己的生活。

她朝身后瞥了一眼，希望能再看看他。但地铁已经开走了。

她站在家门口的台阶上，抬头望着窗户，侧耳细听，希望能听到些动静，哪怕是最细微的声响，好知道家里出了什么事。但除了几条街直升机盘旋的声音，她什么都没听见。微风吹乱了她的头发。

还没等她鼓起勇气从口袋里拿出钥匙开门，就被电话铃声吓了一跳。门突然开了,她的哥哥举着手机站在门口。

"阿莱莎,你回来啦。"他迅速地说道,把手机放了下来,"怎么不进门?"

"没有啊。我刚到。家里怎么了?"

"呃,我得出去一趟……"他一会儿低头盯着自己的脚,一会儿抬头望着天空,总之就是不看她的眼睛。

"你要去哪儿?"阿莱莎目不转睛地盯着他,想弄清楚发生了什么。

"我要去上班。你能待在家里吗?"他一动不动地站在原地。

"为什么?因为妈妈吗?"阿莱莎仔细地观察着他的脸。莱拉此时可能处于何种状态,可能会进入怎样的状态,她想在艾丹身上寻找蛛丝马迹,"我还以为你今天下午休息呢。"

艾丹盯着他的车钥匙看。"本来是,我……我在最后关头接到通知要过去。听着,我真的很抱歉,但我必须去,我今天也不放心放她一个人在家。"

阿莱莎走上前,可艾丹并没有给她让道。他有事瞒着她。"她还好吗?"阿莱莎尽量让自己的声音听起来不那么恐慌,"我需要你"这几个字又突然浮现在了她的脑海里。

"很好,阿莱莎,她很好。抱歉,她现在很好。只是,你也知道,有些时好时坏的。我有事要做,又不知道你在哪里,你也没留张字条。"在那一瞬间,阿莱莎看到哥哥眼中闪过了一丝惊慌、紧张与伤痛,但她很快就否定了这个念头。艾丹从来不会惊慌失措,不是吗?他远非完美,但在他们三人之中,只有他能把一切都安排得妥妥当当。杰里米舅舅总说："这个男孩，独自扛下了整个世界，却依然那么风度翩翩。"他说得对。

"那，我可以进去了吗？还是需要对个暗号？"

"啊，对，抱歉。"他让开一步，抓起放在台阶上的包，随即走了出去。他面带微笑，可他的眼神里似乎还隐藏着别的情绪。瞬间即逝，无法看清。

阿莱莎把包扔进玄关。"行吧，回见。"她能感受到自己声音的平静，但她其实很想对着他的背影怒吼："不要在平安无事的时候突然甩出一句'我需要你'。"她想告诉他，自己被他吓坏了。她想对着他怒吼、尖叫。

"我今天是个短班。"他又说了一句。他已经走出家门，站在了路面上，他的声音瞬间变得轻快，眼睛都明亮了些——她之前从未注意到，艾丹会有如此明显的变化。"八点下班，到时候见。需要什么就打电话给我，好吗？"

"随便吧。"

"我可以给你买个比萨之类的作为补偿。真对不起，都怪我们，毁了你的计划。"他钻进了车里，回头对她喊道。

她知道他说"我们"指的是"我和妈妈"。因为只要提到妈妈，她就无法对他生气。

"我讨厌比萨！"她吼了回去。

阿莱莎甩手与哥哥作别，轻手轻脚地进了家门，希望妈妈还在床上睡着。但莱拉正坐在沙发上，收看一个国际频道。上面的人说着各种各样的语言。

"妈妈。"阿莱莎尽量轻柔地问道,"你为什么要看这个?"

莱拉沉默不语,似乎想不出答案。最终,她耸了耸肩,咕哝着说:"能让人平静下来。"

阿莱莎看了看电视——是部表演得十分夸张的戏剧。震耳欲聋的音乐,情感强烈的凝望。那个女人恶毒的目光几乎要刺穿屏幕。"怎么让人平静?"

莱拉目光呆滞,好像什么都没看进去。

"要喝杯茶吗?"

"不用了,我不渴。"她的嘴唇微微泛灰,看起来很干。她的前额沁出了一层薄汗,上唇的绒毛上甚至凝结出了小汗珠。

她知道今天肯定不好过。

已经有阵子没再出状况了。艾丹总能知道要留心哪里。她现在很后悔,今早就不该出门。但艾丹当时坚持要她出去,因为他完全应付得来——而且他知道,阿莱莎应付不来。现在艾丹不在,她只能勉强撑着,根本不知道怎样才能让妈妈有安全感。那是她的妈妈,可她不知道自己该说些什么,或是做些什么。不管过多少年,只要莱拉陷入这种状态,阿莱莎对她来说就只等同于一个陌生人。

阿莱莎走进厨房,双手撑着台面,然后拿出了她最喜欢的马克杯。这是爸爸在圣诞集市上给她买的杯子。根据杯底的标记,这应该是只手绘的杯子。上面画的这个金发碧眼的天使,跟她一点儿都不像。小的时候,阿莱莎总是告诉自己,这就是爸爸眼中的她。告诉自己,在爸爸眼中,她就是个金发碧眼、皮肤白里透红的小天使。

水壶里刚烧上水,莱拉就在那边喊:"给我倒杯茶。"阿莱莎翻了个白眼，然后赶紧把妈妈最爱的星球大战马克杯洗干净。杯子在洗碗池里放了好些天，在池里重重地印下了深色的圆形咖啡渍。

水一烧开，她就立即把热水浇在了新的茶包上，又往两个杯子里各加了一点儿牛奶，看着茶色慢慢从茶包处往外扩散，杯中的液体逐渐被染成了褐色。

她小心翼翼地把两杯茶端到客厅，眼睛一直盯着杯面，生怕弄洒。要是出了差错，可就得闹个没完了。

她悄悄地把杯子放在莱拉旁边的小桌上，关掉了电视。莱拉竟然迅速地进入了睡梦中，发出了细微的鼾声。

阿莱莎坐在对面的椅子上看着妈妈，就这样过了一会儿。她听到了孩子们骑着自行车从门口经过，听到了街上的咒骂声，也听到了妈妈们的谈笑声，她们正缓缓地推着婴儿车。她叹了一口气，同时注意到了亮起的手机屏幕，有人想和她通电话，来电显示是：爸爸。她惊得跳了起来，拿起电话，慢吞吞地走出房间，轻轻地带上了身后的房门。

迪恩已经三周没和她通电话了。她想按下绿色的通话键，犹豫之后，又看向了红色的挂断键。莱拉就在隔壁房间，现在和迪恩通话……感觉就像是一种背叛。但要是她直接挂断，迪恩可能就再也不会打过来了。他现在已经有了新的生活，新的孩子，新的妻子。他完全有理由不再打过来。他"太忙了，宝贝儿"。

"喂？"她用手捂着嘴巴，放低声音，竭力隐藏着心底的渴望之情。她只是想和他聊聊，随便聊聊。

"嘿，宝贝儿！"他的声音很欢快，话筒那边也有些吵闹——

她能听到背景音里的闲聊声。

"嘿，爸爸，你在哪儿？"

"我就在家——孩子们在看电影呢。你在哪儿呢？为什么要这么小声说话？"

"我就在家。妈妈睡着了。"

"你们……你们都还好吧？艾丹怎么样？"

"他在忙，去上班了。妈妈现在不太好。她已经有一段时间没接新的设计项目了。我们都在努力地帮她。"

阿莱莎喜欢看妈妈做设计，有时也看她画画。但妈妈只要一陷入这种状态，就会放下手头的一切。她会把电脑收起来，把所有材料搁置到一边，也不再接受任何委托。对阿莱莎和艾丹来说，这就是情况不妙的一级信号。

"阿莱莎，如果你不想待在家里，也可以来我这儿过一段时间。我们都欢迎你。现在放暑假了吗？"

"嗯，已经考完试了。不过……我找了份工作。下次再说吧。等事情都处理好。总之，我还有很多东西要看——申请大学的材料之类。学法律……竞争压力很大。艾丹希望我好好学习。"她盯着墙壁，想象着爸爸坐在他家里，一尘不染的家里，和优秀的孩子们坐在电视机前嬉笑逗趣的样子。在他的新家里，会不会也有气氛压抑的时候？

"喔，我理解。那也很好，宝贝儿，我很高兴你能这么认真。"他顿住了——电话那头传来了"咯咯"的笑声。有人在他身后叫他："爸爸？"

"真对不起，阿莱莎，我得挂了。抱歉——我会尽快再打给你的。我保证，好吗？如果你想来，我们随时欢迎。"

"我知道。"阿莱莎说。

"好，再见，宝贝儿，爱你。"没等她回答，他就挂断了电话。

"再见。"她对着手机屏幕说道。为了让大脑持续运转，不被周遭的寂静吞噬，她开始翻自己的通话记录。

艾丹。艾丹。艾丹。家。家。凯尔。萨摩斯。凯尔。家。艾丹。

她直接打开了手机通讯录，找到蕾切尔的名字，按下了"呼叫"键。她听着拨号音，甚至希望蕾切尔不要接电话。她真的不知道该说什么。只是在和爸爸通电话，听着他的声音，感受到他的轻松之后，真的让她觉得非常无助。

"嘿，表妹！"蕾切尔的语调十分轻快。

"嘿。"阿莱莎难掩心中的沮丧，"方便说话吗？"

"对不起哦，宝贝，我和朋友们在外面呢。可以晚点再打给你吗？"

"没事，没事。"阿莱莎如释重负，她不想害蕾切尔觉得愧疚，她只是在过自己正常的生活而已，"过几天再聊吧，好吗？祝你晚上玩得开心！"她叹了一口气，挂了电话。显而易见，能陪她的只有妈妈轻微的鼾声。

莱拉坐在她旁边，头垂在肩膀上，安详地睡着。有那么一瞬间，阿莱莎很想把她摇醒，大喊："妈妈，和我聊聊！我们说说话！"但她立即掐灭了这股冲动。

她抽出手机壳里的阅读清单，展开又叠好，然后缓缓地从包里拿出了那本《杀死一只知更鸟》。有人精心整理出了这份清单——做好了筛选与整理。这些书里写了什么？为什么选择它们？这份阅读清单的作者是否知道，这张纸片也会成为别人的阅读清单？

她盯着《杀死一只知更鸟》，心里有些尴尬，回想起自己初次翻开这本书时有多么惊慌失措——觉得图书馆里的每个人都在仔细地打量她，猜测她在做什么，表现得像是个书呆子。但现在只有她一个人。这里没有人会评判她。

她把书页往后一卷，开始看书。起初还有些局促，逐字逐句地小声念出来，就好像上英语课要大声朗读时一样认真。过了一会儿，她才终于放松了下来，享受她自己的节奏，徜徉在词句之间。每读几行，她就要看看莱拉是不是快醒了，但妈妈动都没动。她现在知道这本书是如何让她同时步入两个世界的了——她现在所处的世界，是在妈妈身边，在自己的家里，充满夏日闷热潮湿感的世界——另一个世界则是属于两个孩子的世界，斯各特和她的哥哥杰姆一起生活在亚拉巴马州的梅康小镇上，他们可以去外面嬉戏，傻乎乎地玩闹……一副孩子样。要是能重新回到孩童时期，她什么事都愿意做；那个时候，生活还很肆意，可怕的邻居只是项有趣的谈资，一家人在哪里，家就在哪里。只看了前几页，她就敢肯定，斯各特会成为杰姆的束缚，但他始终都会容忍她。

"妈妈。"阿莱莎转向莱拉，她依然紧闭着双眼，"你怎么看待斯各特和杰姆？有没有联想到什么人？"阿莱莎并未期盼自己能得到回答。看到壁炉台上的照片，她不禁露出了微笑：七岁的阿莱莎和十五岁的艾丹抱在一起（是莱拉非要他们这样拍的，她就在镜头后面指挥），表情里写满了嫌弃。她暗自笑了笑。

接下来，阿莱莎又认识了斯各特和杰姆的父亲。叙述者斯各特直接叫他阿提库斯……这是有原因的，这是个非常重要的角色。"爸爸"这个词对阿提库斯来说似乎太过普通。他是位律师，机智、善良、正直……她转向莱拉，咧着嘴笑了。"妈妈！他是一位律师！"她压低了声音，"听起来像是他们小镇上的大人物呢。"她能透过斯各特的眼睛看到阿提库斯，一个身材魁梧、气势威武、颇受尊敬的男人。她还记得，很久以前，她也觉得自己的爸爸是这个样子。很奇怪，一告别童年，父母就立马变成了普通人。和你一样，他们也会恐惧，也会忧虑。

"妈妈。"她轻声地说，"我觉得我快掌握住诀窍了。"有那么一瞬间，她似乎看见莱拉略微动了动，眼睛睁开了点。她犹豫着，不知道要不要和莱拉说说话。阿莱莎到底还是没有出声，像小时候那样，挨着妈妈，蜷在了沙发上。她把书抱在怀里，闭上了双眼。

阿莱莎一觉睡醒，已经到了第二天早上。书还在她的手里，柔软的塑料护封和微微汗湿的皮肤粘在了一起。她四下环顾，恍惚之间，似乎看到一个小孩正坐在对面的椅子上：带疤的膝盖，短裤，腿上沾着亚拉巴马州的灰尘——是斯各特。在刚睡醒的那一瞬间，她从温布利瞬移到了梅康。她望向沙发的另一头，寻找莱拉的身影，想和她分享这一刻。莱拉不在，只有阿莱莎孤身一人。但这是一段日子以来，屋内的沉寂第一次没让她觉得厌烦；她又能呼吸了。

第七章

穆克什

嘟。"爸，我是罗希尼。我今天得去办公室上班，待会儿把普丽娅送到你那里待几个小时。今天是教师培训日。她有点儿闹脾气，所以我已经给她做好了盒饭。她还会带本书去，不用担心怎么陪她玩。我给她约了五点钟去温布利公路上的店里剪头发，到时候你能把她送过去吗？可以的话，今天出去走走也挺好的。待会儿见，爸。我十一点左右到。"

嘟。"嗨，老爸，罗希尼刚给我打了个电话。你有没有收到她的信息？她给我发短信说，她已经在去你那边的路上了。"

嘟。"嗨，爸爸，我是迪帕利。罗希尼说你报名参加今年的慈善健步走活动啦？太棒了！我过会儿就把健身 DVD 给你送过去，都是妈妈以前很喜欢的。她把自己锻炼得多健康啊。希望能帮你学会照顾好自己。"

现在是十点五十，为了把所有细节都弄清楚，穆克什已经把罗希尼的留言听了四遍。大概十一点到。五点钟约了剪头发。不用给普丽娅做饭。好好好。他没有理会弗里蒂发来的信息。因为她不需要回复，或者说，她也不想收到回复；弗里蒂向来都扮演着罗希尼的通讯员。况且，他一点儿都不喜欢迪帕利健身 DVD 的声音。在他印象中，奈纳也只是假装很喜欢，这样迪帕利才不会觉得白花了钱。

他把所有细节都记在了便利贴上。这叠便利贴是罗希尼留下的。（"爸，你好像从来都记不住我电话留言的细节；我把这个放在电话旁边吧，你可以把事情记下来。"）电话声再次响起，他的心开始狂跳。他又扯下了几张便利贴，怕是罗希尼在快到之前还有一大堆指示。

"哈——我快准备好了，我保证。上午十一点嘛。"穆克什语气急促，随即开始行动。

"您好，是帕特尔先生吗？"是一个男人的声音。

"是。"穆克什谨慎了起来，"我是帕特尔。你是？"

"您好，帕特尔先生，我是哈罗路图书馆的凯尔。我们前几天刚通过电话。有本您登记过的书现在可以借了。"

"可是，我没做什么登记找书啊。我都不知道怎么操作。"

"您确定吗？我们系统里有记录，是《杀死一只知更鸟》。"

"我没预订过，肯定没有。对不起哈，浪费你的时间了。"穆克什匆忙地致歉。

"嗯？那就奇怪了。可能是技术故障吧。需要我帮您取消预订吗？我可以给您留着，也可以把它直接放回书架上。"

穆克什正要回答，突然灵光一现。他看着便利贴上自己潦草的字迹：普丽娅……不需要做饭也不用陪她玩。毕竟也是本书……如果图书管理员没有要推荐的，或许这次技术故障能给他满意的答案。他没有时间可以浪费了。或许它就能让普丽娅开心！这可能是一个开始，让她知道他也在尝试去理解。"如果可以的话，我今天就来借。"

"当然可以了，帕特尔先生。"

"谢谢你，小伙子，谢谢你。我需要带什么吗？"

"您只要带着证件来图书馆就行。您应该还没有拿到新的借书证吧？把您的需求告诉前台工作人员就行。就这么简单！"

穆克什不确定是不是真这么简单，但这是他必须去做的事。他的心里充满了忐忑。"谢谢你，谢谢你，小伙子。"

他搁下电话，十一点的钟声恰好敲响。有人在敲门。"罗希尼！普丽娅！"穆克什打开门，脸上挂着笑容，"你们俩可真好看！"罗希尼穿着职业装，是套亚麻裤装，还戴了副特别时髦的眼镜。她朝他点了点头，一副公事公办的表情。

罗希尼说："爸，谢谢你在这样临时的情况下答应帮我。你们俩肯定有很多话要说吧。"普丽娅和穆克什面面相觑，显然都在想，"我们俩什么时候有很多话要说了？"

穆克什突然有些灰心。"其实我们准备今天去图书馆呢！"

普丽娅抬头看着他，满脸困惑。

"那太好了。"罗希尼试图掩饰内心的惊讶。普丽娅匆匆地走进屋里，手里一如既往地捧着书。罗希尼朝自己的车走去。

"罗希尼。"穆克什叫住女儿,她停下了脚步,"《杀死一只知更鸟》讲了些什么?"

　　"啊?"

　　"那本书,大概是什么内容?"

　　"哦,老爸。我是很久之前看的了,现在不太记得——我只记得那时候还看哭过。妈妈还安慰了我。她以为我考试压力太大了,但其实是看书看哭了。"他能从罗希尼的眼神中看出,她的思绪又回到了那天, "你不会是要去图书馆借那本书回来给普丽娅读吧?我觉得对她来说,现在读这本书还有点儿早。"

　　"不,不是的。是我要看。"

　　"真的吗?"她第一次那么认真地望着他,"好啊,那真的太好了,爸。妈妈会为你骄傲的。"

　　他觉得很骄傲,不由自主地挺起了胸膛。罗希尼钻进车里,向他挥手告别。当车子消失在视野中,他听到奈纳在他耳边低语:"谢谢你,穆克什。谢谢你又试了一次。"

第八章

阿莱莎

"阿莱莎？"一大早，凯尔就给她打了个电话，用那"专业的"语调告诉她，他已经到图书馆了。

"怎么了？"阿莱莎问道。

"那个老人，被你惹生气的那个（凯尔就喜欢硌硬人）……他今天会来借你给他留的那本书。你的'小把戏'好像行得通……你要过来向他推荐这本书吗？我很乐意代劳，我对这本书了解得很。"

阿莱莎翻了个白眼。他当然了解了。凯尔无所不知。她不知道自己为什么要以老人的名义登记预订这本书，但当她刚翻到《杀死一只知更鸟》的最后一页时，她很想找个人聊聊这本书，刚好那位老人想要一本书。她现在觉得，可能他来图书馆不只是想找篇故事读。如果他其实是想找个朋友，找个可以聆听他倾诉的人呢？那一瞬间，斯各特和她的哥哥杰姆……在阿莱莎心里，就把他们当成了自己的朋友。她想知道，这个老人读完这本书之后，会不会也有同样的感受。

"其实，嗯，我还是自己去吧。大概一个小时到。我还在等我哥哥回家。"

"好吧，那，一定要跟他讲讲里面有趣的内容，让他喜欢上这本书。每位顾客都很重要，记住了吗？"

她挂断电话，暗暗叫苦。悬疑小说爱好者之前怎么跟她说的？有没有提到什么有趣的细节，可以转述给那个老人？她只记得——他平时不看这种书，但在这本书的帮助下，放空了自己思绪离奇、装满罪案的大脑。

她拿出手机，在谷歌上搜索"《杀死一只知更鸟》的主题"，以及"《杀死一只知更鸟》的讨论点"，可网页上显示的一系列问题都很无聊，像是她英语老师的画风。她快速地翻阅着那本书，手指抚过读过的每一页，仿佛看到了杰姆、斯各特和他们的朋友迪尔给街那头阴森恐怖的屋子里住着的老人调皮捣蛋的情景。她停在了一页上：阿提库斯正在准备一起诉讼案件，为无辜的汤姆·鲁滨孙辩护。她会下意识地留意，好奇法律是否真是如此。她紧紧地攥住书页，小镇居民对待汤姆和阿提库斯的态度令她咬牙切齿。

"艾丹。"几天前的一个晚上，她大喊一声冲进了他的房间。他正坐在床上，心不在焉地浏览着笔记本电脑上的页面。

"莱莎，怎么了？"

她朝他挥动着手上的书。"这本书里！这个虚构的梅康镇上的人。他们太坏了——有个男人被指控袭击了一名白人女性，只因为她是白人，所有人都相信她。阿提库斯，他是个律师，很正直的律师，在为汤姆辩护。但是所有人……其他所有人，都太坏了。"

"《杀死一只知更鸟》？"艾丹瞟了一眼封面，"是本好书。"他眨了眨眼睛，"我知道，这本书会让人陷进去——如果你觉得喘不过气，就得提醒自己，这只是一本书而已，知道了吗？"

"你竟然会说出这种话，真有意思——你可是会在万圣节打扮成书里角色的人耶。你懂我的意思……它让我觉得很真实。我相信这是真的。这就是一场正义之战。"

"这本书真把你气坏了，是吧？"他好脾气地揶揄道。

这本书确实让她心烦意乱。可现在，她要介绍的是有趣的内容，她实在不知道自己的想法有没有用。这本书让她颇有感触，但有什么值得分享的呢？

她倚靠着厨房的操作台，等着水烧开。她的腰抵着台边，不禁回想起了小时候：艾丹追着她满屋子跑，她重重地跌了一跤。那一瞬间，感觉就像飞起来了一样。她撞到了脑袋，台面锋利的边角割破了她的皮肤，离左眼只差一点。

依然是艾丹冲过来救她。因为在家里乱跑，他还受到了迪恩的训斥。但无须迪恩开口，艾丹就主动拿来了绷带和用冷水浸湿的布，尽心尽力地帮她按着额头止血。他也承担起了照顾她的责任。在那之后的很长一段时间，莱拉都叫他"我们的小医生"——艾丹一直都很完美。

她在客厅里坐了下来，双手握紧杯子，凝视着窗外，看着外面来来往往的行人。只要有人经过，她就会抿一两口水。无趣的单机喝水游戏。她有些慌张——艾丹再不回来，她可能就赶不及去图书馆见那个老人了。

就在这时，好像是小说中的情节成真了一样。透过窗户，她看到了地铁上的那个人。这次他没有戴那顶无檐便帽。是她的脑袋出了幻觉吗？不是的，她告诉自己，是他。绝对是他。

她慢慢地往那扇窗边走去，呼吸之间，给玻璃蒙上了一层薄雾。她看着他从窗户一边走到了另一边。刚好，艾丹的车停到了马路对面，那是他常用的停车位。她的心跳缓了下来。阿莱莎透过玻璃，看见了哥哥的身影，他俯身往副驾驶座位探去，可能是把开车戴的眼镜收起来了——他不愿意承认自己开车的时候需要戴眼镜。然后，他扬起了头，望着天空。阿莱莎在等他从车里出来，但他坐了几分钟，依然不见动弹。

她就这样注视着，等待着，时间似乎停滞了。她觉得自己好像个入侵者在监视着他。到底怎么了？

身后随即传来了一阵低语。

"在看什么呀？"

是莱拉，她已经换上了牛仔裤和T恤——今天应该能顺利度过吧。阿莱莎尽量不表现得太过惊讶。

"你起来了啊！"

"我当然起来了。"

阿莱莎皱起了眉。

"你在看什么呢？"莱拉接着问道。

"没看什么。"阿莱莎转过身，想挡住艾丹的车，不让莱拉看见。她想给艾丹一点儿独处的时间。为了转移注意力，她说："就是之前在地铁上看到过的一个人。"

"心动咯？"莱拉露出了微笑。今天早上，她的眼神也没那么疲倦了。

阿莱莎悄悄地看了艾丹最后一眼。他知道她在等他回来，因为她已经发过短信说明自己要去上班了。他为什么还不进来？在做什么呢？他坐在车里，双手捂着脸，肩膀也耷拉着，就这样待了一会儿——然后抬起头看向家的方向，看向了她。

"妈妈？"阿莱莎猛一转身，莱拉已经不见了。

"我在楼上！"莱拉的声音从她房间里传了出来。阿莱莎迅速地从沙发上起身，假装自己没在看什么，"噔噔噔"上了楼。还没进莱拉的房间，她就隐约听见了收音机的响声。

她走进去，莱拉摘下了一只耳机。

"进来，宝贝儿。"莱拉柔声道，"过来和我一起坐坐。"阿莱莎尽力压制着想赶紧去图书馆的那点儿慌乱，尽力把注意力集中到妈妈身上。她现在需要一个拥抱。需要莱拉告诉她，一切都会好起来的。

莱拉挺直着身子坐在床尾——阿莱莎习惯了她往常蜷曲着的样子——双腿悬在床边，脚趾似碰未碰地踩着地板。收音机放在一旁，仿佛是通过耳机给她注入了生命。

她拍了拍另一侧床面。阿莱莎依言坐了下来。莱拉摘下耳机，把耳机线绕了一圈又一圈，然后整齐地放在收音机边上。阿莱莎注意到了这些线条。妈妈的脚和地板。妈妈的后背和床。竖直放着的收音机，还有耳机。似乎有无形的分界线穿过了她，越过了她，绕过了她。她也注意到了自己的线条——自己的后背（无精打采地微微驼着）和床，自己的腿和地板，还有自己的脚（脚趾弯曲向下，不像妈妈那样伸直）。妈妈在对她微笑，阿莱莎现在却不知所措；她满脑子想的都是，她怎么破坏了既有的模式？她并不属于这里。

阿莱莎僵在那里，敛声屏息，生怕一不小心就毁了莱拉的心情，生怕让莱拉察觉到，阿莱莎的存在有多么突兀。几分钟之后，她们都听到了大门外钥匙叮当作响的声音，以及门锁的转动声。莱拉从床上一跃而起，把阿莱莎抛在了脑后。无论先前是被下了什么魔咒，此刻都已彻底消散。

"艾丹！"莱拉朝前门走去。阿莱莎伏在楼梯栏杆上，看着莱拉抱住了她的儿子。阿莱莎仔细地看了看艾丹的神情。他下巴抵在妈妈的肩膀上，面露微笑，眼睛亮闪闪的，对吧？

"跟我到厨房去。"莱拉拽着儿子往里走，"我来做点儿吃的！"

阿莱莎立在原地，觉得自己很多余。

过了一会儿，她缓过神，开始积极准备，从卧室里拿起包，在门口穿上鞋子。艾丹走到她旁边，已经系上了围裙。

"你现在出发去图书馆吗？"

"对，那个老人，你知道的那个，他要来取我推荐的书。"

"太好了，阿莱莎！你这回可得好好表现。"

"当然啦。我最近都在看那本书——"

"《杀死一只知更鸟》？"

"对，你还记得？"

"当然记得，你一直说个不停。"

"很有意思……我不知道我能不能做个像样的介绍。"

"他会喜欢这本书的。你和我说过的很多话都很棒。"

阿莱莎脸颊一热，好像此刻就是在推荐这本书一样，除了无所不知的凯尔和德夫，哥哥是她所认识的唯一懂书的人。"是吗？"

"是啊。但我不想骗你，每次我看到你手里还拿着书，人都已经睡沉了，我都觉得你是觉得书太无聊想睡觉。"

阿莱莎朝他翻了个白眼，轻轻地往他的胳膊上捶了一拳。"闭嘴吧。我可以集中精神做事的。别忘了，我每次考试都能拿高分呢。"

"那你还在等什么呢？"

"你！"阿莱莎抓起包就跑出门去。

"这简直像是《真爱至上》那类电影里的场景啊。"艾丹大声说道。莱拉的声音也传了过来："艾丹，亲爱的，过来帮我一把！"

阿莱莎给他回了个中指。

阅读清单的漂流之旅：英迪拉
2017

英迪拉没赶上今天的灵修，都怪预约的车。一到寺庙，她就慌得乱了方寸。她知道奈纳今天要带领灵修。因为要做治疗，所以奈纳已经有很长一段时间都没参加过灵修了。她还答应过奈纳一定会到场。她想见奈纳，想给她鼓励。她每天都会为奈纳祷告。她们并不算是非常要好的朋友，英迪拉和谁都不是特别要好，但奈纳愿意给任何人提供帮助，而英迪拉坚信，一定要在人们最需要的时候回报他们之前的善举。

其他时候迟到都不要紧，为什么偏偏是今天？

英迪拉坐到鞋架旁的椅子上，解开绑得紧紧的尼龙搭扣，脱下了皮凉鞋。尽管医生建议她要格外小心，她还是没脱下袜子。"帕特尔女士，如果你实在不愿意穿鞋，那最好就直接光脚。这样走路不容易打滑。"英迪拉从来就不爱听医生的话。

她小心地把鞋子装进塑料袋里，然后选了个她最喜欢的鞋架。鞋架 D，89 号。老地方。有的时候学校组织郊游，鞋架会被带走，其他人也都知道，这就是属于英迪拉的位置。

她看了看，鞋架上没有别的鞋子，只有一张皱巴巴的纸被压在了后面。在好奇心的驱使下，英迪拉把它抽了出来，摊平，想看看能不能把它还给失主，或者说是那个乱丢垃圾的人（谁敢在她的鞋位上乱扔垃圾）。

你可能用得上：

《杀死一只知更鸟》

《蝴蝶梦》

《追风筝的人》

《少年派的奇幻漂流》

《傲慢与偏见》

《小妇人》

《宠儿》

《如意郎君》

英迪拉皱起眉头。这是什么？某种清单，工整的手写英文字体，不是她熟悉的笔迹。只有这个证据，她根本找不出那个乱扔垃圾的人，没法指名道姓地去责骂。

她瞄了一眼时钟。已经两点零五分了，她还没到大殿呢！她知道自己应该把那张纸扔进垃圾桶，做个负责任的公民，但垃圾桶不在附近，在与大厅相对的那一头。为了节省时间，也因为她脑海中隐约闪过一个细微的念头，"你可能用得上"应该是留给某个人的信息，甚至可能就是写给她的，她把纸片整齐地叠好，塞进了寺庙发放的塑料袋里。袋子上印着的斯瓦米·巴帕正凝视着她，一切都好。

她看见奈纳的丈夫穆克什正透过木门的一扇窗户向里张望。木门隔开了主廊和大殿。

"哎，你在看什么呢？男士不得入内！快走开！"英迪拉和他开玩笑道。

"你好啊，英迪拉。我就是看看，确认她没事。我说过会留下来等她的。"他的声音微微发颤，双目泛红，很疲惫的样子。

"你这样盯着看对背不好！"

"英迪拉，你知道的。你看。"他朝大殿里一指，英迪拉跟着看过去，胳膊肘支在寺庙的齐默助行架上，"我得照看着她。"

奈纳几乎变了个样子。以往她会把乌黑亮丽的头发扎成辫子，今天却用一件旧纱丽遮盖得严严实实，而且和她的穿着完全不搭。这可不像奈纳的风格，但英迪拉并未对穆克什说这些。他目不转睛地注视着自己的妻子，仿佛只要他把目光移开，她就会彻底消失似的。

奈纳面容枯槁，但表情还是一如往常——活力满满，生机勃勃。就算隔了这么远，英迪拉也能感觉到奈纳的眼皮有多沉重，但她的手臂依然随着音乐的节拍挥动着，嘴巴也张得很大：她把全部的精力都注入了这首歌曲。也许这首歌让她重获新生。坐在椅子上或地板上的女人们都在拍手，她们的纱丽和旁遮普连衣裙汇集成一片缤纷的海洋。

要不是奈纳干瘪的身形，要不是英迪拉以前从未见过奈纳佝偻着肩膀，要不是她瘦削的面庞，要不是她头上裹着的围巾，英迪拉绝对不会相信奈纳得了癌症。但事实就摆在眼前，英迪拉不明白，为什么神选中了奈纳。为什么偏偏是奈纳？奈纳可是有家庭、有爱的人。而英迪拉——空有一副健康的躯体，却几乎无人爱她。

"我得进去了。"英迪拉对穆克什说。穆克什点了点头，耷拉着嘴角，帮她拉开了门。

奈纳微笑着招呼她坐下。歇不到一分钟，又开始歌唱。

在这间房里，英迪拉可以感受到每个人对面前这个女人的喜爱与尊重。如果英迪拉也遭遇了同样的事情，人们还会在这里，以同样的眼神看着她吗？可能不会——她也知道原因，她和奈纳不是一类人。但英迪拉一直在寻找她们身上的相似之处，只是，通常都没有人陪她一起探索。

灵修结束后，英迪拉躲在远处的墙边，假装在核对东西有没有带齐。她觉得既尴尬，又孤独，也不知道该和谁说话。奈纳走了过来。其他人都在认真地和自己的朋友、姐妹、表亲，还有邻居聊天。

"英迪拉，你能来真是太好了。我们好久没见了，对吧？"

"哈，奈纳。你今天领得太精彩了，你的女儿们都很为你骄傲呢。"英迪拉指了指前排正聊着天的那三位女士，"她们全程都在鼓掌欢呼！"

奈纳看着她的女儿们：迪帕利、罗希尼和弗里蒂。"哈，她们的确很棒。"

英迪拉点了点头，用手捧着奈纳的脸，感受着她温暖柔软的皮肤。"再见。"英迪拉低声地对她说，她们的手紧紧地握在一起，"谢谢你，姐妹。"她的脸上带着温柔的微笑，眼里闪耀着光芒。

那是英迪拉最后一次见到奈纳。那份阅读清单被揉成一团，遗忘在塑料袋里，每周都被带到寺庙里来，又被带回去。就这样过了很长一段时间。不过，等到合适的时机，它一定会再次回到人们的视线中。

第九章
穆克什

"快点，外公！我想去图书馆。"

穆克什很喜欢往公路上走的这段路，他竭力想跟上在前面蹦蹦跳跳的普丽娅，但呼吸之间，肺部传来了一阵疼痛。光是看着她的样子，穆克什就愈发觉得自己老了、虚弱了。曾几何时，他把刚出生的普丽娅抱在怀里。小小的眼睛、耳朵，还有一个圆圆的小鼻子。那个时候，她多小、多脆弱啊！现在看来，他们的角色已经颠倒了。他才是脆弱的那个。

哈罗路图书馆是座古老的建筑，与现代化的市民中心完全不同，这里看起来就像是曾经住过人家的房子，有着宽阔的白色墙壁和漆黑且醒目的木质构架。因为后面是个公园，所以尽管位于主干道上，这里也还是很安静。图书馆有很多扇窗户，有些肯定是时髦的新款，还有那些可怕的"自动"玻璃门。他发现门上挂了块他以前从未看到过的牌子，上面写着：拯救我们的图书馆。把消息传出去。

"哇。"一到门口，普丽娅就悄悄地说，"小时候，外婆带我来过一次。不过我记不太清了。"

穆克什点了点头，因为上次的经历，他很紧张，也很尴尬，但普丽娅的兴奋激励着他。他抓着普丽娅的肩膀，防止她再乱跑。进门之前，他特意确认了下今天当班的图书管理员。他看见向后挽成髻的黑发从前台的桌面上冒了出来。是她，那个没礼貌的女孩。他叹了一口气，然后挺起了胸膛。

大门奇迹般地在他们面前打开了。一进图书馆，普丽娅就往少儿区飞奔而去。他知道，她现在已经是个大孩子了，其实并不适合再看那些书。不过，或许她自己心里有数呢。

他看着普丽娅在书架间进进出出，拿起书翻看，面对这个陌生的新奇世界丝毫不惊慌。她怎么这么如鱼得水？环顾四周，每个人都知道自己在做什么。只有他是例外。

有些书架上堆满了书，有些书架上却稀稀落落的，一整排只有四五本书。靠墙的位置摆着一排桌子和现代化的电脑，椅子散落在周围，有些已很是破旧，有些看起来应该是新换的。楼上还有阅览区，但楼梯口的栏杆上挂了条链子，上面的标牌明确写着"员工专用"。图书馆虽小，但他很确信，自己能在这里找到些东西——想到自己之所以这么快又回到了这里；这次神秘的图书预约可能就是他成为"图书馆人"的第一步，就和这里的其他人一样。

他深吸了一口气，走向前台的女孩。他惊讶地发现，她正面带微笑地看着自己。

"你好。"他走到台前,小心翼翼地打了声招呼。瞥见普丽娅坐在豆袋椅上,两手捧着一本摊开的书。

"您好,需要帮忙吗?"女孩问道。他左看右看,找她的手机,她的耳机,找她没在认真看书的证据,但没找到。真奇怪。

"我来拿我预订的书。不过我有个问题。"

"哦?您说。"

"其实,我并没有预订什么书。一个星期之前,我才办好图书馆的卡。还是说,这是本入馆必读的书?"

"穆克什·帕特尔先生?"

"怎么了?是……是我。"要么是她知道得太多,要么就是这间图书馆的服务太好。

她往电脑里输入了些什么。指甲敲在键盘上发出"咔嗒、咔嗒"的声响,穆克什下意识地咬紧了牙关。

"对,《杀死一只知更鸟》。没错。"她仍然紧盯着屏幕。穆克什不知道,接下来会发生什么事。

她随即从桌子下面拿出了什么东西。是本书。递给了他。他不太喜欢塑料封皮的触感,但也可以慢慢地适应。

"我,嗯,是我给你预订了这本书。前几天你让我做推荐,我觉得这本很不错。"她有些犹豫,"嗯……这本书很好。"

穆克什把这本书拿在手里,好像他以前从来没有拿过书似的。他想问问这位年轻女士,这本书大概讲了些什么,但他不知道这算不算是个蠢问题。或许他应该对这本书有所了解。

"外公，我能借这本书吗？"普丽娅冒了出来，手里举着《地海巫师》。穆克什耸了耸肩，望着桌子后面的女孩想寻求些意见。她点了点头。

"没问题，你最多可以借……"她稍一停顿，"凭借书证，一次可以借六本。"她把一张写着他名字的借书证推了过去。

普丽娅看着外公，使劲地点头。他从未见过她如此活跃的模样。她把书紧紧地抱在胸前，身子左摇右晃。

"其实，你借的这本书，《杀死一只知更鸟》，你外孙女也能读。"女孩会意地看着他。穆克什沉思了一会儿——罗希尼说过，她还没到读这本书的年纪。

"所以，这不是一本入馆必读的书？"他抓起了自己的借书证。

"啊，可能是，算是吧。如果你不想读，也没关系。但我觉得这本书很好。"她似乎突然不太自信了，变得谨慎起来。

"我听过这本书，外公。是部电影之类的。"普丽娅插话说。

"哈？孩子，讲了些什么？"

普丽娅耸了耸肩，眉头紧锁。"我不知道，我又不是什么都知道。"

穆克什笑了起来。坐在台后的女孩吸了一口气，好像要开始大段演讲似的，但她只说了一句："这是一本很好的入门小说，你知道吧？是部经典之作。"

"你觉得我会喜欢它，这本书？"穆克什不知道该看向谁——是那个女孩，还是普丽娅。他喜欢《时间旅行者的妻子》，但主要是因为它在恰当的时间恰巧出现，拉近了他和奈纳之间的距离。

女孩点了点头。

穆克什看着书的封面。标题潦草得像是手写字，他眯着眼睛才能看清。杀死，一只，知更鸟。"为什么会起这个名字？"他问道。

"里面有一条线索……"女孩突然提高了嗓门，"抱歉，我不剧透。读过就知道了。很容易弄明白的。"

"是啊，外公！"普丽娅看着女孩，满脸笑容，好像她俩才是一伙儿的。穆克什可以从普丽娅的眼神中看出钦佩——自己的女儿见到表姐时就是这样的眼神。女儿们总是仰望着表姐，说她们是"炫酷女孩"。

"如果我能借六本的话，还能给我推荐几本别的书吗？"穆克什问道，"哦，把这本也算上。"他指着普丽娅的书。

女孩愣了一下，瞪大了眼睛。"不，不，就先拿这一本吧。相信我。它可以，嗯，让我知道你接下来应该读什么。如果你喜欢的话。"

"那我就先试着看看这本。"他对她笑了笑。她也回了一个微笑。他低头看着普丽娅，面带微笑。"我借了本书！"

"我知道，外公，这太酷了。"普丽娅把她的《地海巫师》递给了台后的女孩。穆克什也仿照着把书递了过去。

"外公。"普丽娅悄声地说，"还要你的借书证。"她轻轻地戳了戳穆克什的肋骨，穆克什立马照做。

他看着女孩扫了下借书证的条码。哔。两本书都登记好了。哔。哔。

"什么时候还书呢？"他问道。

"三个星期之内。需要的话，你也可以打电话或者在网上办理延期。"

"不用，我能看完。我知道她也能看完。"

"要不要在书上盖一个戳？防止您忘了时间。"

穆克什翻到《杀死一只知更鸟》的标题页，看到了布伦特图书馆委员会的那张表格，上面盖满了黑色的日期戳，密密麻麻的。这么多！感觉好奇怪：这本书不只是为他准备的，而是为所有人准备的。在他之前借过这本书的人，以及在他之后将要借走这本书的人。他们可能在海滩、火车、公交车、公园、客厅里读这本书。也可能在厕所里？但愿没有！每个读者都在不知情的情况下因为某些细节联结在了一起。他也即将加入这一队伍。"好的，麻烦了。"他把两本书都递给了女孩，准备盖章。他看着女孩的操作，心里想，奈纳有没有拿过其中哪一本？她来过很多次，已经读了上百本书。《杀死一只知更鸟》会是其中之一吗？

穆克什把书装进了帆布购物袋里。

"先生，如果你们俩想坐在这里看书的话，我们这里有咖啡机，也提供果汁。你叫什么名字？"她问普丽娅。

"你好，我是普丽娅。你叫什么名字？"普丽娅大胆地回应，出乎意料地自信。

"阿莱莎，很高兴认识你。你和外公要坐在这儿看书吗？"

普丽娅抬起头，满怀期待地看着穆克什，但穆克什摇了摇头。快五点了，普丽娅该去剪头发了！他感觉到两双眼睛都在盯着他。她们能看出来他松了一口气吗？他不想坐在这里看书……太难为情了。他很高兴能有这样的借口——而且确实时间快到了，要是耽误了，罗希尼肯定会唠叨个没完。

"还有什么需要我帮忙的吗？"女孩问他们。

"不用了，谢谢你。你帮了我大忙。我得把我外孙女送到某个地方。"

她绽开了笑容，用手捋了捋头发，理顺了一丝乱发。

"我现在得走了，回去就开始看《杀死一只蜂鸟》。我今晚一定要看几页。"他说道。

"是知更鸟。"女孩直接纠正了他。他只笑了笑，不知道她为什么要重复自己的话。

穆克什朝图书馆外走去，普丽娅朝女孩挥手告别，女孩也友好地朝她挥了挥手。今天他似乎更高大了，可以看到更远的地方，一直看到停车场的尽头，看到树林那边，看到建筑后面，他可以看到温布利球场另一端。只需稍稍站得高些，他甚至可以从这里看到整个伦敦。他心想，姿态对人的作用真是惊人。

"干得好，穆克什，你直面了恐惧。"是奈纳在他耳边说话。他能听到她的声音。她的声音比以往更响亮——好像就站在他身边。

"谢谢你。"穆克什低声回答。

"什么，外公？"普丽娅问道。

"对不起，没什么，孩子。我带你去理发店吧！"

"外公，不！我不想去。妈妈总想给我剪头发，但我想要留长。"

"有的时候，听妈妈的话就行了。她会开心的！你可以坐在那里看书呀。怎么样？"

"那倒是。"普丽娅耸了耸肩，跟在外公身边，往理发店的方向走。

今天，他按流程从图书馆借了一本书，台后的那个女孩甚至还很乐意帮忙。他对自己之前的抱怨感觉有些不好意思，但话说回来，要是没抱怨，她今天可能还不会这么有礼貌。以前他在温布利中央站的售票处工作的时候，顾客都喜欢给反馈——友善且诚实的顾客反馈是唯一一种可以有效提高服务质量的方法。多年过去，到了现在，他也喜欢采取这种方式。

今天，他还带着外孙女去了图书馆。这么多年来，普丽娅第一次在和外公相处的时候表现出兴奋（起码很满意）的样子。或许，今天就标志着新篇章的开始。

阅读清单的漂流之旅：莉奥诺拉

2017

莉奥诺拉双手合十地同她的教练道别，随后就拎起了放在走廊里的鞋子。每个人都赶着离开，鞋带都不解，脚往鞋里一踩就朝门外跑，瞬间把瑜伽课上的那份宁静抛到了九霄云外。但莉奥诺拉每次都不紧不慢，丝毫不在意自己是不是挡了谁的路。她在逐渐适应现在的生活，也品味着眼下如梦似幻的平静时光。

每当有人问起，她为什么要搬回温布利时，她总说是想离父母更近些——她从不提起自己离婚的事，对关系日渐疏远的姐姐海伦娜也只字不提；当初她之所以离开曼彻斯特去往伦敦，就是因为海伦娜。一听说莉奥诺拉离了婚，父母就对她发了火，还极力劝她搬去和姐姐一起住，好帮她走出困境，也好让他们安心。她勉为其难地答应了，但海伦娜其实并不是很想帮忙，所以现在，她们的生活充满了尴尬的寂静——在姐姐家里，莉奥诺拉就是一个不受欢迎的陌生人。也没有人愿意听她倾诉。在这个熟悉却冷漠的地方，她没有朋友，只能苦苦地挣扎着。

这次回来，她感觉非常奇异。父母和海伦娜亲眼见证了温布利的变化，他们已经成了这些变化中的一部分，所以并不能清晰感受到前后的差异。但是莉奥诺拉在重返家乡之前，无论是在复活节、圣诞节，还是法定假期，都基本没有去过北环线之外的地方，所以对她来说，这个自己从小长大的地方已经彻底地变了样。到处都是新建的高楼大厦。随着岁月的流逝，住宅区的街道在灰尘的笼罩下愈显灰暗，为了吸引游客，购物中心、车站、体育场则都被装点得光彩夺目。

莉奥诺拉在这座已改头换面的孤独城市中踽踽而行，希望能在瑜伽课上认识些新朋友。但除了偶尔说几句"你好"，似乎没人想要闲聊。大家四散离开，唯有莉奥诺拉徘徊踟蹰，不愿回家。

有位女士总是对她热情地微笑，但她实在不好意思上前攀谈。她知道自己该鼓起勇气，去做个自我介绍。但这里的每个人都独来独往，就算只是打招呼，也会显得很奇怪，很另类。

今天，她照常穿上了鞋子，再慢慢地系好鞋带。和前几周一样，她站在通知栏前看了很长时间，希望有人先来跟她打招呼。她想要那种浪漫的邂逅，就像好莱坞电影里一样。好吧，说实话，她只是想交个朋友。

瑜伽退修会每周 500 英镑——不用了，谢谢。猫咪临时托管——对猫过敏的人可以吗？算了，谢谢。哈罗路当地图书馆的读书会。

她从小就不参加这些。海报旁边是一张手写的清单，应该是读书会的清单。

《杀死一只知更鸟》

《蝴蝶梦》

《追风筝的人》

《少年派的奇幻漂流》

《傲慢与偏见》

《小妇人》

《宠儿》

《如意郎君》

或许这是个结交朋友的好机会。如果这是个读书会，大家肯定会说话。她欣喜地记下了地址。十几岁的时候，她就喜欢去哈罗路图书馆。她还记得那些图书管理员——现在他们可能早就不在图书馆了——以及那位年轻的经理，萨摩斯，他总能为每位来图书馆的顾客推荐符合他们个人口味的好书。

她逐行扫视这份清单。有些是她已经读过的书，包括十几岁时看过的《杀死一只知更鸟》。她已经忘记了故事的情节，她很不擅长记细节，但她还记得当初阅读时的感受。这本书有种温暖而神奇的特质。一看到书名，她就想起了坐在室外木椅上吃早餐的场景——过去太久了，她已经分不清，这到底是她自己的记忆还是书里面的情节。

她一看见第七行的书名，就把那本书从瑜伽包里抽了出来。《宠儿》。她把书拿起来。嗯，似乎是个不错的开始。

她翻了翻这本书。朋友多年前就向她推荐了这本书，但她最近才刚开始看。海伦娜每天都会睡个长长的午觉，这个时候，莉奥诺拉就会坐在姐姐身边看书，听着姐姐的呼吸声，任由思绪漫游。她已经完全被这本书吸引住了。

她想知道读书会什么时候讨论《宠儿》。通知栏上没有详细的通知。她能及时做好参与讨论的准备吗？在这本书中，母亲塞丝和她的女儿丹佛住在一幢房子里，而塞丝的长女"宠儿"阴魂不散，多年来一直把家里搅得鸡犬不宁。这让她不禁联想到了海伦娜的家。那里也有一个鬼魂：一个代表了海伦娜的过往、快乐，以及她无法预见的未来的鬼魂。

莉奥诺拉深吸了一口气，擦去了挂在脸颊上的眼泪。她把书放回了包里。读书会。也许是个好主意。是个让她聊聊天、交交朋友的好机会。她拍了一张阅读清单的照片，也在读书会的报名表上签了字；明天，等海伦娜午睡的时候，她会去看看的。明天就去。

第十章

穆克什

嘟。"外公，是我！"普丽娅的声音很欢快，"我真的好喜欢《地海巫师》，但我同时在看好几本书，所以我不能和你一起去图书馆还书了。妈妈说你今天就要去图书馆还书，所以我想电话留言跟你说，真对不起，我要晚一点儿才能还书。而且我今天没法去你家了，因为妈妈给我布置了额外的假期数学作业，我必须得写完。"

她匆忙地说了一大段话，为了不遗漏任何细节，穆克什只好从头再慢放一遍，备用的一大摞便利贴就放在手边。

他一直盼着和普丽娅见面，他起得比平时早，打扮整齐，就等着和她聊聊各自借的书。他甚至记下了几个关键词。他想要像阿提库斯那样，通过知更鸟"传授"一些智慧，即便那智慧并非源自他。

别往心里去，他听到奈纳说，她的声音从书页中传了出来。她还小，不是有意要伤你的心。

他知道奈纳应该是对的。但是和普丽娅一起去图书馆确实比较轻松。而且，他刚觉得自己和外孙女的关系终于有了突破性的进展。

穆克什叹了一口气。他该去图书馆了。他想把这本书还掉，再借本新的。但在内心深处，他并不完全确定自己一个人能不能做到。他又把书从头到尾翻了一遍，想从阿提库斯身上借点智慧，帮助自己度过这短暂的时刻。

大约一小时之后，他拿着书走到了图书馆。斯各特跑在他面前，打扮得像个火腿，替普丽娅为他加油；智慧的老阿提库斯陪在他身旁，阔步向前。在小说中伙伴们的鼓励下，穆克什穿过了玻璃门。他看到的第一个人就是那个女孩——阿莱莎。她正认真地工作着，耳朵里又塞上了耳机。他走到她的办公桌前，斯各特和阿提库斯都消失了踪影。一声咳嗽引起了她的注意，他把书放在面前，自豪地扫视着她的桌面。

"你好啊，帕特尔先生？你已经读完了吗？"

只要沉浸其中，下定决心，这并不是什么难事。最重要的是，他只用了两天时间，就读完了这本书。他对自己的成就感到非常骄傲：那段时间里，他只看了一集《蓝色星球》。

我哥哥杰姆快满十三岁的时候，肘关节曾严重骨折过。起初，他读得很慢。刚看到《杀死一只知更鸟》的第一行，他就有些畏缩了，总觉得奈纳正在注视着他的一举一动。

"这是本好书，穆克什，而且不会耗费你太长时间。"她清脆的声音回荡在耳边。他四下张望，希望她就在周围。他寻找着舒服的位置，客厅、厨房，然后是花园，最终还是锁定了奈纳睡的那一侧床面——简直完美。那一瞬间，他觉得自己似乎成了奈纳，正蜷着身子看书。但他内心深处有个刁难的声音在尖叫着："冒牌货，冒牌货，冒牌货。"

他试着把注意力放在书页的触感上。

柔软。

书页蹭着滑过的"哗哗"声。

胶质书脊偶尔微微地崩裂。

穆克什试图把注意力转回到书上，摆脱恼人的冒名顶替症候群[1]。穆克什坐在小卧室里的宜家地毯（弗里蒂挑的）上，幻想出了一个身高体宽、权威可靠的阿提库斯。读了几页后，穆克什得知斯各特和杰姆"既随和又公正"的父亲是个鳏夫，在厨子卡布尼亚的帮助下，独自抚养着孩子。扫视着这些字眼，他不禁有些哽咽。穆克什不是律师，不是社区的顶梁柱，也没有智慧可施与孩子们。他不像阿提库斯那么身高体宽、权威可靠。但穆克什也体会过失去妻子的感觉。穆克什挺直身板，注意力牢牢地集中在了这个强大、善良、公正的男人身上。随着故事的发展，穆克什越发好奇，阿提库斯是如何能够如此无畏地继续生活下去的？他可曾沉溺于过去，无法接受妻子离去的事实？羞愧感油然而生，他接着往下读，一心要找出阿提库

---

1 患有冒名顶替症候群的人无法将自己的成功归因于自己的能力，并总是担心有朝一日会被他人识破自己其实是骗子这件事。即使现实环境中的证据指明，他们确实具备优秀才能，他们还是认为自己只是骗子，不配获得成功。

斯成功的秘诀。阿提库斯怎会如此若无其事地开始了新生活？

熬过进度缓慢的开始，当天晚上，奈纳的观点就得到了证实。穆克什无法将自己抽离出来——他觉得自己理解了阿提库斯的人生哲学，能够站在斯各特的立场上，以她的视角看待这个世界。他的心底一直叫嚣着"冒牌货，冒牌货，冒牌货"，但这个故事已经完全掩盖住了那个声音。

穆克什放下书，让图书管理员能看到他的脸——一张灿烂的笑脸。翻到最后一页时的那种自豪感此刻再次涌上心头。他摘下帽子，理了理被风吹乱的头发。"对！我读完了！"

"您是想还书吗？"图书管理员问道。他紧张地把书递了过去。他有些不愿松手，但还是任由她扫描入库了。

"已经替您处理好了。"她回了个笑脸。他等待着，不知道下一步该做什么。他想和她聊聊这本书，但又不知道说什么，也不知道从何说起。他能感到自己的脸颊开始发烫了——要是说了什么蠢话怎么办？

"嗯。"他开口说道，"以人度己。"他的声音嘶哑而颤抖。

"抱歉，您说什么？"

"以人度己，你知道的——是阿提库斯说过的话。"他结结巴巴地说。

"哦，对，我记得。"她的眼睛突然亮了起来。

"我觉得这是最让我难忘的一句话，非常富有智慧。阿提库斯，是个很聪明的人。"

阿莱莎点了点头。"确实。"

他们俩尴尬地望着对方，陷入了沉默。

"我刚读完的时候，"女孩开口说，"实在是太生气了，就很想和别人聊聊这本书。"

"我也是。"穆克什使劲地点了点头。

"那……"女孩看了眼放在桌上的手机，"午休时间还没结束，要不我们聊聊这本书？"

穆克什能感觉到，奈纳希望他答应，于是小心翼翼地点了点头。她把他领到靠窗的一张桌子旁。"随便坐，帕特尔先生。"态度非常友善。

"叫我穆克什就好。"他低声应道。他不知道从何说起，但她一直注视着他，在等他先开口。

"'以人度己'那句话……嗯，我们都借用了斯各特的视角，就是故事里的小女孩。"他语速很慢，心想，这真像是人们在读书会或英语课上会说的话，"我们是通过她的双眼看阿提库斯的，对吧？"

女孩露出了微笑，但穆克什分辨不出，她究竟是同意这个说法，还是单纯地在迎合他。

"我觉得这句话很有趣——因为如果人们能把自己当成汤姆·鲁滨孙，也许就不会对他这么坏，把他从未做过的事怪到他身上，更何况那个谎言可能会彻底地毁掉他的人生。虽然没那么糟糕，但如果斯各特和杰姆能设身处地地为老邻居布·拉德利着想，也许就会对他好一些。他拥有一个美好的灵魂……或许只是太过孤独。人并不总能理解孤独的人。"一长段话几乎脱口而出，好像他急着说完似的。可能是他觉得，只要说得够快，她就不会注意到自己说的话有多愚蠢了。

阿莱莎又点了点头。"您说得对，但是……这是不可能的，这是事实。人们只是过着自己的生活，他们永远不可能完全理解……您知道……理解其他人或他们正在经历的事情。"她说得很慢，好像在努力地整理自己的思绪。也可能只是为了让他觉得自己没有那么傻。

"我一直在想，我年轻时刚搬到这里的情况。"穆克什深吸了一口气。这本书勾起了他的回忆。刚搬来温布利的时候，他觉得自己简直格格不入。很长一段时间内，这里的每个人都在以异样的态度对待他和他的家人。"知道吗，我是从肯尼亚搬来的，还有我妻子和我们的女儿。我们想在这里开始新的生活——我们一家人，讨论的话题都是各种机遇和工作。但当我来到这儿，只觉得孤独。我不知道为什么大家都那么不友善。我心里总想着，为什么大家都不了解我，明明我和他们都一样啊？无论我做什么、说什么，甚至没有人想去了解我。有些邻居真的很友善，但除了他们，其他人都认为我们和他们完全不同，觉得无法了解我们。所以他们甚至都拒绝去尝试了解。"

"对不起。"穆克什摇了摇头，想打消这些思绪，"跑题了，跑题了。我在唠叨些什么呢？我妻子总说我喜欢胡言乱语。"

"不，不，您不是在胡言乱语。我觉得您说得有道理。"阿莱莎和善地微笑着，"没有人能真正地理解别人的经历。但至少应该先尝试啊。"

在这一瞬间，穆克什几乎无法把大约一周前遇到的那个暴脾气与今天坐在他面前的这位年轻女士联系在一起。他不禁好奇，如果那天他站在她的立场上多考虑考虑，是不是更能了解她的举动呢？

"所以，当我读到这本书的时候……嗯，很多年前了。"她稍做犹豫，扫视了下四周。她让他想起了他的小女儿迪帕利，每次紧张或者说瞎话的时候，迪帕利也会做出同样的动作。"很多年之前……嗯，它真容易勾起人的思绪。我有一个哥哥，我们同斯各特和杰姆完全不同，但读着他们小时候的故事，我就会回想起我和艾丹小时候的事。真傻。我和艾丹觉得邻居很有意思。我肯定我们小的时候也做过这样的蠢事，好像全世界的人都很重要似的。"

"真的！我很喜欢他们俩。我非常非常喜欢这个故事。"穆克什激动地点了点头，"我也很喜欢阿提库斯！他是个非常聪明的人。"

"他简直太棒了！"阿莱莎神情振奋，"我是说……在法庭上为汤姆·鲁滨孙辩护那段，简直太感人、太震撼了，我特别喜欢。我在准备申请大学，读法律专业——"

"法律？"穆克什惊叹道，"你特别特别聪明！难怪你这么爱读书呢。"

阿莱莎不好意思地笑了。她耸了耸肩，随即又害羞起来。"没有很聪明啦，我只是努力而已。"

"阿提库斯是个很好的律师，但是你，你会做得比他更好！"穆克什双手合十，和她相视而笑。

他们的闲聊渐渐归于平静，一种尴尬的感觉悄然袭来。"好吧，谢谢你帮我。"穆克什又道了声谢，"我很喜欢那本书，接下来你会推荐什么呢？你说过会告诉我的！"

女孩愣住了。他注意到她的两只手捏在一起，一根手指绕着另一根手指扭来扭去。

"呃，也许您会喜欢《蝴蝶梦》——是达夫妮·杜穆里埃的作品。"

"不管你推荐什么，我都会喜欢的！"

她从椅子上跳起来，走向书架——不消片刻，就找到了那本书。他觉得阿莱莎真是太聪明了，她是怎么知道图书馆的每一本书都放在哪里的呢？她把书放到办公桌上，帕特尔先生从舒适的扶手椅里站起身，朝她那里走去。

"我妻子很爱读书。"她把书的代码输入电脑时，穆克什打破了沉默。

"她喜欢什么类型的书？"

"这我还真不知道。她身边总揣着一本书。我从来不知道具体是什么书。她已经不在了。好几年了。我……她是个书迷。而我直到现在，都没读过多少书。"

"我很抱歉。"她的声音很小，近乎呢喃。她看着他，等他继续说下去。

"她是我的妻子，我本该留意她喜欢什么书的。我喜欢看她读书的样子，却从未问过她书中的故事情节。我总觉得到了这个年纪才开始看故事书，显得很傻。"

"读故事永远不会晚的。"

"故事让人觉得很奇怪。好像是在偷窥别人的生活一样。多管闲事！"

阿莱莎扫了他的借书证。"我相信，如果你的妻子还在世，知道你这么快就读完了《杀死一只知更鸟》，肯定会很钦佩你！"

"我也觉得她会。"他郑重地点了点头。

"您以前是做什么的？或许您现在还在工作？"她猛地抬起头，生怕冒犯了对方。

"哦，天哪，我现在肯定什么都不做啦。太老咯，一干活骨头就'嘎吱、嘎吱'响！我以前是温布利中央站的票务员。现在就闲在家里咯。"

"票务员？"

"没错，负责卖票的那种。我认识很多人，知道他们都长什么样，我经常会问他们的名字——我知道谁什么时候坐哪趟车。那时的人还没那么暴躁，也没那么忙。那时也没什么人有手机，不像今天。所以那时的人们都抬着头走路，不会一直低着头看手机。"他用下巴指了指阿莱莎倒扣在桌面上的 iPhone，"大家只能聊天消磨时间。如果我知道有些人快赶不上车了，我就会大声地叫他们。"他举起手来，"'小姐，你的火车到了！'这样子。大家都会向我致谢。"

"我想象不出人们在伦敦互相交谈会是什么样。我在地铁上估计只和别人说过几句话。"

"我明白，我觉得很难过。我经常和别人打招呼，但他们就只是看着我，好像我是个疯子。"

阿莱莎会意地点了点头。"那边那个男人，"她指着那位穿着厚实黑色连帽衫的年轻男子，低声地说，"我们叫他悬疑小说爱好者，他只读这一类的书。前不久，他过来跟我说了几句话，好像是要和我聊天，我就觉得特别奇怪。但那其实是我的工作。我是在这里工作的呀。"

他们一起"咯咯"地笑了起来，悬疑小说爱好者抬头看了一会儿，于是他俩迅速地移开了视线。穆克什觉得自己好像得知了一个秘密。

"我妻子，她肯定会喜欢你的，"他喘了口气说，"她喜欢善良、聪明、专注的女孩子。还有和她一样爱读书的人！"

他用的是现在时，女孩也察觉到了。

"帕特尔先生，这是你的下一本书！"他还没来得及说什么，她就把《蝴蝶梦》递给了他。穆克什用双手紧紧地抓着这本书，把它放进搭在肩上的购物袋里，慢慢地朝外走去。直到出了门，他才转身告别。好像身体被门框框住，被玻璃门分割成了两半似的，他伸出一只手向女孩挥了挥。女孩也热情地朝他挥了挥手。

女孩说得对——奈纳会为他骄傲的，不只是因为他很快就读完了一本书……还因为他今天走出了自己的舒适区，在刚才短暂的那几分钟里，结交了一个新朋友。他望着自己的脚，确认自己是不是还稳稳地站在地面上，而不是在做白日梦。没错，是真的。他满意地转过身，慢悠悠地离开了。

故人的阴影

第十一章
阿莱莎

几天后，阿莱莎被手机铃声吓了一跳。才早上七点……

"阿莱莎，"萨摩斯早晨的嗓音低沉而沙哑，"你今天有空来替本尼的班吗？他昨晚参加了个单身派对，现在还很不舒服。凯尔也会来。"

"你是说，本尼喝酒喝到宿醉？"她打了个哈欠。

"大概是吧——他最好还是别来。我可不想他在过道撞着人，或是出点什么事。"

阿莱莎疲惫地瞥了一眼她的床头柜，《蝴蝶梦》静静地躺在上面，等待着她。"好的，嗯。我去和我哥确认一下，可以的话我就去。"今天可以去图书馆里，把书归回书架上，简直太好了。昨天晚上莱拉的状态很差。阿莱莎被吵醒了好几次，听见妈妈的喊叫声，又听见艾丹在她的房间里来回踱步。他的脚步声很轻、很慢，也充满了疲倦。

图书馆里很安静，只有两位常客，包括坐在老座位上的悬疑小说爱好者，还有那个喜欢聊天的印度老太太，这里无须过多留意。她身后的玻璃门缓缓地合上，温布利的声音和气味、关于莱拉一夜疯狂的记忆，都消失了。

她在小说区走来走去，把还回来的书放到书架上，突然注意到了转角处的一个人影。"砰"的一声把她带回了现实。是米娅。无论在哪里，阿莱莎都能认出她的后脑勺。她慵懒的下盘发，左耳挂着一只长长的耳饰，另一边戴着一只短耳钉。

她加快脚步，躲到了空落落的 "W" 号小说架后面，低头看着自己的脚，尽量保持隐蔽。

"阿莱莎？"

真倒霉。

阿莱莎缓缓地转过身去，想表现得随意一些，努力地挂上了一副自然的笑容。但说实话，她现在只想找个地缝钻进去。

"你真的在这儿工作吗？"米娅一脸狐疑，但从她的语气中不难听出，她其实清楚得很。

"嘿，米娅！最近好吗？你在这里做什么？"

"我在准备下周的最后一场考试。我记得你和我们说过，你考完试之后会来这里工作，我当时还不信呢。"米娅幸灾乐祸地笑道，好像这份工作是世界上最好笑的笑话一样。这一瞬间，阿莱莎简直恨透了她。

但她只是尴尬地笑了笑，好像也觉得这是个笑话一样。自从五月中旬考完最后一场试之后，她就再也没有见过米娅。已经有一个多月了——她们就再也没有说过一句话。显然，米娅已经不再把她视为"我们"中的一员了。那个WhatsApp群组是她们之间存在联系的唯一证明。不知道等到九月开学后会是什么样子。她们还会是"最要好的朋友"吗？还是说，她们再也不会聊天了？

米娅的课本盖满了整张桌子。

"看来不止一场考试啊。"阿莱莎用下巴指了指桌子——一种分散注意力的小技巧。

"我也想抢先一步。很快就要申请大学了，我不想落在大家后面。"

"我明白。"阿莱莎点了点头，扫视着整间图书馆，想找个借口离开，"我得走了。好像有人需要我帮忙。"她朝前台的方向快速点了点头，一个十岁左右的孩子正准备按铃求助。凯尔也在往那边走——阿莱莎和他交换了个眼神，让他回去。

"嘿。"阿莱莎朝孩子挥了挥手，"我来啦。"她大步走到桌前，在椅子上坐了下来，又变回了严肃脸，"有什么可以帮你的？"

"我想借本书出去。"

"哪本？"

"我不知道。你能给我推荐一本吗？"

阿莱莎翻了个白眼。又来了。但她能感觉到，米娅一直在看着她，所以保持着灿烂的笑容——俨然一副优秀图书管理员的模样。

米娅没有立即离开。她待了好几个小时。当艾丹拿着特易购手提袋走进来，给阿莱莎送午餐的时候，她都还没走。一听到哥哥的声音，她的朋友就竖起了耳朵。米娅一直暗恋着艾丹，阿莱莎的所有朋友都暗恋他。

"嘿，莱莎。"艾丹走到她跟前，"你在干什么呢？"伸手把手提袋递了过来。她正靠在座位上读《蝴蝶梦》。因为帕特尔先生只用两天时间就读完了《杀死一只知更鸟》，她只好把自己还没看完的《蝴蝶梦》推荐给了他。隔天，也就是露西当班的时候，为了避免再出现这种紧张的状况，她赶忙打电话预订了《追风筝的人》《少年派的奇幻漂流》《傲慢与偏见》《小妇人》《宠儿》和《如意郎君》。那份阅读清单上的所有书现在都堆放在她的书桌上，等着被她带回家。

露西当时在电话那头发出了尖叫，"阿莱莎！你在读很多老书，对吧？！"随后，这位图书馆助理就开始兴致勃勃地讲起了她的孩子们沉迷读书的故事，"说真的，相信我，就算你觉得故事书对你没什么帮助，它们确实也能为你开阔点眼界，宝贝儿。看看我的汉娜，她已经是个成功的女商人了。她总说自己的兴趣源于读书。上学时看的教科书和其他读物确实可以教会你很多东西，但是小说可以教会你更多！宝贝儿，我的小家伙们就是在这里成了书迷。"她这话已经说了无数次，"我很高兴，虽然你之前一直抱怨，但也终于走上了这条路！"

她很庆幸，这本书今天给她提供了庇护，让她得以藏身。但米娅不时地环视周围，所以尽管读书让她觉得自在了些，她还是不禁觉得自己有些愚蠢。起初，阿莱莎被英俊迷人的德温特先生，还有那位沉浸在爱河之中、有些紧张的新婚妻子吸引了注意力。阿莱莎始终觉得，有种关于过去的不祥感纠缠在他们周围。对那座虽宏伟气派，却杂草丛生、阴气逼人，让人不寒而栗的曼德利庄园的描述，更加深了这种感觉。这对新婚夫妇隐藏的秘密也逐渐浮出了水面。

故事里曾提到过图书馆里的一堆书，看到这里的时候，阿莱莎简直吓得魂不附体。她始终无法忘却，就好像作者突然把目光转向了书外，盯着阿莱莎看似的。

她还不知道这个故事接下来将如何发展，但她很想弄个明白。

"只是在看书而已。"她回答艾丹。

"我看得出来，就是……很高兴你能这么入迷。还记得奶奶给你的那本雷蒙尼·史尼奇的书吗？你后来直接把它当成健达奇趣蛋里玩具的展台了。"

阿莱莎翻了个白眼。

"后来那位老人家怎么样了？你还是为了他在读这些书吗？"

"不只是为了他。"她反驳道，"我觉得，也可以用来打发时间。"

他从她手里把书抽出来，端详着封面。

"《蝴蝶梦》？小心别把老人家吓出个好歹。到时候你就要被炒鱿鱼了。"

"呸呸呸！"阿莱莎看了眼米娅，没好气地说，"还给我！"然后一把抢回了书。

"对不起，对不起，我可不是故意在你朋友面前毁你气势的。"他夸张地挥舞着双臂，假装这间图书馆里挤满了她的朋友们。这时，艾丹认出了背对这里的米娅。"米娅？"他做了个口型。夸张的、典型的艾丹式口型。

阿莱莎点了点头，做了个鬼脸，只有艾丹才知道是什么意思——"对，我这倒霉的日子啊。"

"你想让我待在这里，呃，保护你吗？你们为什么就不是朋友了？"

"嘘！我们都没错。而且你想留下来只是因为你知道她喜欢你。"

"唉，那谁能怪她呢？"艾丹眨了眨眼睛，阿莱莎从椅子上站起来，朝她哥哥的肩膀上就是一拳，"嘿！你不会也这样对待米图书馆的人吧？难怪说你是世界上最糟糕的图书管理员。那我先走了……"

"等等！你这么大老远过来……"她压低声音把他喊了回来，"我感觉已经好久没见到你了。你最近都在忙什么？"

他俩都知道，眼下，莱拉的状况急剧恶化，任何事都要延后再考虑。不必说，他们就会把妈妈的需求放在首位。

"啊，没什么事，他们准备提拔我当仓库经理，这倒是件好事……总算。"

艾丹在一家饼干仓库干活，这并非他梦寐以求的工作。当时他刚上完第六学级，暑假里就去那里上晚班，原本还打算找份别的工作，但七年过去了，他还没离开那里。阿莱莎知道他喜欢那里的稳定感、熟悉感……或许也喜欢那里的饼干。

"那很好啊！"

"不过，也就是说，你要花更多的时间待在那里，而且可能要放弃埃利奥特那边的工作。"埃利奥特开了间汽车修理店，艾丹已经在那里工作了几个月，做做临时工。阿莱莎觉得这是他的另一种回避方法——尽量务实，把自己开店的野心暂且搁置。他之前也说过要去上开放大学的一门商学课，但只要莱拉的状态一恶化，他就会表现得像是从来没提过一样，投入到别的事里去。

"世界末日要到了？"

"莱莎，你知道我喜欢机械。近期来看，我觉得这是份不错的工作。也许还能让我学到点做生意的实用经验。埃利奥特真的很好，他说只要我想，他可以让我帮忙处理这方面的事。"

"对，但除此之外，你真的对这份工作感兴趣吗？"

"我不知道。"他突然显得有点冷漠。

"当仓库经理能拿多少薪水？"

"比我想象中的来得多。不是搬运岗。不如你当律师赚得多。"

阿莱莎笑了，笑中带着悲伤。阿莱莎可以拥有梦想，总被鼓励着去做更多的事。而艾丹从未有过同样的机会。十三岁时，她决定要成为一名律师，主要是因为她喜欢辩论，从那一刻起，艾丹就从未让她放弃过。他安排着自己的生活，来支持她实现梦想。

她希望她能对艾丹说，他也可以成为他想成为的人，也可以追寻自己的梦想，但他不会听妹妹的建议。艾丹不会听从任何人的建议。

"你的梦想是什么？"她忍不住问道。

艾丹从喉咙里挤出了一阵低沉的笑声："你是我的职业顾问吗？"

"我是你妹妹，但我甚至不知道你的梦想是什么。"

"那是因为我不像你，莱莎。有些人就没有梦想。"

"每个人多少都会有点的。"

"这样说的话，如果你真想知道，我有你们了。你和妈妈，你们就是我的梦想。"

阿莱莎哽住了，她不知道该怎么接话。图书馆的寂静将他们笼罩。她们对这个年轻人做了什么？她们对他的梦想做了什么？

他把装着套餐的袋子朝她扔了过来，"哗啦"一声打破了寂静。果汁和三明治洒落一地。

"该死！"艾丹大喊道。图书馆里的四个人，包括米娅，都皱着眉头转身望了过来。当米娅发现艾丹是混乱的源头时，瞬间变了脸色，她微笑地看着他，忸怩地挥了挥手。艾丹扬起眉毛，也朝米娅挥了下手，另一只手捡起三明治和果汁，小心翼翼地把它们放在了阿莱莎的桌子上。

米娅往这边走来，艾丹幸灾乐祸地对妹妹一笑，用口型默示"对不起"，然后立马跑了出去。见状，米娅放慢了速度，稍稍调整了方向，没有去追艾丹，而是往阿莱莎这边走来。

"呀，你把这个掉在地上了。"米娅弯下腰去捡地上的东西。一张小小的橙色便利贴。把它递给了阿莱莎，好像是件珍贵的礼物似的。

好好吃午餐。买些食材回来做晚饭——我来做。艾丹。

艾丹的经典风格。

"你哥哥写的吗？哇哦，太可爱了吧。"米娅自言自语地念了一遍。

阿莱莎一把抢了过来。"谢谢。"

"哦，我就是过来和你说一声，我该走了，不过应该很快会再见的。好好看你的书吧。好好吃你的午餐。很高兴见到你，对吧？"

七点，马上就要闭馆了。整间图书馆里只剩下阿莱莎一人。这正是她想要的那种平静。这种绝佳的环境刚好适合看《蝴蝶梦》。几天前，她刚开始看这本书的时候，就知道自己应该认真地看完它。第一个信号就是达夫妮·杜穆里埃的另一部作品：《浮生梦》。阿莱莎很想念她的表姐蕾切尔。她们曾有过一段形影不离的日子。但蕾切尔现在住在约 161 千米以外的地方……

地处偏远但无比美丽的庄园——曼德利——将她引入了书中，一处新的天地。她慢慢地走进了丽贝卡的内心……丽贝卡虽是德温特先生的前妻，在庄园里却依然盛气凌人，霸道地闯进了德温特新太太的生活中，理所当然地占据了主角的位置。作者从未明确地说出曼德利庄园所在何处，但各种描述都让她联想到康沃尔郡。嗯……总会让她想起九年级教室墙上的照片，整整一面墙，都是康沃尔海岸线的美丽风景。当时，她所有的朋友都参加了学校组织的比尤德之旅。阿莱莎没能去成。艾丹当时才二十一岁，为了让她放心去，他还特地调了班。但她最终还是留在了家里，因为莱拉状态很差，需要照顾。她讨厌在学校看到那些漂亮的照片，讨厌从朋友那里听故事，讨厌了解她错过的一切。

阿莱莎一直想亲眼领略康沃尔郡的美丽，但始终没有机会。她喜欢那里山岩嶙峋、惊涛拍岸的壮观景象——与北诺福克的宽阔沙滩和松树大不相同。他们只去北诺福克看过海，还是小时候迪恩和莱拉带他们一起去的。

但是现在，通过《蝴蝶梦》和德温特夫人，阿莱莎通过一个截然不同的视角窥见了康沃尔郡的风光。在阅读的过程中，她慢慢地远离了温布利，远离了米娅，远离了莱拉。一页，又一页。

丽贝卡像幽魂一样在曼德利庄园内游荡，一阵寒意顺着她的脊骨往下延伸，阿莱莎猛地把书甩到了桌面上。太恐怖了。她喘了口气平缓心情，把这本小说夹在腋下，抓起装满了书的背包。一站起来，就有一个又大又黑的影子冲破夏日傍晚渐暗的光线围住了她。

"哎呀！"阿莱莎放声尖叫，把书抱在胸前充当防护。等她大着胆子睁开眼看，才发现那只是一台真空吸尘器。凯尔把它留在这里，是为了提醒大家"保持此处整洁"。这本要命的书——天还没黑透，就已经快把她吓死了。

夜色降临，她锁上门，把空荡荡的图书馆留给了夏日的晚风。那张阅读清单被她当作书签，夹在了《蝴蝶梦》里。

她又想到了写这张清单的人。在她心目中，那应该是个还算年轻的人，可能比她妈妈年轻、比她年长。阿莱莎的判断依据是这十分工整优美的笔迹，和她自己圆滚滚的字体完全不同。那人可能是个学生，但她并不能确定。学校里的阅读清单都是打印出来，然后分发给学生的。而这张清单应该是有人搜罗了书目，或是从报纸上、互联网上抄录了书目，类似于那种"这辈子一定要读的 20 本书"。至于《蝴蝶梦》，她觉得应该是"在结婚前一定要读的一本书，因为他的前妻可能会阴魂不散，管家可能会把你的婚后生活搅得天翻地覆，你的新婚丈夫可能也不值得信任"。

阿莱莎无法想象，被女鬼缠住或住在庄园里是什么感觉，但通过书里对曼德利庄园的描写——沉重到令人窒息的气氛……她大致明白了。她很清楚这种感觉。她多希望这样的联想未曾发生过。或许自己就不该选择这本书。但为时已晚。

她走出了图书馆，锁上大门，透过窗户往里看。今天，她在这里碰见了米娅——因为这个不速之客的到来，阿莱莎终于发现，在她心里，这个地方确实与众不同。相比于一处监牢，这儿更像是一处避难所，是有朝一日真正能让她产生归属感的地方。夕阳的最后一缕余晖洒落在她的桌面上，即便她永远都不会向米娅坦白，但她可能已经喜欢上这份工作了。

都是因为一些小事。

阅读清单的漂流之旅：伊兹
2017

伊兹看到它静静地躺在前方的路上。她四下张望，是有人丢下的吗？是谁的东西？顶部挂着一截胶带，但已经不太黏了。被伦敦的雾淹没过，又干硬又脏。

她很久都没看到过清单了。收集清单是她的特殊爱好。早在刚搬来伦敦的那阵子，她就养成了这个习惯。当时，她在森宝利[1]的手推车里发现了一张清单。有些时候，城市会让人觉得过分空旷，过分孤独，寻找清单就像是在寻找人类相互联系的短暂瞬间，能够证明那些沉默地与她擦肩而过、躲避着眼神交流的陌生人，都是活生生的人。他们会写好购物清单，定好晚餐的菜品，时常还会加上

---

1 J.森宝利公共有限公司，或译英伯瑞，是英国第二大连锁超市公司。

些甜品——这些清单让她觉得安稳。

她把搜罗到的所有清单都塞在了走廊梳妆台抽屉中的一个小盒子里。她知道总有一天，自己肯定会把这些清单更庄重地收好，比如用文件夹或相册之类的装起来，但就目前来说，还是先放在这里吧。大部分清单都来自超市，有的被放在筐子里，有的被扔在地上，有的被丢在收银机旁，还有的被留在自助收银台上。她也曾在商店外的街道上看到随风起落的清单。大多数是购物清单，用完之后就被立即丢弃。她还捡到了一份邀请名单——可能是为一场小型晚宴准备的。上面潦草地写了些名字——还有人给了回复："不吃鸡蛋"或"对鸡肉过敏，但可以吃其他禽类"。连续几天，她都对那场晚宴充满了好奇——名单上被划掉的那些人究竟是因为回复了"不去"，还是因为主人家取消了对他们的邀请。

每张清单都能让她对某个人有所了解——她喜欢猜测那人可能会做什么菜，无论是在预备整整一周的晚餐，还是在准备一顿特别的晚餐：可能是一场约会，一次见父母的晚餐，也可能只是一个温馨的夜晚。

有的时候，她真希望自己能有些艺术天赋，因为她在脑海中无比清晰地构想出了那些清单所有者的形象，就特别想把他们画出来，用这样的方式把他们永久地留住。她可以推断出那人有没有孩子，吃不吃素，是要做给一个人吃，还是两个人吃，甚至是他们的护肤方法和身上的味道（可以根据使用的除臭剂来判断）。

但这张飘落在温布利路上的清单有些不同。

你可能用得上：

《杀死一只知更鸟》

《蝴蝶梦》

《追风筝的人》

《少年派的奇幻漂流》

《傲慢与偏见》

《小妇人》

《宠儿》

《如意郎君》

她知道这是什么。她上大学的时候写过很多类似的清单，那个时候，每次都要从图书馆里借回一大摞书。这是一份阅读清单。要不是有最上面那行"你可能用得上"，完全就是某个大学生的阅读清单嘛。

她知道其中的几本书，几年前就读过了。她站在熙熙攘攘的人行道中央，细细辨认手写的字迹，却没能轻松地找出各个书名之间的联系。有什么关联呢？最重要的是，是谁把这些书归到了一处？

她低头看着这张模糊不清的单子，手指轻抚着上面的字。雨点悄然坠落。直到雨打湿了纸面，墨迹突然融开，她才发觉。她匆忙把清单塞进衣袖，往最近的公共汽车站跑去。她站在那儿，低头看着清单上的字，看着那笔迹。字母"J"和"d"的末端稍稍勾起。书名写得不算华丽，应该是写清单的人希望能让人看清楚些。不过，他还是没忍住，把"g"和"R"写成了花体，轻勾了《宠儿》（*Beloved*）

中的"B"和"e"。

那天晚上，当伊兹准备把这张清单和其他清单［最上面的那张清单上简略地写着：焗豆（低盐）、冰激凌、香肠、素食香肠、猫粮］放到一起时，无意中瞥见了一个书名，不由得一怔：《蝴蝶梦》。她爸爸有一本《读者文摘》，红色皮革书面，烫金字母，是他母亲的遗物——他每年都会拿出来看看，因为那是他母亲最爱的一本杂志。

"伊兹，这本书会让我想起她。"当她问爸爸，为什么要一遍又一遍地看同一个故事时，爸爸对她说，"你不是喜欢反复读你的书吗？我也一样。"

那本书很漂亮——看到爸爸时常翻看那本书，她心里也很高兴。他总会极小心地翻动书页。为了避免弄弯书脊，他从不会把书彻底地翻开。那是他的宝贝。在他终于把书递给她的那天，她知道自己已经长大了，爸爸相信她能好好地读那本书了。不过，因为害怕把它弄坏，怕留下黏糊糊的指纹，怕毁了爸爸的宝贝，她甚至都没看完第一页。

她走进厨房，那里放着屋里唯一的书架（她从来没问过房东，为什么偏偏要在厨房的墙上打一个书架），并开始扫视上面放着的书。这一回，她没能构想出写清单的人是什么模样，这种未知感让她有些不适……可能在看过这些书之后——有些她已经看过，有些还没有——她会对那人的身份有更清晰的认知？

她很肯定，她自己或是室友塞奇有一本《蝴蝶梦》。她看到过。黑色封面，烫金花体字，还有一朵玫瑰，鲜红又奢靡。但是她到处都找不到。她把清单一翻，刚准备放弃，恰好看到了背面那醒目的几个字：哈罗路图书馆。这些书名原来是被随意地写在了一张续借单的背面，"归还日期：2016/11/03"，粗糙的字迹都快看不清了。啊哈，她觉得自己简直像是个邪恶的反派或电视剧里的优秀侦探。她知道那个图书馆，还认识一个经常去那里的大学生。她拿出手机，在 WhatsApp 上给塞奇发了条信息：嘿，你能帮我从图书馆里借一本达夫妮·杜穆里埃的《蝴蝶梦》吗？求你了。

塞奇马上就回复了：自己来拿吧，懒鬼。来感受一下图书馆里超棒的氛围，看看你都错过了什么。

伊兹又逐个看了一遍书单上的书名，深深地记住了那句话：你可能用得上。这张清单与她找到的其他清单不同，好像一直在等着被人发现似的。它是一封来自陌生人的信——伊兹想弄明白背后的意义。

第十二章
穆克什

嘟。"老爸，今天加油！你肯定可以的，记得做好拉伸。你应该收到那些健身 DVD 了吧？你也没告诉我一声。抱歉啊，没直接给你送过去，我们实在太忙了；双胞胎太闹了，我们根本空不出时间来。宝贝们，来给外公加个油。""外公加油！别摔跤哦！"双胞胎在电话那头齐齐地喊道。

嘟。"嗨，老爸，我是罗希尼，记得去之前先吃点东西，血糖太低不好。带包印度奶茶，好吗？也别只顾喝茶，玩得开心点。还有，记得穿件背心，省得汗湿一大块。"

嘟。"嗨，爸爸，我是弗里蒂。今天加油。超爱你。我会尽快去看你的，好吗？总之……你能参加这次活动，我真的很为你骄傲。真的。"

他一直害怕的日子终究还是到了：参加慈善健步走的日子。穆克什盯着手中的书，女儿们的语音留言还在耳边回响。他的心怦怦直跳。不知道是因为自己太过紧张，还是因为看了《蝴蝶梦》而变得神经过敏。他昨天看到了深夜，始终无法忘却……太恐怖了。一个女人爱上了一个出色的男人，他们刚刚结婚。穆克什起初还以为，这是个幸福故事的开始。后来却逐渐发现，男人的前妻，已经不在人世的丽贝卡……始终阴魂不散，这位新夫人将永远生活在亡灵的阴影之下。太可怕了。

穆克什"咕咚"咽了一大口口水——想压制住内心的恐惧。他紧紧地抓着寺庙的帆布包，里面装着坎德尔牌糖包、一袋备用的印度奶茶包，还有一个水杯。"穆克什，"空气中传来奈纳的声音，"你能做到的，对吗？这是好事，是为了做慈善。只要想着我在你身边就好了。"他把书拿在手里。奈纳以前不管去哪里，都要随身带着一本书，万一被独自困在电梯里，或是在超市排队时没人聊天，就可以拿出来看。而穆克什今天之所以带书来，是想借看书来避免和寺庙志愿者闲聊，而且也能让他觉得，奈纳的一部分就陪在自己身边，是个幸运的护身符。

在寺庙这一站下车，他看到院子里有一群人，都穿着同样的 T 恤。他也得穿上。就在这时，惹人烦的哈里什大步走了过来，手里拿了件叠得整整齐齐的 T 恤。

"你好啊，穆克什兄弟。"哈里什说，"拜托了，这是给你的。你准备好参加健步走了吗？"

穆克什点了点头，意思是"当然没有"。走进寺庙前院，周围全都是他通常绕着走的人。不是因为他不喜欢他们。其中的大多数人都很和善，但也有少数人在政治、移民、国民医疗制度等问题上抱持着相当奇怪且苛刻的观点，因为他们没有享受到应该享有的一些特权。他总觉得这些人太虚伪，不像是印度教徒。但那些人特别喜欢同愿意听他们说话的人分享自己的观点（他不禁想起了梅康镇的居民们）——而另一些人似乎单纯地喜欢吹嘘自己孩子的成就，甚至是朋友家孩子的成就……穆克什始终认为，除非是存在血缘关系的亲属，否则完全没有拿别人家孩子自吹自擂的必要。

"穆克什！"奇拉格喊他。奇拉格也是个习惯直呼长辈名字的年轻人，不太注重礼节。至少在面对穆克什的时候，他根本没有对长辈的那种尊敬。

"你好，奇拉格。"穆克什应声道，"你好吗？你爸爸好吗？"

"我爸爸挺好的，他今天有点感冒，就不来了。"

穆克什低声骂了句——他怎么就没想到？这不就可以顺理成章地退出活动了吗？

"真可惜。我还想着能见到他呢。我俩已经好久没见了。"

"你不会再来寺庙了吗？"

他本想说"对"，脱口而出的却是"不，要是有特殊活动，我会和女儿们一起来。但我基本都是在家祈祷。我不一定要来寺庙才能祈祷和忠诚于神"。

奇拉格瞪大了眼睛。"不是的，穆克什叔父。"他说，"别这样，我不是这个意思。"

穆克什看到了男孩眼中的惊恐。"我应该常来的。"他赶忙嘟嚷了一句，想缓解尴尬的气氛。穆克什紧紧地抓住那本书，希望能和奈纳建立联系。"祝你活动愉快。"他向奇拉格挥手示意，然后朝着寺庙的入口走去，不知道还会不会发生什么令人不适的对话。无论何时何地，奈纳都知道该做什么、该说什么。每个人都爱她——寺庙里的男男女女，还有那些志愿者。她是一个有集体责任感的人，每年都会参加健步走活动。如今，他来到这里，周围全都是人……他能感受到她的存在、她的灵魂。

"不好意思，先生。"穆克什刚准备往寺庙里走，就被一个穿着特大号反光背心的小男孩拦住了，"参加健步走在那边排队。"他指了指穆克什试图逃离的队伍。

"我想去寺庙。"

"您不是来参加健步走的吗？"

穆克什真想否认。就在这时，哈里什不知道从哪里冒了出来。

"过来排队吧，老伙计。"他对穆克什说，"你会跟我一起参加的，对吧？"

穆克什点了点头，跟着哈里什往回走，又回头恳求地看着男孩。男孩耸了耸肩。

他们走到一个拿着写字夹板女人的跟前。"这是我的朋友穆克什——他今天代替萨希尔参加。"她毫不犹豫地划掉了萨希尔的名字。那就走吧，穆克什深吸了一口气，心想道。

大家都做好了准备，只等苦行僧照例完成祷告和仪式，剪断缎带，活动就将正式开始。哈里什最好的朋友维维克站在最前面，举着一把红伞带路。

穆克什紧握着手中的书，祈祷自己顺利完成，然后就听到了奈纳的声音。他的护身符起作用了！"干得好，你做到了。你真的来参加了！"她笑个不停。他觉得自己浑身充满了干劲，奈纳也一直秉持着这种乐观精神。她会为他出门"见"人而感到高兴的——他已经很多年没参加过这种活动了。或许，去图书馆就是他走出舒适区的第一步。有那么一瞬间，他觉得自己更高大、自豪了，甚至有了点所向披靡的感觉。

当他试着和哈里什交谈时，这种感觉瞬间就消散了——对意气风发的人来说，和哈里什聊天都是件自讨没趣的事。穆克什盼着哈里什因为自己抛出的问题而心生厌烦，从而加快脚步走开。"哈里什，你最大的孙子是怎么申请大学的啊？"

"啊，神呐。"哈里什夸张地挥舞着手臂，"那可真是场噩梦，老兄——但我还是希望他能去布里斯托大学或者巴斯大学。这两所大学都很不错。他没被剑桥录取。我们都觉得是因为他太聪明、太善于交际了。他是个全面发展的孩子，剑桥的氛围太学术化了，不适合他。"

"啊，没错，我能想象到压力有多大。我家女儿们小的时候，竞争还没这么激烈。"

"不，不，不是。现在的父母都太关心孩子了。我儿子拿着他儿子的预估分上网到处搜，要找到最好的大学。当年他考大学的时候，我们都让他自己做决定——只是让他努力学习，尽力做到最好而已。"

"没错，我们也是这样跟女儿们说的——她们也都考得很好。"

"我甚至都没有参加过家长会。现在呢？我儿子就算出差在外，都会跟他老婆视频通话，一起参加家长会，了解孩子目前的状况。他还特地买了国际流量呢。"

"兄弟，这是不是有点过头了？"

"才不会呢，穆克什老兄。"哈里什一脸震惊，"根本算不上。这都是关乎我们未来——我们国家未来的大事。我们的子孙现在拥有了更多的机遇。都是我们争取来的。知道吗，尼尔要当律师了。他会成为我家的第一个律师。我对孙女也寄予厚望。她喜欢医学。我希望她能成为药剂师。因为她可能做不了医生，她神经比较脆弱。"

"律师——真是令人振奋！我们可一定要保持联络。谁知道什么时候就需要律师帮忙了呢。"他想到了另一个即将成为律师的人——阿莱莎，心中泛起了一阵骄傲。

"我觉得普丽娅也可能成为律师的，对吧？她总是在埋头看书。如果她看的书够多，就可能成为一名律师。"

"她还小呢。"

"但她现在应该开始为未来打算了吧？"

"普丽娅想当作家，或者去书店工作。"

"我说的可是正经工作。不是爱好。"

"这些就是正经工作啊。"

"我觉得，做律师怎么样？尼尔可以在她学习的时候跟她讲讲这门课。"

"她不想当律师。"

"医生呢？企业家呢？"

穆克什摇了摇头。

"别担心，兄弟。我家尼尔在她这个年纪的时候，还想去当足球运动员或消防员呢。等她长大就会改主意了。你不必担心。"

"我没在担心。"穆克什坚定地说。

他俩都陷入了沉默，不知道该接什么话。哈里什翻了个白眼。他并没有尽力克制自己。哈里什体面地又等了三分钟，就往另一群人里走去，兴致昂扬地和他们一起大声讨论起了板球。

穆克什很高兴能一个人待着，他觉得自己活力无限，如同瀑布一样奔腾不息。他决心要继续走下去，让奈纳为他骄傲。还没来得及提速，奈纳在寺庙里最亲密的朋友尼拉克什本[1]就缓缓地走到了他身边。奈纳和尼拉克什本曾是一对形影不离的好姐妹。

一年前，尼拉克什本的丈夫和儿子在一场车祸中双双离世。尼拉克什本的丈夫普拉班德是个好人，只是有些拘谨。他不爱与人来往，可穆克什总能回想起他的笑容——能让整间屋子瞬间明亮起来。他的儿子阿卡什也随他，但比他开朗得多——那孩子很有魅力，也很聪明。他们俩同时离世，对整个社区来说都是一种打击。苦行僧非常清楚普拉班德的为人，在他逝世后带领整个寺庙的人为他祈福。穆克什也有参加，因为奈纳会希望他这么做，也因为穆克什着实很怀念普拉班德的笑容。尼拉克什本远远地坐在后面哭泣，而那些根本对她丈夫和儿子不甚了解的人却能坐在前面，坐在苦行僧的面前。

1　"本"（ben）为印地语，是熟悉的好友或同辈称呼彼此的方式，此处有"妹妹"的意思。后文在非同辈之间，都称她为"尼拉克什"。

他为她感到难过，却不知道该说什么。奈纳刚离世时，尼拉克什和普拉班德都给了他莫大的安慰和支持。穆克什羞愧难当，在尼拉克什最需要帮助的时候，自己也没有那样好好地安慰她。

"穆克什大哥。"她笑着走到他身边——她这么个瘦小的人，步子可真轻快。

"尼拉克什本。"他也笑了，"见到你真高兴。"

"是呀，真是个惊喜！我没想到你会来参加。"

"哈里什劝我来替萨希尔的。他把自己弄伤了。"

"啊，原来如此。哈里什可会劝人了！不停地软磨硬泡。"她给了他一个眼神，"你懂的。"

"我缺席了几场灵修。米纳正生着我的气呢。我可以和你一起走吗？她应该不敢过来惹事。"

"当然可以。但你要注意点儿哦，哈里什就在附近。米纳什么事儿都告诉他。"

"我知道。但是他比较容易糊弄。"

这场有赞助的健步走将途经尼斯登和温布利的多个地标。队伍缓缓地走过住宅区的街道，外墙上刷的栗红色油漆早已剥落，只剩下了大片灰褐色的墙皮。他们气喘吁吁地沿着北环路的人行桥上坡、下坡。车流络绎不绝，远处体育场的灯环在风中摇曳，成排的商铺、蔬果摊、换币店，还有挤满了人的炸鸡摊，真是一片好风光。穆克什步履缓慢而坚定。走到某处，还是尼拉克什本抓住他的手，拉着他慢慢地往前走，他才没败下阵来。可那体育场的景观，温布利的天际线——穆克什觉得他仿佛是在重新探索温布利。奈纳以前很喜欢健步走。眼下，尽管小腿肌肉正隐隐作痛，他总算弄明白了奈纳喜欢的原因。他很痛苦，可能走不完剩余的三千米了，但是他非常自豪，自己竟然走了这么远。

一路上，尼拉克什本不停地鼓励着他。很友善，循循善诱，让他觉得自己好像也可以走完。每走一步，他都能感受到包里的书在给自己打气。他也一直侧耳倾听，想听见奈纳说，他做得很好。但陪在他身旁的是尼拉克什本，奈纳根本无迹可寻。突然，穆克什想到了《蝴蝶梦》——新妻子取代旧妻子，永远活在故人阴影之下的故事……他赶跑了这个念头。这些书……真是严重地限制了他的想象力。

他竭力地推动着自己的思绪，试图把正能量注入移动的动作之中，一条腿，另一条腿。他努力地想保持住这种情绪高昂的感觉。然而，气喘吁吁的实感瞬间涌了上来。"尼拉克什本，"他弯下腰，双手撑着膝盖，"我走不动了，我想乘公交车回家。"

"那你就拿不到证书了。也分不到波拉沙达。"

穆克什摇了摇头。"现在我最不需要的就是波拉沙达——再摄入糖分，我就要心脏病发了。"他盯着地面。两条腿像着了火似的滚烫。他努力地深呼吸，肺部却被空气刺激得生疼。他走不到终点了，但他这次已经……创下了很长一段时间内的最远纪录。而且还是挤在人群里，这么多人，多年以来都从未有过。这已经算是一种进步了，不是吗？

"穆克什大哥。"她说，"我去找哈里什，跟他说一声。他会理解你的。"

她走开了。穆克什眼看着后面的人超过了他，还微笑着对他挥手。大多数都是男人，先前一马当先地走在前面，现在落了下风，和女人们分隔了开来。他们穿着亚麻棉裤子，尼龙搭扣绑带凉鞋，鞋底非常耐磨。亮色的寺庙 T 恤下，背心轮廓清晰可见。穆克什很了解这种装束——他自己也喜欢这么穿——这是超过六十岁的印度男性公认的经典搭配。

他在白色、奶油色和海军蓝的海洋中寻找着尼拉克什本的淡蓝色旁遮普裤子。他看不见她。他们之间隔得太远。他步履维艰，一屁股坐到了某户人家的墙边。这面墙一边是杂乱的前院，一边是繁忙拥挤的双车道。穆克什觉得经过的每一辆汽车都遭受了污染：它们"嗖"地扬起一阵阵风，炎热、潮湿且污浊。直到现在他才真正相信，人能从吸入的空气中分辨出各种气味。

他又想起了奈纳。这就是害死她的罪魁祸首吗？污浊的空气？他记得从哪里听说过，糟糕的空气中含有致癌物，也就是会引发癌症的东西。

他想起了自己穿着前后颠倒的 T 恤下楼时奈纳爆发的笑声。突然，脑海中的画面转换成了她在医院里时的样子，形容枯槁。

下一秒，尼拉克什本拿着一瓶水回来了。

"哈里什让你回家去。他还让我把这个给你。"她把水递给他，"成就达成——可以呼吸点新鲜空气了。等这边结束，我就再也不用和哈里什说话了！就像你计划好了似的。你怎么回家？"

穆克什拿起瓶子，赶紧拧开瓶盖，喝了起来，甚至都没说一声"谢谢"。他闭上眼睛，深深地吸了口恶臭的空气，站了起来。"我去坐公交车。"

"我和你一起吧。"他想摇头拒绝，但被她制止了，"穆克什大哥，如果我让奈纳的丈夫在几乎走不动路的情况下自己回家，奈纳永远不会原谅我的。"

电光石火之间，穆克什觉得自己很蠢——这副虚弱的样子。要是被年轻人看到怎么办？那些把车开得飞快，从来不叫他大伯或叔叔的人，现在恐怕要叫他爷爷了吧。

他又抓紧了包，想要寻求一些力量。"尼拉克什本？"他们朝着最近的公共汽车站走去（他一瘸一拐地走着），其实也颇有一段距离。

"穆克什大哥，我在。"她应道。

"谢谢你帮我。"

"我说过了，奈纳会怪我的。"

"你要进来吗？"穆克什紧张地站在门口，试探着问道。尼拉克什本睁大眼睛，抬头看了看他家的房子。

"不了。"她轻轻地摇了摇头，"我不该进去，我该回家了。你没事就好。你现在没事了，对吧？"

"我好多了，尼拉克什本。"穆克什面露微笑。还好，在公交车上的时候，自己的心率就恢复了正常。

"嗯，希望能早日再见。穆克什大哥，我们很久没见了，我今天真的很开心。"尼拉克什本轻轻地挥了挥手，"我会过来教你做正宗的香炸茄子的，说到做到。有空的时候叫我就行。"

"奈纳以前做的香炸茄子最好吃了。"穆克什有些心不在焉，包里的书沉甸甸的。

"哈，我记得。我做得可能没那么好，但总比没得吃好吧！"尼拉克什本提高了些音量，点了点头就离开了。

穆克什觉得全身僵硬，还有些尴尬，不知道是因为刚才的对话，还是活动后肌肉痉挛的缘故。

他站在玄关处，关上前门，一转身就看到了电视上方奈纳的照片，顶上还挂着一个花环。他仔细地端详着她的脸。是不是变样了？她的眼神似乎不似从前那般无忧无虑，里面暗藏了些情绪：失望，甚至是愤怒？

他想起了《蝴蝶梦》，想象着她的画像挂在曼德利庄园的大厅里，永远在那里，注视着发生的一切。

他在犯傻。如果奈纳还在，她肯定会询问尼拉克什本的近况，过得好不好。她可能会叫他给尼拉克什本拿一盒泰普拉。奈纳向来就不是个醋坛子。但无论如何，穆克什心头还是泛起了一丝内疚。他立即把书从包里拿了出来，让它正对着奈纳的照片。暗暗地希望能再次听到她的声音，哪怕一会儿也行，好让他放心。过了一会儿，他才把书放到了新指定的"看书椅"上。

折腾了许久，穆克什想在下午小憩一会儿。他打开收音机，随即重重地瘫倒在床上。他喜欢听着点儿声音入睡。睡醒之后肯定会浑身酸疼。他有些慌乱，不知道自己待会儿还能不能下床。但他决定先不操心这个。船到桥头自然直。

脑袋一落到枕头上，万千思绪便如潮水般涌来。虽然眼下肌肉酸疼得很，但他今天获得了超乎寻常的快乐。他觉得在尼拉克什本眼中，甚至在哈里什眼中，自己是个独立的人，不是一份负担、一位需要每天早晨语音问候的老父亲，不仅仅是全科医生名单上的一个编号，或是女儿们的一件待办事项，而是一个有感情、有喜恶的人。

过了一会儿，安放好四肢，穆克什心满意足地陷入了睡眠。

再睁眼，天色刚刚转黑，昼夜交替，影子正逐渐拉长，即便是在暖色调的灯光映照下，整个房间也依然愈显冷清、空荡。

他下意识地看向左边，属于奈纳的那一侧。他已经很久没出现过这样下意识的动作了。但他今天原本并没有午睡的打算，大脑还处于一片混乱中，所以完全说得通。1985 年，他们刚搬到这里的时候，三个女儿挤在隔壁那间屋里，床垫直接铺在了地上。1998 年，两个女儿都搬出去住了，只剩下罗希尼。她坚持要睡在楼下，以保护一些隐私——尽管楼下的房间和厨房之间只隔了一扇珠帘。大概在 2010 年吧，家里只剩下了奈纳和穆克什两个人，他们也睡到了楼下的房间里，好容易才习惯了孤独的生活。但奈纳还是喜欢有人陪伴，还是会期盼唯一的外孙女来看他们。只有那时候，家里才会重新恢复生机。

2019 年，是穆克什最难熬的一年。那是奈纳去世后的第二年。没有奈纳陪着他进入新的一年，也没有奈纳陪着他告别旧的一年。他在包里翻找，拿出了《蝴蝶梦》。虽然这本书把他吓得半死，但他需要暂时找个别的地方容身，逃离温布利的这个小家，钻进别人的躯壳。

翻开书，穆克什看见了管家丹弗斯太太。她对德温特先生的第一任妻子丽贝卡忠心不二，对他的第二任妻子恨之入骨。她反复地提醒自己和德温特先生，那个女人永远都无法取代亲爱的丽贝卡。在这短暂的瞬间，丹弗斯太太有了新的生命，有了新的意义。她成了穆克什内疚感的化身。他呆住了，陷入了死一般的沉寂。看书是一种逃避。但穆克什终于明白了，这并不总是一种好的逃避方式。"我没有忘记奈纳！"他大声地告诉自己，也告诉吹毛求疵的丹弗斯太太，"对不起，奈纳。"他说道，"我真是个傻子。这本书根本就不能代表什么。"

奈纳的声音似乎穿透了这寂静的夜晚："我知道，穆克什。"但他不确定自己是不是真的听到了。这个故事丰富了他的想象力，对他说出了他想听到的话。

图书馆的新朋友

第十三章
阿莱莎

"阿莱莎。"本尼一边擦着桌子,一边喊,"你今晚有什么安排?"

"去买点儿食材做晚饭。"她一只脚已经跨出了门外,"没什么正经安排。你呢,本尼?"

阿莱莎想起了塞在包里的那本书——《追风筝的人》。虽然不愿承认,但她正因为无事可做而兴奋,这样就可以蜷在家里看书了。这是她多年来最像样的,可以称之为计划的事情。她每天早晨都会看一两章——午餐时间再读一些——到了晚上,要是不翻开书,和随着进度条延伸愈显真实的书中角色们见一面,她都睡不着觉。

"我要去度假啦!"本尼扭了扭身子。阿莱莎喜欢本尼——虽然因为轮班安排,他俩不常能见面,但每次见到他的时候,他都是一副开心的模样。

"不错呀！去哪儿玩？"

"阿依纳帕！"

四十岁的本尼每年夏天都会和朋友们一起去度假。每次聊到本尼，萨摩斯都要拿出来说一遍。

"和儿子们！"他补充道。

阿莱莎笑了起来。

"你今年夏天要出去玩吗？"

阿莱莎摇了摇头。"本尼，你也知道。"她拿出了书，"其实……我今晚要去喀布尔。"然后对着他挥了挥那本《追风筝的人》。

"啊，阿莱莎！这本书……挺悲惨的。"

"本尼，我的生活也很悲惨。我今年十七岁，我四十岁的同事要去阿依纳帕玩，而我却去不了。"

"对不起啦，亲爱的。有得必有失嘛。"本尼小跑着出了门，像脚底安了弹簧似的。

卡勒德·胡塞尼的《追风筝的人》——她喜欢这本书的封面：两个男孩彼此相拥，蔚蓝的天空中飘着一只风筝。阿莱莎看过封底，知道这是关于两个好朋友的故事。阿米尔和哈桑都想在当地的风筝比赛中拔得头筹，但在此过程中发生的某件事永远地改写了他们的人生。几年后，已从阿富汗搬到美国的阿米尔终于发觉，他必须回到喀布尔寻求宽恕与救赎。

她看着封面，不禁开始猜想——哈桑怎么了？阿米尔做了什么？本尼的话在她脑海里回响："挺悲惨的。"她做好了心理准备。她非常信任整理这张清单的人——她也喜欢《杀死一只知更鸟》和

《蝴蝶梦》——它们截然不同，一本通俗易懂，却很能打动人心；另一本黑暗而阴郁，且极具感染力。她躲在被子里看完了《蝴蝶梦》，为曼德利庄园里那位年轻的德温特太太提心吊胆。

起初，她只是盲目地听从清单的指示，一本一本地往下读。但时至今日，她终于发觉，看书的时候，时间往往流逝得更快。她不再把这张清单当成是一张书签，而是妥帖地把它夹在了手机壳里，生怕出什么闪失。她可不想把它弄丢——即便不看 iPhone 相册的照片，她也能熟练地记得这些书名。不过，这张看得见、摸得着的清单……就像是一张幸运符。

街角的这间商店名字很新奇，就叫"街角小店"。阿莱莎从手提包里拿出了这本书，然后开始往包里塞食材。因为拿不定主意，所以就多买了点儿。如果说阅读清单给了她什么启示的话，那就是她确实不擅长做决定。

"别！"收银台后的女人连忙说，"真的，别再让我看到了。"

"什么？"阿莱莎放下手里的东西，一脸困惑地抬起了头。

"那个！"女人大叫着，一手拿着洋葱，一手指着《追风筝的人》。

阿莱莎眉头紧蹙。"你在说什么呢？"她的语气很平静。

"那本书快把我折磨死了！好不容易才读完。你想让睫毛膏糊得一脸都是吗？太折磨人了。"

阿莱莎耸了耸肩。

"真的，原著比翻拍的电影还要悲惨。这本书……真是，我不会再剧透了，你自己看吧。但说真的，你最好在心情特别好的时候看。"

阿莱莎倒吸了一口气。这本书到底有多悲惨？洋葱顺着柜台滚了过来，她用指甲掐着标签，把它们随意地塞进了包里。"这样的话，那就谢谢你的提醒啦！"她脸上又露出了笑容。

那位女士恢复了沉默，继续扫着阿莱莎买的其他东西。

几分钟后，她一边给阿莱莎扔了两个塑料袋，一边喃喃道："真好啊，还有年轻女孩儿会看书。"

"很多年轻人都会读书的。"阿莱莎语气尖锐地回道。她想到了总在图书馆看见的那些年轻人——隔三岔五就过来一趟的粉头发女孩，散着鞋带的学生，甚至也包括米娅。

"我知道，就是，看见年轻人读书真的挺好。"女人耸了耸肩，"这些现代化设备、手机、电子游戏……我已经很久没见过你这个年纪的人会随身带书了。"

阿莱莎想了想自己——就在几周前——除了课本，根本不可能带其他书。她也曾是"手机族"中的一员，基本不会看路，只盯着手机屏幕看。

"你说得没错。但你知道吧，读书又流行起来了。"她对着收银员笑了笑，把两个塑料袋装满，然后挥挥手转身离开。刚走出几步，她就放下了袋子，调整一下，顺便歇了一会儿。天哪，她需要一个奶奶用的手推车！她朝自己翻了个白眼。图书馆把她变成什么样子啦……

她深吸了一口气，准备再试一把。就在这时，一个人突然出现在她面前，挡住了前路。是一个戴着无檐便帽的男人，他一只手拿着一包未开封的香烟，另一只手拿着一张收据。

她盯着那人，意思是，我不想要你的烟，也不知道你在干什么，快让开，别挡我的路。但她没有开口。就这样看着他的脸。

是那个人。她在地铁上见到的那个人。

"需要我帮忙吗？"

"需要我帮忙吗？"他重复了一遍。

她茫然地望着他。肩膀好酸。

"给，你落下了这个。"他弯下腰捡起她脚下的书。是《追风筝的人》掉在了地上。

"谢谢。"她想从他那儿把书抢过来，但是对方拿得太高了，她够不着。他翻开第一页，点了点头。

"哈罗路图书馆？"他声音小得像是在自言自语，"还开着哪，我以为它几年前就关门大吉了。"

"它还开着。"阿莱莎心头火起，"我就在那儿上班。"不知怎的，她摆出了防备的姿态。

"哇，你看起来不太像图书馆管理员呢。"他腼腆地笑了，"抱歉，我都不知道自己在说什么。"他把书递向她，她一把抓住，拿了过来，"你的包很重吧。我可以帮你。"

"不用了，我自己可以。"手指疼得不行。她翻了个白眼，试图掩饰心底涌动的紧张感。她艰难地挪动着，一步，又一步。

"我认真的，我可以帮你。"

"我说了我自己可以。"阿莱莎疼得龇牙咧嘴。塑料袋提手已经嵌进了她的皮肤。

"那好吧。我们好像顺路耶。"他在她身后半步之遥调侃道，"你要真是个图书管理员，就告诉我……那本书讲了什么？"

阿莱莎停下脚步，又把袋子放到地上，准备再做调整。但当她想再拎起来的时候，那个男孩迅速地上前，提起了两个塑料袋。

"啊，解放了。"阿莱莎松了口气，小声念叨着。

"听着，我只想了解这本书的故事。我就帮你拎着这些东西走一段路，然后就再也不会烦你了。"

阿莱莎把剩余的那个包挎在肩上。"不好意思，要扫你的兴了。"她说，"我其实还没开始读这本书呢。我只看过封底的内容。"

"没关系。你叫什么名字？"他问道。

"阿莱莎。"

"幸会，阿莱莎。"他说，"对了，我叫扎克。"

阿莱莎心想，我又没问，但也装出一副不在意的样子，大声地说："幸会。"

他尴尬地笑了笑。他和阿莱莎一样紧张吗？他费劲地拎着她的袋子，有些跟不上她的脚步。她用手捂着脸，笑了起来。

"所以，"他一边说着，一边追上她，想掩盖自己上气不接下气的事实，"你是个爱读书的人咯？"

阿莱莎没有立即回答。她想起了那个老人，穆克什先生，想起了他们迄今为止关于这些书的谈话。手机壳里的清单像烧着了似的烫手。"谈不上。"她坦陈道，"读书对我来说是件新鲜事。不过，我现在确实很喜欢读书。"

"《追风筝的人》……你做好心理准备了吗？"

"我还以为你什么都不知道呢。"

"我看过电影。那真的是我看过最悲伤的故事。"

"柜台后的那个女人就是这么说的。"

"是事实啊。结局太悲惨了——"

"够了！别告诉我！怎么都要给我剧透啊？"她打断了他的话。这出乎意料的举动，惊得她睁大了眼睛。她现在很放松——在那一瞬间，和一个陌生人并肩而行，谈论一本书，似乎成了件很寻常的事。

他笑了。"放心，我不会剧透的。所以……"他一直盯着她看，"不去图书馆的时候，你都会做些什么？"

"这是什么状况？《一见钟情》的戏码？"

"对不起，我有点紧张。"

"是啊，看出来了。"

"所以你会做些什么？"

她耸了耸肩。"关你什么事？"

"我是说，不是……我只是随便聊聊。"他耸了耸肩，手里提的袋子太重，他不禁有些摇晃，"这里面到底装了什么？"他喘着粗气问道。

走到这条路的尽头时，她停下了脚步。"接下来我自己拎就行。"她用下巴指了指这条路，"我家就在那边。"

"没关系，我可以送你到家门口的，我拎得动。"

"不用了。"阿莱莎严词拒绝，语气冰冷得把自己都吓了一跳，"给我就行。"

他点了点头，把袋子轻轻地放在地上，还往后退了几步，好像是在交接一个极为危险的包裹。

"谢谢你，扎克。"她轻快地道了谢。

"小事一桩，阿莱莎。希望能再见到你。夏天总让我觉得孤独，所以，嗯，这就很好。"

她拎起袋子，慢慢地往家的方向挪。男孩也转身离开了。她又回过头看了一眼，记住了他的身影——就是地铁上的那个人。她简直不敢相信自己的运气。

她走近自家的房子，窗户紧闭，里面一片漆黑，就像是曼德利庄园，或是布·拉德利的家。但此刻，她没有那么害怕了。她把手里的塑料袋放在门口，摸索着钥匙，恰好看到了包里放着的《追风筝的人》。男孩的最后一句话在她脑海里挥之不去。夏天也总让她觉得孤独——但这个夏天，这个夏天似乎比往常少了一些孤独。

第十四章
穆克什

嘟。"老爸，我是罗希尼。哈里什叔叔给我打了好几个电话，他想让你和他一起去寺庙。不用回我电话，给他打个电话就行了，好吗？我知道你很久没去了，也没有自己去过，但这对你有好处。我、迪帕利和弗里蒂已经讨论过了，我们都觉得你应该去。行吗？普丽娅让我转告你，她喜欢那本《地海巫师》，应该是叫这个吧。她也爱你哦！再见，老爸。回头再聊。"

嘟。"嗨，老爸，我是迪帕利。罗希尼说，哈里什叔叔一直想联系你呢。你为什么不去寺庙？不是挺好的嘛，你还能吃一顿营养均衡的饭。对吧？回见。"

穆克什拿出书，坐到他的座位上，这时电话又开始振动。他抬头看了看电话，又低头看了看自己的书。"如果想找我去，他们可以自己打电话留言啊，不是吗？"他自言自语道。

嘟。"早上好，穆克什大哥。我是尼拉克什本。"穆克什从座位上一跃而起，眼神不由自主地飞向墙上奈纳的照片，"我买了些做香炸茄子的食材，下周去你家行吗？周六怎么样？我教你做这道菜！祝你周末愉快。"

他怎么也没想到尼拉克什本会打电话来。他又抬头看了看奈纳的照片，希望她能告诉自己该怎么做。她心烦了吗？还是生气了？

他不禁叹息，想把注意力转回到《蝴蝶梦》上。他坐在自己的扶手椅里，四周亮着四盏半的灯。这些灯原本被放置在几个不同的房间里，高低错落、各有不同。所谓半盏灯其实就是一个 USB 供电的看书灯，可以把它夹在书上——是奈纳送给普丽娅的礼物。客厅的这个角落现在看起来就像是一个试图装酷又有些好笑的嬉皮士酒吧。弗里蒂总给他看 Instagram 上这类酒吧的照片，说是要为自己的小型连锁咖啡馆汲取"灵感"。

不行。尼拉克什本的来电让他心绪不宁，还怎么看得下新太太取而代之的情节？他扔下《蝴蝶梦》，试着分散自己的注意力，给哈里什回了个电话，答应今晚去寺庙参加膜拜仪式，再领些食物。他已经很久没有参加过了——他只跟罗希尼或迪帕利一起去，有时也会和弗里蒂一起，还是在她们的强烈要求之下。他不喜欢待在那里。因为那里总会让他想起奈纳。失去她之后，他成了个残缺的人。

"兄弟，今晚不见不散！"哈里什在电话那头大吼。他要么是聋了，要么就是还不知道现代的电话该怎么用。总之，穆克什不怪他。在弗里蒂和罗希尼对他抱怨，每次和他通电话，把听筒音量调到最低都嫌吵之前，他也是吼着和别人打电话的。

"哈，好啊，多亏有你劝我。这对我是件好事。"穆克什尽力表现得十分诚恳。

"兄弟太棒了，那待会儿见咯！"哈里什喊道。

穆克什把听筒拿远了些，跟他说了再见。

一连读了几个小时的书，穆克什抬起头来，看到《蝴蝶梦》里的四个主角就坐在对面沙发上，被吓了一跳。德温特太太，庄园新的女主人兼叙述者，因为书里从未真正地描述过她的样貌，所以看起来就是一团模糊。他能信她吗？德温特先生，一位非常富有的年轻绅士，起初还觉得他挺有魅力，后来就觉得一般般了……没错，他不喜欢他。然后是丹弗斯太太，那个多管闲事、疑心重，又挑三拣四的女人，因为觉得新太太比不上丽贝卡，就对她很是厌恶……丽贝卡虽然已经不在了，却从未被人遗忘。还有丽贝卡本人，一个幽灵，就坐在穆克什的沙发上，盯着电视上方奈纳的肖像看。

穆克什猛地吸了一口气，揉了揉眼睛，但正当丽贝卡站起来，似乎要朝他伸出手的时候，传来了一阵汽车喇叭声，他们四个瞬间都消失得无影无踪。穆克什深吸了一口气，呆呆地坐着。他从未想过，一本书对其中人物的刻画能如此深入，能对他产生如此巨大的影响，真实到让人不寒而栗。

又一阵汽车喇叭声。是哈里什。穆克什看了看手表。时间刚好。

三十秒后，汽车喇叭又响了。

还是老样子，他不耐烦了。

有的时候，哈里什觉得自己还是个四十岁的时尚弄潮儿，开着一辆炫酷的车，有地方要去，有朋友要见。他自命不凡，根本不愿意等那几分钟，等他的朋友穿着拖鞋下楼，拿好寺庙专用的鞋袋，再穿上尼龙搭扣运动鞋。但穆克什会让他等着，甚至还会故意放慢动作。这也算是他给自己找的借口。他的两条腿都僵硬得不行，根本快不起来。那场慈善健步走也已经证实了这一点。

哈里什的车很大，即便被伦敦脏兮兮的雾笼罩着，也依然很显眼。

"穆克什老兄！"哈里什隔着车窗叫了他一声，然后探过身子去，推开了副驾驶的车门，让穆克什上车。

穆克什一言未发，"砰"地甩上了车门。他叹了一口气。后背疼。坐在这车里，挤得腿都快抽筋了。"兄弟，很高兴见到你。"

车停在了寺庙前，哈里什很是爱惜地敲了敲仪表盘，然后才下车。他比穆克什想象中敏捷得多。

他们并肩朝寺庙里走去，但很快，穆克什就落在了后面。在阳光的照耀下，整间寺庙辉煌夺目，光线经过穹顶的反射，显露出了背阴处错综复杂的雕刻。真漂亮。他很少从这个角度欣赏它。让人惊讶的是，这幢举世无双的建筑周围环绕着民宅、学校，还零星地散落着几个停车场。北环路上满是不断鸣笛的汽车和暴脾气的司机，同这里的宁静格格不入。

有迷人的风光，还能给人意外之喜，这就是他如此热爱伦敦的原因。这是座多样化的城市。拥有矛盾、差异化的美感。

哈里什已经远远地把他甩在了身后。没有回头，甚至都没有注意到穆克什被落在了后面。他一心沉浸在自己的小世界里。

穆克什一点儿都不着急。有那么几秒钟，他觉得自己的腿都快走断了——独自走在这里，没有女儿们的照料，没有奈纳的陪伴，这种感觉很奇妙。他通过了入口处的安检。他一直很想知道，安保人员是不是真的能看到他的裸体。但愿看不到。想到这里，他不禁有些脸红。印度教徒不会那样做，不是吗？

他取下了钥匙和腰带，然后转向左边。他幻想着奈纳就在他身边，转身向右边的女士鞋架走去。他随意一瞥，看见了英迪拉。英迪拉总是孤身一人，他就没见过多少人和她说话。大家都知道，只要英迪拉一开口，就基本没人能打断她。除了这一点，他对她也没别的了解。但奈纳总说，大家都在努力地和她相处。他挥了挥手，但一看她点头回应了自己，就迅速地把手放下了。

灌顶仪式结束后，穆克什和哈里什将圣水淋在斯瓦米纳拉扬的铜像上，以接受祝福。随后，他们就立即离开了宁静祥和的仪式现场，径直走向嘈杂的体育馆去吃东西。一道网状帘布将男人和女人隔在了两边。哈里什急匆匆地拿好食物，找了个空桌子坐下。穆克什则不慌不忙，和每个分发食物的人问好（"穆克什，你很久没来了吧？见到你真高兴！"），但也没用多少时间就和哈里什会合了。塑料餐盘里装满了美食，色彩丰富得很，有米豆粥、炸糖卷、普里小麦饼、土豆咖喱和酥脆沙拉。他们安静地吃着，穆克什发觉自己正偷偷地往帘布那边瞟，寻找尼拉克什本的身影，他几分钟前看到她了——他以前常常隔着帘布偷瞄奈纳和女儿们。就在这时，他又想起了脾气暴躁、尖酸刻薄、吹毛求疵的女管家丹弗斯太太。她出现在了他的面前，就在哈里什旁边。奇怪的是，她穿着纱丽，点着朱砂，头发向后紧紧地挽成了发髻。她眉头紧皱，不停地摇头，还像他一样用手抓东西吃。

穆克什眨了眨眼睛，想让这个根本不存在的奇怪女人从自己的眼前消失，但丝毫不起作用。

"老弟。"穆克什想借着和哈里什的闲聊将思绪拉回现实，他的目光从哈里什转向了闷闷不乐的丹弗斯太太，"米纳最近怎么样？"

"啊，她很好，好得很。她今晚不用陪我，所以我敢肯定，她现在开心得不得了。她巴不得和我分开呢！"哈里什嘴里塞满了吃的，自顾自地笑着。穆克什想象出了丹弗斯太太一脸嫌恶地看向身旁的样子。这可能是他和曼德利庄园里这位可怕的管家唯一的共通点了。

他想象着奈纳在帘布的另一边，给丹弗斯太太端上了饭菜。"我没有忘记她。"穆克什自言自语道。他永远不会忘记奈纳，但他不知道这话是说给他自己听的，还是说给丹弗斯太太听的。没有人能取代他的妻子，尼拉克什本也不行。突然，丹弗斯太太端起盘子，朝大殿的另一边走去。

哈里什还在说话。穆克什完全不知道他刚才说了什么，就敷衍地应和一句"天哪，是吗"，而这显然正是哈里什想要的回答。

"米纳想问问你愿不愿意来我家吃晚饭。老兄，我们已经很久没一起吃饭了。"哈里什似乎发现了穆克什在想别的事情，于是拍了拍他的肩膀。穆克什摇了摇头，随后又点了点头。

"好啊。我随时都可以！"

"星期六好吗？我家老大那时候也在家，多好。他也挺想见你。"

星期六不行。七月六日星期六。那天尼拉克什本要过来。"我那天有安排了。"

"罗希尼要来看你吗？"

穆克什摇了摇头。

"那，是要见普丽娅，还是那两个双胞胎？我好几年没见过这些小家伙了。还是那时候——"

穆克什还是摇头。

"弗里蒂？她结婚了吗？"

穆克什继续摇头。他不想说谎，幸亏哈里什一连问了两个问题。这样的话，可能哈里什也分不清他回答的是哪一个。

"啊，我真没想到。她多可爱、多漂亮呀。一看到她，我就会想起奈纳。你究竟有什么事？你加入象棋俱乐部了吗，还是板球俱乐部？"哈里什大笑着拍了拍肚子，"想象一下！穆克什打板球的样子！"

"我要和尼拉克什大姐吃晚饭。"穆克什不想说谎。虽然语速很快，但他特意把敬语"大姐"说得很清晰，想证明他们之间只有兄弟姐妹般的友谊。只要说得够大声，哈里什就算听一半、漏一半，也不会产生误会。

"哪个大姐？"

穆克什脸红了。"不对，老弟。是尼——拉克——什——大姐。"

哈里什皱起眉头，随后瞪大了眼睛。"噢，尊者[1]。你们在约会吗？奈纳怎么办？"

穆克什的脸涨成了紫红色。"不是，兄弟，兄弟，你误会了。"

就在这时，可怕的丹弗斯太太悄无声息地从大殿的另一边溜了回来，紧紧地盯着穆克什。

"她可是奈纳的朋友！而你是个丧偶的人！"

"不，哈里什！"穆克什举起双手为自己辩解，既是对哈里什的警告，也在恳求他听明白再说，"我们只是朋友关系，叙叙旧而已。根本没有你说的那种事。"

他说的确实是实话。没有那回事。但这就是他会觉得如此怪异的原因。他们待在一起的时间甚至不到几个小时，别人就已经把他们当成相互勾搭的一对了。奸夫？淫妇？穆克什摇了摇头，这都不重要，因为事实并非如此。

穆克什端起盘子，把剩下的食物倒进了垃圾桶。他冲出大殿，离开寺庙，走到了尼斯登庙外。他能感觉到丹弗斯太太正亦步亦趋地跟在后面。他从手提袋里拿出了那本书——《蝴蝶梦》。恍惚之间，他还以为封面上印着的是奈纳的名字。这本书对他做了些什么？它到底想从他这里得到什么？

---

1 Bhagavān，日常表示惊叹，类似于中文里的"天啊"。

阅读清单的漂流之旅：约瑟夫
2017

　　约瑟夫从小就经常来图书馆。学校放假之后，妈妈还得去上班，就会把他送到这里，让他做好家庭作业或是提前预习新学年的内容。虽然他现在已经可以独自待在家里了，但周一、周三和周五放学后，他还是会来图书馆。他有喜欢的位置，因为不像其他位置那样隐蔽，所以基本不会被别人占掉。那张桌子离图书管理员的桌子很近。约瑟夫喜欢听别人借书或还书时的礼貌低语。这有助于他集中注意力。他喜欢这家图书馆。很安静。学校里的同学也都不会来这儿。

　　有一天，他坐在这里，偏偏有个人坐到了他的对面。他没有抬头——之前有个年轻人，在这里问他学校作业，约瑟夫不知道该怎么跟那人说清楚，他只想继续安静地写作业。他不会再犯这个错误了。他和平常一样，埋着头，眼睛盯着书页。

那人把书放在桌子上时，他注意到了那人的手，一双有些沧桑的手。皮肤略显松弛，有点像他妈妈的手。他抬起头，想看一眼封面，看看是本什么书。但他慢了一步。那双手已经迅速地把书摊开了。他又把注意力转回了作业上。

霸凌与同辈压力。他讨厌 PSHE 课程的家庭作业，但不得不做。他也讨厌上课。主要是因为他必须和莫·约翰逊坐在一起。而约翰逊一向都很瞧不起他。"你要是被人欺负了怎么办，嗯？小子？"他冷冷地嘲讽道，"去求别人帮忙吗？"他总是笑话约瑟夫放学后去图书馆。有一次，他一路跟在约瑟夫后面，叫他胆小鬼、娘娘腔、窝囊废、书呆子、怪胎、马屁精。但约瑟夫一进门就安全了。约翰逊死都不会进去的。

霸凌与同辈压力。他该从哪里开始写呢？第一个问题是，"霸凌的定义是什么"，简直像是莫·约翰逊特意出了道题来嘲弄他似的。只要没动约瑟夫一根毫毛，那就算不上真的霸凌，对吧？

然后是第二个问题，"你怎么知道有人被霸凌了"，人们遮掩了太多事情。

约瑟夫把头埋在桌子上。当他抬起头时，发现作业纸已被泪水浸湿了一大片。

对面那个手指皮肤微皱的陌生人拿出了一张纸，开始仔细地翻阅书页，手指拂过一个个文字。那人突然停下了动作，把那张纸夹在那一页，然后把书朝他这边推了过来。约瑟夫抬了抬眼皮，看着那本书，但并没有和那个神秘的陌生人对视。他现在不想说话，啜泣的时候尤其如此。

《少年派的奇幻漂流》。封面是一片蔚蓝汪洋，还有一只大老虎，色彩鲜艳而明亮。那张卷了角的纸条有一小截露在了外面。

约瑟夫没有拿起那本书。像没看到似的，任由它摆在桌面上。过了一会儿，对面的陌生人穿上外套，收拾好东西，走了。约瑟夫始终没看到那人的脸。

约瑟夫并不是个沉迷读书的人，从很小的时候开始，他就没有实实在在地读过书了。学校作业实在太多了。但当他把书拽过来，捧在手里翻开之后，他就不受控似的逐行看完了封底的文字。它讲的是一个十六岁的男孩和一只老虎、一只鬣狗、一只红毛猩猩，还有一匹斑马被困在一艘船上的故事。好奇怪啊。他把书翻过来——看见那个男孩紧紧地抱着膝盖，蜷缩在船的一头。约瑟夫从未和老虎待在一艘船上过。但他能想象那种感觉，那种迫切地想把自己缩小，甚至遁形的感觉。他把书放在桌子上。不知为何，他就是知道，那人是故意把书留在这里的：是留给他的。

他立即把 PSHE 课程的家庭作业塞进了书包，然后把书包挎在了肩上。他带着书朝自助服务机走去。他急着想回家，好蜷着身子看书，找出那位陌生人想告诉他的东西。

回到家后，约瑟夫"砰"的一声甩上了大门，跑到楼上自己的卧室里，钻进被窝，叉着腿，脑袋枕在羽绒被上，把书翻到了夹着纸片的那一页。

他小心翼翼地抽出了纸片，看着上面的文字。是一张清单。一、二、三、四、五、六、七、八本书。有一本被圈了起来。

《少年派的奇幻漂流》。

他的这本书。

第十五章

阿莱莎

她翻到最后一页，深吸了一口气。她坐在空荡荡的图书馆里，只管埋头看书，忘却了时间。这是她第一次这么自在地看书，没有自我怀疑，没有猜想自己是否读懂了这个故事，对外面的世界全然不顾。

阿莱莎把《追风筝的人》放回到桌子上，用双手捂住了脸庞。她能感受到自己加速的心跳，心脏几乎要从胸腔里蹦出来了。她的头也很疼。还好，图书馆里空无一人。如果现在有人跟她说话，她可能就要忍不住哭出来了。

她拿起手机，迫切地想给某人发信息。但她也不是真的想聊天，只是想告诉别人她读到的内容。不知道蕾切尔知不知道这本书，但阿莱莎已经有几个星期没给她发过信息了，要是现在突然发短信说自己想和她聊聊一本书，那实在太奇怪了。她想到了商店里的那个女人，然后想起了那个男孩——扎克……他有说他看过吗？她不禁有些惊讶，自己竟然又在想他。

她想象着阿米尔和哈桑这两个亲如兄弟的好朋友在喀布尔跑来跑去地放风筝的情景。哈桑很善良，对朋友至真至诚，愿意做任何事来保护阿米尔，让他开心；阿米尔享受着哈桑的友谊与忠诚，但在很多细节上，他总是那么孩子气，缺乏考虑，给哈桑造成了伤害。最终，阿米尔用整个余生忏悔着自己对挚友的亏欠，也总算理解了孩提时哈桑为他所做的牺牲。后来的阿米尔一直在努力地重新做个好人。阿米尔的故事告诉了阿莱莎一个道理：无论你过去做得多不好，都应该拼尽全力地变好。阿米尔和哈桑的友谊伤透了阿莱莎的心，她之前从未想过，自己会因为一个故事，因为一页纸上的几个字而怅然若失。

《杀死一只知更鸟》和《蝴蝶梦》都很好，但偶尔会让她觉得，自己像是在看教科书。她总忍不住在阅读的过程中收集信息，寻找那些可以和穆克什聊聊的东西。

但这本《追风筝的人》——多日来，她一直沉浸其中。和艾丹一起待在家里的时候，他会问她这一天过得怎么样。而实际上，除了看这本书，她这一天什么都没干。

"我在看《追风筝的人》。"她回答说，"没别的了。"

"我看过同名电影。"艾丹说，"太他妈悲伤了，你感觉怎么样？"

"之前也没人跟我说啊！"阿莱莎朝他挥了挥手里的书，知道自己在撒谎，大家都警告过她了——即便如此，这也超出了她的心理预期，"为什么没人告诉我，这本书真能把我的心彻底地撕碎？哈桑，他真是太善良了。阿米尔就这样欺负他。"

"哎，他们还只是孩子呢，是吧。"

"是，但小时候做过的事真能影响人的一生，不是吗？比如阿米尔，他的余生都要在悔恨中度过了。"

"这个故事里强调了很多次。在一切变得无法挽回之前，我们要尽力地弥补，做有意义的事。"艾丹沉默了一会儿，阿莱莎看向了艾丹、阿莱莎、莱拉和迪恩的那张合照，"要珍惜眼前人。"从始至终，艾丹的视线都没离开过他的手机。

她哽住了。阿米尔没来得及弥补哈桑，但他还能以其他方式做些补偿。她想到了迪恩，想起了他过去所做的每一件事，以及现在，他竭尽所能地扮演着一个关心孩子们的家长——发短信、打电话、留语音，隔三岔五地往他们的银行账户里打钱。但他和阿米尔不一样，阿莱莎不知道迪恩是否真的心存悔意。

画面切回图书馆，阿莱莎擦去了脸颊上的泪水。"糟了。"她自言自语道。穆克什走进了图书馆。他笑得很开心。她不知道自己现在能不能打起精神来。哈桑那么年轻，那么善良，还有他的朋友阿米尔，都在她的脑海里挥之不去。她又想起了迪恩，瞬间被拉回了现实。

"你好！"他走到她的书桌前，"这本书我也看完啦！"他高举着手中的《蝴蝶梦》。

阿莱莎勉强地挤出一丝微笑，但她能感觉到自己耷拉着的嘴角，没办法了。"嗨，穆克什先生！"

"阿莱莎，"他轻声地说，"你没事吧，孩子？"

阿莱莎觉得喉咙越来越堵。心里想着：别哭，别哭，别哭。

"没事，我当然没事。就是刚读完一本书，一本悲伤的书。我没事。"她清了清嗓子，把声音压低。

穆克什局促不安地靠着桌子，轻轻地拍了拍她的肩膀。"好了，好了，没事了，孩子。"他的声音柔和而舒缓，"我女儿迪帕利假装自己没事的时候也像你这样，但其实难过极了！她十几岁的时候总这么说。我没事。别管我，爸爸。我很好！"穆克什笑着说，"难过的时候就说出来。有的书确实很悲伤，对吧？我之前读过一本书，也流了好多眼泪。"

"什么书？"阿莱莎尽量让自己的声音听起来没那么颤抖。

"《时间旅行者的妻子》。"他的声音很有感染力，"我妻子去世后，我们在她的床底下发现了这本书。读完之后，我觉得自己离她近了些；也是因为那本书，我才知道自己到底失去了什么。"他的眼神稍稍游离，而他的忧郁则更加剧了她前额的抽痛。

"我……我想和你聊聊《蝴蝶梦》，不过现在看来，还是改天吧。不过，我想再借一本书。是什么书让你这么难过？"

阿莱莎把书举在手里。

"追，风筝，的人。"穆克什眯起眼睛，慢慢地读了出来。

阿莱莎疯狂地点头。"强烈推荐。我特别想找人谈谈这本书！"

他眼睛一亮。"你想跟我聊这本书吗？"他平静地问道，"那我就借这本。我很荣幸。谢谢你推荐《蝴蝶梦》。虽然我不确定自己是不是喜欢，但它让我思考了很多。"

"你不喜欢吗？是因为太恐怖了吗？我觉得挺惊悚的，那座巨大的古宅，那个鬼魂。太可怕了！"

"不……我觉得这本书不是很好。我不赞成再婚，不太赞成。太前卫了。"

她放声大笑。"穆克什先生，我觉得这本书不是讲再婚的呀。而且，这本书应该是很多年之前写的了。"

他低头看了看自己的鞋子："在我看来，这本书里似乎一直都在说再婚。"

"嗯。"阿莱莎扫了帕特尔先生的借书证，把《追风筝的人》记为借出，"我想，这大概就是一千个人眼中就有一千个哈姆雷特吧。"

"知道吗，阿莱莎小姐，"穆克什站了起来，"我是不会再婚的，永远都不会。"

阿莱莎忍着笑意。"但如果您遇到了合适的人呢，穆克什先生？"她很喜欢逗他。但很快就发现，他瞪大了眼睛，下巴微微地低垂，他无法接受。

"你到底是什么意思，小姐！"穆克什的声音瞬间拔高了两个八度，"人一辈子只能有一次真爱。"

"好吧，既然您这么坚持。"阿莱莎把《追风筝的人》重重地放在了面前的桌子上。思绪又回到了哈桑和阿米尔身上。把它交出去的感觉，很奇怪。她对这本书有一种占有欲、保护欲。但当她抬头看着穆克什的脸时，仍能清楚地感受到他眼神中的愤懑。"听着，"她对他说，"我得和您说实话——这本书真的，真的没那么轻松；

读起来会很艰难，而且寓意很深。特别深，您能明白吗？"

"好啦。"他回道，"我的生活就够复杂的了。我应该没问题。"他露出了灿烂的笑容。她知道他是在等她问问题，好顺理成章地传授一些阿提库斯式的道理。

"比如什么呢，穆克什先生？"如他所愿。

"嗯，"他抬头看着天花板，"你知道吗，我本来不住在这里。我拖家带口地离开了自己的家乡肯尼亚，来到这儿，想为孩子们提供更多机遇。适应的过程充满了艰辛，我们到底是和当地人不同的。"

"哦？"她说道，"这本书也和离开家乡有关。主角阿米尔原本在阿富汗长大，后来才去了美国。"

"真是这样？"穆克什抚摸着书的封面。

"您肯定会喜欢这本书！但相信我，和这本书比起来，《蝴蝶梦》就是小菜一碟。《蝴蝶梦》确实是一本很棒的书，很有氛围感，但这本书的情感起伏很大，就像过山车一样，大起大落……"

"好，阿莱莎小姐。"他说，"我很明白你的意思了。我会好好地读完，然后跟你交流感想的！"

他几乎是小跑着奔向了图书馆的座位。刚准备坐下，她又开口说："别看哭了，好吗？"

"收到，'老板'！"他回应道。

他坐在了最喜欢的那把椅子上，旁边有一个小壁龛，还有一盏高高的阅读灯。

"阿莱莎，这个位置能看到你，还有其他图书管理员：露西、本尼和另一个年轻人。"他曾告诉过她，"也能看见学生把书甩到桌上，再拿出一个破旧的笔记本，或是年轻的父母读书给他们的孩子听。我喜欢这个位置，只要是在图书馆里看书，我都会习惯性地坐在这里。这些陌生人，他们都是我沉默的伙伴。"

穆克什终于慢慢地敞开了心扉，不仅是在她面前，在其他工作人员面前也是一样。阿莱莎很为此高兴。几天之前，露西跟她说："你交的那个朋友，那位老先生，他真挺可爱的，对吧？"

她回想起了初次见面时自己无礼的样子，还有艾丹和凯尔说服她勇敢改错的样子——和《追风筝的人》里阿米尔所做的一样。真的，做一个好人永远都不晚。永远不晚。阿莱莎莫名地替老人感到自豪——她知道穆克什先生很孤独，但他正在以实际行动帮助自己。他做得特别好。

第十六章
穆克什

穆克什没有告诉女儿们今天要和尼拉克什见面的事。对她们来说，她是尼拉克什阿姨，一直都像家人一样亲近。他觉得——希望——弗里蒂会认为这是件好事。因为他总算找到了一个可以成为挚友、伙伴的人。但罗希尼和迪帕利可能会想歪，想得太过头。她们可能会在背后说他："爸爸对这个女人越来越上心了，他为什么要这样对妈妈？"他接受不了被那样揣测。

门铃响起时，穆克什的心简直要从胸膛里跳出来了。他抬头看着奈纳，希望能得到一些提示。可他只得到了一阵沉默。

"尼拉克什本！"穆克什张开双臂，站在门口招呼她。语气比他预想的还要自信、惬意。

她拎着一个装满蔬菜的蓝色塑料袋。"准备好学做香炸茄子了吗？"

穆克什急忙点头，侧身迎她进来。

"尼拉克什本，请坐。"他表现得很客气，还正儿八经地点了点头。随即才发觉，自己身板挺得太直了，很不舒服。他们肩并肩地站在玄关处，旁边就是客厅的门。奈纳正从电视机上方的相框里俯视着他们。

"谢谢你，大哥。"尼拉克什本说。他注意到，她远远地避开了奈纳的椅子，避开了属于奈纳的回忆。"我可以坐在这儿吗？"她指了指沙发，袋子还提在手里。

"哈，"他俯身从她手里接过袋子，"随便坐。"尼拉克什本坐到了沙发上，双手合十，耸着肩，像是在努力削减自己的存在感。

"随便坐吧，"他说，"别客气。"

尼拉克什本没有动，只是微笑着点了点头。

几分钟后，他还在滤茶，尼拉克什本也跟着进了厨房。这一回，他按部就班地从滤茶开始——奈纳肯定会这样待客。

"我还是跟你待在一起吧。"尼拉克什本说，她的表情就像是见了鬼一样，"我可以开始切食材了吗？"他看得出来，在已故好友的家里活动，她很不自在。

"哈。"他说，"一定要告诉我，你每一步都做了什么，要不然我就跟不上了！"

"当然！"她拿出茄子开始切块。穆克什也把甜味剂加入了茶汤里。两人匆忙地走来走去，寻找需要的餐具，偶尔还会笨拙地撞到一起。"真对不起。"她总会回说："不不不，该道歉的是我，大哥。我真是太笨手笨脚了！"

"看看我俩这样子。"穆克什说，"真笨。我就应该在那边待着，你需要什么叫我就行。"

"哈。谢谢你！把油给我好吗？"

穆克什把油递了过去，尼拉克什本用手指捏住盖子接了过去，尽力不碰到穆克什。

在香炸茄子的整段教程中，他觉得自己仿佛屏住了呼吸，一句话也没说。

"你能不能再给我写一些关于这道食谱的注意点？"他一边品尝着辣乎乎的香炸茄子，一边问道。

"当然可以了。"尼拉克什本跟盘子隔了大约一英尺，看着穆克什狼吞虎咽。

"你要吃点吗？"

"不用了，谢谢你，大哥。我不喜欢吃茄子。"

"什么？"穆克什笑眯了眼睛，"那你为什么要做这道菜？"

"呃，奈纳总和我说你最喜欢吃这道菜，我们也总是听哈里什说你怎么都做不好，连你女儿们都在寺庙里说过。她们说你饮食不健康！我就觉得你可能想学一学。"

穆克什大口大口地吞咽着，脸慢慢地红了。当然，他的女儿们，应该是罗希尼，就喜欢到处讲穆克什·帕特尔各种不擅长的事。

尼拉克什本的脸色微微泛白，他看得出她有些紧张，想换个话题。"这也挺好的嘛，大家都关心你呢！你的孙辈好吗？小普丽娅怎么样？"

"他们都挺好，已经放暑假了。前几天普丽娅还跟我一起去了图书馆呢。"

"图书馆？"尼拉克什本问，"是奈纳以前去的那家吗？"

"对！我最近都在读书——为了普丽娅，也为了我自己。那儿有个图书管理员。她会帮我挑书。"

"真不错，穆克什大哥。你在读什么？是什么样的书？"

"我正在读一本很有趣的书，叫《追风筝的人》。是关于阿米尔和哈桑两个人的故事。"他把自己目前为止看到的情节一一地讲给她听，"阿米尔现在住在美国，几乎忘记了自己最好的朋友——只是心中偶尔会泛起一丝强烈的内疚与悔恨。"

"听起来是个很伤心的故事。"尼拉克什本说。他们已经坐在了客厅里。他注意到，她的身体往后靠着，双手放在身体两侧。她占据的空间变大了。她正在慢慢地放松下来。

"是啊。图书馆那位小姐给我推荐了这本书，我看她读完这本书之后非常伤心。哈桑是个好孩子，却遭受了如此糟糕的对待。"

"哈。"尼拉克什本会意地点了点头，"总有这种事情，不是吗？我的儿子，"尼拉克什本稍稍地垂下了头，他从未听她提起过阿卡什，"他小时候，是那么温柔，那么安静，总是埋着头看书，对待朋友也很真诚，可他们总来找他的茬，欺负他。他回家见到我，我都会问他白天过得怎么样。我只是想让他好受点。"

穆克什眉头紧锁。尼拉克什本的眼睛闪耀着光辉。他不知道说什么才好——他在脑海里迅速地扫视着所有看过的书。有什么可以借鉴的话？阿提库斯这时候能帮上忙吗？但他随即发觉，她需要的可能只是一个可以倾诉、倾听的人。穆克什可以做到。

"我只是想让他高兴，"尼拉克什本的声音有些哽咽，"但做母亲的做不了太多。我知道。"

"他拥有一个温暖的家庭，"穆克什的语气很平静，"有的时候，孩子们会表现得很刻薄，但你的儿子，他既成熟，又聪明——他能想通的，那不是他的问题。该反思的不是他。"

尼拉克什本清了清嗓子，用手背轻轻地擦了擦眼睛。她笑了。"他也喜欢香炸茄子。他最喜欢的就是奈纳做的香炸茄子。"

穆克什的家里再次陷入寂静，空气中弥漫着茄子、油和芥菜籽的味道。他惬意地躺在扶手椅里，肚子饱饱的，内心也很满足。在今天之前，他已经有好几个月，甚至其实有好几年没有得到过真正的陪伴了。一直都只有他自己。然而，当他安静下来之后，内心又有一道恼人的声音逼着他抬起头，看着奈纳的画像。电光石火之间，他仿佛来到了曼德利庄园，丽贝卡一直阴魂不散地跟在他身后。

纸上旅行

第十七章
阿莱莎

她等了四分钟，公交车还没来，她只好沿着公交线路往前走，每遇到一个公交站都会停下来看看车什么时候能到。还是要等好久。她一刻不停地往前跑。艾丹先前打来电话说，他急着要赶去上班，阿莱莎花了很长时间才把自己的东西全部收拾好，又叫凯尔来顶替她今天剩下的班。她已经晚了快一个小时，必须得跑快点。

她感到小腿肌肉紧绷，胸口生疼。她已经很多年没有做过这种有氧运动了，脸上的妆被汗水浸得一片斑驳，每个毛孔都很刺痛。

她转过街角，跑在自家门前的街道上，心里忐忑不安，心脏怦怦直跳。对她来说，家中紧闭的窗户就像曼德利庄园的大门一样昭示着不祥。她远远地看见艾丹正靠着他的敞篷宝马，车里的音响放着音乐，然后一眼就认出了那个正在跟他说话的人是米娅，还是那往后梳的发型。阿莱莎停下了脚步,要是没一路跑回家就好了,自己现在简直是一团糟。她能想到睫毛膏糊了一脸的样子。

艾丹拼命地朝她挥手。他紧咬着牙关,却强撑着一副若无其事的眼神。"莱莎!"他喊道,脸上挂着微笑。感受到艾丹的焦虑,阿莱莎的心脏越跳越快。艾丹不停地跺着脚,似乎在竭力压制内心的情绪,"米娅来了!她问你想不想出去玩。"

"行啊,是个好主意,我很想去。"她语气急促,还没缓过气来,"但我得帮妈妈做事。"

她看了艾丹一眼。他的眼睛红红的,像是几周都没睡觉的样子。他的视线移来移去——看看手表,看看方向盘,看看妹妹,又看看妹妹的朋友,还转过去看了看家。

"行吧,没事。"米娅漫不经心地应道。她完全没有发觉,艾丹和阿莱莎都不想再待在这里了。她微微地挺起臀部,应该是为了吸引艾丹的注意,"莱莎,几个星期之前在图书馆见过一面之后就没你的消息了,所以想问问你要不要来小聚一下。你都不回群消息。"

那个 WhatsApp 群。

"啊,对,不好意思。"她并不觉得抱歉,"真不好意思,米娅。我现在不能陪你。不过,还是谢谢你特意来一趟哈。"

米娅转身离开。

"我们明天要去公园烧烤,七个人。一起来吧。拉胡尔也去。"米娅又回头对她说。

"谢啦!"阿莱莎朝远去的朋友挥了挥手,然后望向了她哥哥。

"你在躲着她。"当米娅的身影几乎看不见之后,艾丹跳进了车里。

"是啊，反正我们也不怎么说话。你还记得那天她在图书馆看到我吗？她肯定是那时候才想起我的存在。"

"你们以前不还挺亲密的嘛。真令人难过啊。"

"你是喜欢她，还是怎的？"阿莱莎盯着艾丹，艾丹却没看向她。

艾丹哈哈大笑，他的声音比以往还要沉重。"我可没时间考虑这些。我得去上班了，你去陪妈妈吧。"他转过身，插上车钥匙，发动后就一秒不停地飞速开走了。

房子里很安静，阿莱莎想大声喊妈妈，看看她在哪里，但又不敢发出任何响声。她站在玄关处向客厅里张望。她就在那儿，双腿交叉，盘坐在沙发上。阿莱莎蹑手蹑脚，缓慢地往里走。她坐在客厅的另一边，从包里拿出了下一本书：《少年派的奇幻漂流》。

"妈妈？"阿莱莎轻声说，"想听故事吗？"

莱拉没有抬头。

现在，阿莱莎只想再感受一次那天对着莱拉大声朗读《杀死一只知更鸟》的情景。虽然当时妈妈很快就陷入了沉睡，但那确实是数周以来，整个家里最安静的一次。一个错误的动作就可能毁了一切，但她不愿就这样度过一个沉寂的夜晚。

最终，莱拉还是点了点头，阿莱莎深深地吸了一口气。她如释重负，清了清嗓子，开始朗读。莱拉一直看着女儿。

"等等，"阿莱莎读了十分钟书后，莱拉开口说，"我漏了一些情节。这本书讲的是什么？"

阿莱莎停了下来。她没想到妈妈真能听进去。她只是希望她能随便听听，让这些文字冲淡她的消极情绪。"呃……这讲的是一个叫派·帕特尔的男孩……"阿莱莎每次都会把派想成是年轻版的穆克什先生，顶着浓密的头发，有着同样灿烂的笑脸。"他刚从一场船难中死里逃生。当时，他全家人和整个动物园的动物都在船上，准备搬去加拿大。而现在，他和一只老虎，还有其他一些动物一起被困在了救生艇上……在太平洋中央。"

"什么……这不太可能吧？"

"呃，是不太可能。但我认为这就是这本书的妙处——似真非真，似假非假。"

"啊，挺巧妙。"莱拉说。阿莱莎笑了，突然又有些害羞，心里涌动着一丝骄傲。

"好吧，那他一直叫的那个理查德·帕克是谁？"

"妈妈，是那只老虎。"

"叫理查德·帕克？"莱拉睁大了眼睛，似乎难以置信。

"没错！是写错了——其实是抓捕老虎的人叫这个名字，但在登记的时候不小心把他俩的名字写反了。"

"好吧，我明白了——继续。"

阿莱莎接着往下讲：派把身子探出去抓鱼，着急要喂饱理查德，好保住自己的小命。派孤身一人，身处大海中央，身边只有动物，还是只喜怒无常的老虎。阿莱莎压制着这种熟悉的感觉——每当她听到莱拉在夜里大喊大叫时，就会转换成这种求生模式。虽然有些内疚，但她确实对喜怒无常的事物多少有些了解。一方面，和派一样，阿莱莎一直在提防随时可能发生的变故。但另一方面，老虎也是派对抗孤独的唯一途径。她从书页中抬起头，发现莱拉仍然沉浸在少年派的世界里。她仰望着天花板，在脑海中勾勒着书中描绘的场景。阿莱莎很好奇，富有艺术创造力的莱拉构建出的画面会是什么样子。她想到了莱拉最近做的那些设计，不是为了满足代理商的需求，而是自己随心创作的设计。她把那些作品打印下来，贴在了卧室的墙上。颜色会很鲜艳吗？大海，深蓝，老虎的橘色，大胆，如烈焰燃烧。阿莱莎还想知道，在莱拉心里，她是少年派，还是老虎？又或者说，都不是？

她把书放下，问道："要不要喝点什么？"

莱拉点了点头："来杯水，越凉越好。"

水龙头里的水不断地涌进玻璃杯，阿莱莎直直地盯着前方。瓷砖上映出了她的轮廓：她的头发盘到头顶，挽成了一个发髻。从莱拉和迪恩的结婚照中可以看出，她比较像妈妈。那时候，妈妈似乎总是笑着。但人们拍照的时候都会笑。看着这些照片，她完全猜不出妈妈当时心里在想什么。可能迪恩也不知道吧。

她把制冰盒里的冰块挤在厨房操作台上，然后丁零当啷地把冰块倒进玻璃杯里。"吵死了，阿莱莎！"莱拉的喊声传了过来。

"对不起，妈妈。"阿莱莎瑟缩地回应道。书的魔力开始消退了。

当她把杯子递给妈妈的时候，杯壁外层已经有了凝结的小水珠。"好了，妈妈，"阿莱莎轻声地说，"我回房间去继续看书，你没问题吧？"

"别。"莱拉说道，"坐在我旁边继续读吧。"她的语气充满了期待，像是在恳求。

"好的。"阿莱莎拿起书，尽力地掩饰着内心的惊讶。

她们坐得很近，但也不算太近。继续翻页的时候，她的手指甚至在不自觉地颤抖。

在那一瞬间，阿莱莎似乎又回到了小时候，蜷缩在被子里，靠着妈妈。妈妈则捧着一本巨大的教科书和她一起看。书上印着的字母很大，阿莱莎怯生生地挨个读。要是读对了，莱拉就会抚摸她的头发，亲吻她的额头。要是读错了，她就会轻柔地说："想再试试吗？"艾丹会在门外探出头来，冲着妹妹笑。他的两颗门牙之间有一条缝，看起来傻傻的。他还会竖起大拇指，夸张地喊："妹妹真棒！"

她记得她和莱拉依偎着睡着了，后来被小艾丹的说话声吵醒。"阿莱莎读得很好。"他小声地告诉迪恩，"我的小妹妹真聪明。"迪恩也小声地说了些什么，然后艾丹又说，"我爱她百万遍"。阿莱莎当时可骄傲了。她特别希望艾丹能看到现在的场景，她想和他分享这一刻，让他知道，她终于能和莱拉和谐相处了。她知道这对艾丹来说很寻常，但现在轮到她对他说了："我可以帮你分担更多，我知道该怎么做了。我知道该怎么帮你了。"

当阿莱莎读到下一章时——派在海上漂流了五天后，终于在救生艇上成功"标记"了他的领土——莱拉和阿莱莎都笑了。随后，当她带着笑出的眼泪继续往下读时，妈妈从腿下抽出一只手，轻轻地搭在了阿莱莎的膝盖上。阿莱莎愣住了。好像全身的每一根神经都被定住，有一根冰针笔直地刺进皮肤，深入骨头，甚至刺入了沙发。阿莱莎轻轻地把自己的手搭在莱拉的手上，用另一只手把书翻到了下一页。

她接着往下读，耳边回响着故事中的每一个字，却无法思考其中的含义。那似乎已经不是她自己的声音了，她被独自困在了这副躯壳之中，失去了对身体的控制权。只剩下那只手，和莱拉的手、阿莱莎的膝盖连在一起。那简直不像是阿莱莎自己的膝盖了，没有一点儿感觉。

她又听见了莱拉的声音。"这些角色好鲜活啊。那些动物、那只老虎，都很有……人的感觉。"

"确实很像人，对吧？"

"这本书是谁给你的？"莱拉轻轻地抚摸着书的封皮。

"图书馆借的。"

"谁推荐给你的？我以前从没听说过这本书。"

"是这上面写的。"她拿出夹在手机壳里的清单，把它展开，递给了莱拉。它突然就成了莱拉眼中最珍贵的东西。

"啊，阿莱莎！我记得《蝴蝶梦》。我喜欢那本书。"莱拉抚过纸片上的文字，还摸了摸折痕，"我只用一天就读完了，其实就是怀着你的那时候。我睡不着。你折腾得我根本睡不好觉。然后我就读了这本书——太精彩了。天哪。"短短一会儿，她就说了这么多话，"有人设计了这份清单。真棒，这么简洁。是谁写的？"

阿莱莎摇了摇头。"它就夹在一本书里。我还发现了这个，不过不是在同一本书里找到的。"她举起了炸鸡店的积点卡。在凯尔让她对穆克什先生"说点儿有趣的内容"后，她就在卡片后面潦草地写下了一些关于《杀死一只知更鸟》的想法。

"你打算继续读下去吗？继续读这些书？"

她还会继续读下去吗？起初，她还不太确定——原本就像是道多选题，她只需要多收集点素材，让穆克什先生以为她对这些书了解颇深，是个好图书管理员就行。但是《蝴蝶梦》……这本书几乎把她吓得半死。她可以在脑海中清晰地描绘出曼德利庄园的样子，不光是宅子本身，还有几乎保持着原样的丽贝卡的房间。然后是《追风筝的人》。她永远不会忘记那本书。她想起了阿提库斯，他登峰造极的专业能力。即便他只是个虚构的人物，她也对他充满了崇拜。如今，派和理查德·帕克在海上漂荡，莱拉的手还放在她的膝盖上。

"对。"阿莱莎坚定地说，"我要全部读完。这已经是第四本了。"

"其他书也都不错吗？"

"是呀。"她想再说些什么，但又忍住了。《追风筝的人》——太过悲伤，她怕会影响莱拉的心情。

莱拉眯起眼睛，凑近端详着那张纸。"可能是学生写的吧，比如大学阅读书目之类的？"

"也许吧。"

"《如意郎君》。从前度假的时候，迪恩也看过这本书。后来就把它当门挡了。这本书特别厚。我觉得他没看多少。"

阿莱莎已经好几个月没听妈妈提起迪恩了，她很多年都没再叫过他的名字。通常都直接说"你爸爸"，有的时候甚至直接用"他"指代。她还是笑了。确实，她爸爸是会用一本厚书做门挡的人。

"什么时候的事？"

"你那时候应该只有五六岁，我们把你留给他爸妈照顾，一起骑自行车出去度了个假。时隔多年，只有我们两个人的第一个假期。不用照顾你们这些小家伙，真的特别爽。"莱拉顿了顿。阿莱莎皱起了眉头，"虽然我们很爱你们，但只有在那一小段时间里，我们才总算做回了自己。住在别墅里的时候，他总把东西忘在工具包里。而且每次去拿东西，他都会把自己锁在门外。最后，他灵机一动，"莱拉笑着说，"把那本要命的书放在那儿抵住门。但他每次只能记住一件东西，所以一直来回跑，门就基本一直开着。他太健忘了。"

过了一会儿，莱拉问道："继续读吗？"

阿莱莎不停地往下读，直到屋里看不见一丝阳光，莱拉不情不愿地提了嘴晚饭的事情，然后就说时间太晚了，她要上床睡觉去。阿莱莎应该给莱拉做晚饭的。否则如果艾丹知道了，肯定会不高兴。但自从莱拉生活在黑暗中，数月以来，这是她第一次同意女儿进自己的房间，哪怕只有一小会儿。而这多亏了被困在救生艇上的一个男孩、一只老虎、一只红毛猩猩、一匹斑马和一只鬣狗。

莱拉轻轻地吻了一下阿莱莎的脸，头也不回地上了楼。阿莱莎还拿着翻开的书，但她已经读不下去了。指尖捏着塑料封皮，感觉温热且柔软。她想记住这一刻，记住这一刻的温暖，记住一只可怕的老虎和一个男孩怎样透过书页，施展了这神奇的魔法。她不愿去想，这一刻，这种感觉，她自己和莱拉的感觉，是否能够持续到明天早上。她很清楚，自己可能无法重现这一瞬间。但她仍抱有希望。她相信这本书……还有这张清单……或许能把妈妈带回她身边。

她拿起了那杯水，莱拉一口都没喝。

阅读清单的漂流之旅：吉吉
2018

吉吉看着塞缪尔往前跑。她儿子喜欢超市。喜欢在里面跑来跑去。所以她现在经常带他来特易购便捷店，因为这儿不大，不容易跑丢。

塞缪尔冲进店内，从一个正在看购物清单的人身边跑过。不巧，有一阵风趁自动门打开时刮了进来，塞缪尔又跑得飞快，那人没抓牢，手里的纸片一下子就被吹走了。塞缪尔把这当成了一种新游戏，追着那张纸，又怕踩到别人的脚，在小推车和篮子旁躲闪跳跃。

最终，吉吉在水果区追上了他。他小小的手指正伸向葡萄——他的新目标。一周前，为了阻拦他伸手摸，她情急之下抓起一根香蕉还是什么的，把葡萄打掉了。

她知道他已经对那张不知飘到了哪里的购物清单失去了兴

趣。他眼下一心只想扎进水果堆里乱翻。他会拿起一样东西给她看，然后自信地说出它的名字。大多数时候他都能说对，比如"蕉蕉"和"谱萄"，但他通常都会把比较难分辨的水果说错——总是把芒果说成"苹果"，把菠萝读成"巴巴巴"，这是他自创的词，意思是"我完全不知道"，还把橙子叫作"球球"。但她很喜欢听他给水果编名字，简直太天真可爱了。

她想赶在他黏糊糊的手指碰到水果之前拦住他。走近后才发现，他的手并不是要去抓"谱萄"，而是要去拿下面垫着的一张纸。是那个男人的购物清单。他把它拿出来，得意扬扬地挥舞着，四下张望，希望得到其他顾客的掌声。

她轻轻地抓住纸片，防止他哭喊着自己"抢"他东西。"塞缪尔，"她说得很平静，"我们应该把这个还给它的主人。"

她低头看了看纸片的内容，眉头紧蹙。它不是购物清单。这是一张书单，或是一张电影单之类的。

她牵起塞缪尔的一只手朝商店入口走去，希望能再找到那个人。他却不见了踪影。她在店里转来转去，但根本不知道他长什么样。

过了一分钟左右，塞缪尔变得焦躁不安起来。"妈妈，慢点儿走，慢点儿走！"吉吉决定放弃。把这张清单挂到社区告示牌上就再好不过了，那个人刚才就站在那旁边。要是他回来找，一定能立马看见。她把清单轻轻地按在了一张粘板上。或许他也不在意弄丢了这张纸——她猜测，他应该是刷手机抄了这份清单——现在大家不都这样吗。她最后看了一眼，还是想不通，为什么有人会在超市里看这种清单。

《杀死一只知更鸟》——这是部黑白电影吧？根据名著翻拍的。

《追风筝的人》——这是她和前男友一起看过的电影。他们当时快分手了。和一个让你觉得不舒服的人一起看这部电影真是扫兴。她想遮掩自己难听的哭声，最后却打了个嗝——更尴尬了。

《傲慢与偏见》——也是一部根据书翻拍的经典电影，她是和妈妈一起看的，因为妈妈曾是凯拉·奈特利的粉丝。妈妈说她是"英伦玫瑰"。她很想念她的妈妈。她们已经很多年没有聊过天了——两个人的生活都很忙碌，家隔得也远。现在不管什么时候打电话过去，除了日常琐事，根本找不到别的话题。而很久以前，她们一聊就能聊好几个小时——简直是无话不谈。

《少年派的奇幻漂流》——有特效老虎的那个。她是在电影院里看的，3D电影。也是一场约会。不过对象是比前任好的一个男孩，现在已经是她丈夫了。她盼着塞缪尔快快地长大，好和他一起看这部电影——他喜欢老虎。他肯定会喜欢这部电影的。而且那个小男孩——派，她觉得塞缪尔长大后可能会和他长得有点像。

其他就不知道了。塞缪尔拉着她的一只手，她不自觉地轻轻地抚过这张清单，让它粘牢些。这些书名使她跳脱出了现在的生活，变回了从前的那个自己。那些她在约会时看过的电影——就代表着那一个个约会之夜。她已经很久没有去电影院看电影了。塞缪尔还管不住自己，还不是时候。

她很怀念，怀念坐在柔软破旧的电影椅里吃爆米花的时光，身边有妈妈，或是爱人的陪伴。她怀念那种灯光渐暗、演职人员名单开始滚动的感觉。如果这就是她所热爱的事，那为什么不立即去做呢？

"妈妈，我要吃'谱萄'。"塞缪尔的声音把她拉回了现实。

"好的，宝贝，我们买。等妈妈先把这个贴好哦，让丢东西的人能看见。"

"这是我的！"

"这不是你的，但你帮别人找到了哦。你是不是很棒呀？"

"是我的！"

"好了，走吧。我们去买葡萄。"

在要转身离开的时候，吉吉还是拿出手机，快速地拍下了清单。她要打个电话给妈妈，妈妈什么都知道——不管是电影，还是书，她全都知道。也许她们可以一起去看看，弥补那些逝去的时间。

第十八章
穆克什

　　"您为什么不带她到温布利之外的地方玩一玩？"穆克什一坐到他最喜欢的那把扶手椅里，阿莱莎就好心地问道。

　　"我没有带着普丽娅离开过温布利。我为什么要带她出去？"

　　穆克什曾问过阿莱莎，怎么拉近和普丽娅的关系——他只认识这么个年轻人，所以觉得她可能比自己更了解普丽娅。但他现在开始后悔提起这个话题了。

　　"因为她还是个孩子。我像她这么大的时候，就总是跑出去，在路上玩什么的。待在家里很无聊啊。"

　　"你才不觉得在家无聊。你一直待在家里！要么就是在这里！"

　　"哎哟，穆克什先生。这话就有点伤人了。"阿莱莎用手捂住脸，转向一边，好像很难过。

206

"真的让你觉得不舒服了吗?"他惊慌失措地问道。

"没有啦!穆克什先生,我开玩笑呢。但说真的,我不是一直都想待在家里的。"

"为什么不想呢?家是个温暖的地方。更何况,你还有家人。"

"说是这么说,但是……"她的眼神稍稍飘忽,"家里人也有不好相处的时候。我妈妈,她有的时候……呃,不太好。"

"什么意思?奈纳总是让我带着维C片和锌片。挺有用的,可以试试。"

"不,我不是这个意思。抱歉……我从来没和别人说过这件事。"她看了看自己的手,到处乱瞟,就是不看他,"她没法照顾好自己,所以我必须照顾她。自从我爸爸搬走之后,她就只有我和艾丹了。"

穆克什沉默了,他不知道该说什么。

她以前从没提起过她的爸爸。他从来没有出现在他们的谈话中,即便是聊到斯各特、杰姆或阿米尔的爸爸时也没有过。

穆克什绞尽脑汁地想说些安慰的话。要是奈纳在就好了,她很会劝人。他一声不吭,希望她能出来帮帮他——但他已经几个星期都没听到她的声音了。他只能靠自己。

"我不知道该说什么,"穆克什只好坦白,"所以你不喜欢待在家里。那你也不喜欢待在图书馆里吗?"

"我现在觉得图书馆还行。这里挺好的。"

"那你哥哥呢?"他记得,不管什么时候,只要他们谈起斯各特和杰姆,她都会兴高采烈地说她哥哥的事。

阿莱莎摆弄着她的长指甲。"他最近一直在工作。我觉得他现在压力太大……"阿莱莎顿了顿，她也没想到自己会说出这样的话，"他都没有好好休息过。"她深吸了一口气，眼睛一直盯着双手，穆克什发觉，她以前从没敞开心扉谈起过这些，"但我们以前经常出去玩，他喜欢趁着暑假去伦敦市中心玩——但也没什么特别要做的事。我们有的时候就直接上地铁，然后随心所欲地决定终点。"

"我以前下班后也喜欢这样。很惬意。"

阿莱莎点了点头。"没错，艾丹经常这样。在人群中安静地坐着，大家各想各的事儿。我当初刚办好交通卡，他就求着妈妈，要带我去短途旅行。她也不确定该不该让我们俩自己出去，但她还是答应了。我妈妈是个艺术家，嗯，是个平面设计师，所以他带我去了些画廊，因为我一直都想弄明白她是做什么的。我们没有看展览，但艾丹给她带了些明信片。我们回来的时候，她给了我们个大大的拥抱，好像很多年没见了一样。"

穆克什看着阿莱莎。她陷入了回忆之中，和奈纳沉浸在书里的眼神一模一样。

"你爱你的家人，对吧？"穆克什问道。

阿莱莎耸了耸肩。神游到此为止。

"家人并不完美，但我们爱他们。"他拿起了他的书，《追风筝的人》，好像是为了证实他的观点。阿莱莎翻了个白眼，但并没有嗔怪的意思。他在想阿米尔、哈桑、阿米尔的父亲——他们为自己组建了小家庭，最后却给彼此造成了伤害。

"您还想再发表一些阿提库斯式的至理名言吗？"

"朋友，我有我自己的至理名言，谢谢哦！"

"您觉得《追风筝的人》怎么样？"

"问得好，这本书让我很难过。我觉得我们身上都有点儿阿米尔的影子——以自我为中心，只考虑自己——也都有点哈桑的影子，会被我们挚爱之人遗忘。但书的结局，非常圆满。阿米尔做出了正确的选择，做了正确的事。不过，我还是无法忘记，这个男孩之前有多自私。是吧？"

"哎，穆克什先生——我懂。但他当时也只是个孩子——没有想那么多。"

"对，没错，你说得对。"他深吸了一口气，努力地从小说的悲伤中抽离出来，并转移阿莱莎的注意力，"所以，你真觉得我应该带普丽娅到温布利外面逛逛？"他没有向阿莱莎坦白，他很紧张。他有自己的舒适圈，他还没能彻底地放开。

"是呀！带她去伦敦吧——温布利对她来说太无聊了。对我们来说都很无聊。您肯定也受够了这个图书馆吧！"

"可能对你来说很无聊！但对我来说，到图书馆里来就算是实现突破了。"穆克什拍了拍手，"我觉得温布利够大了，而且也一直在变化。"

"穆克什先生，您该多出去走走。"

"我知道，但是……"他顿了顿，低头看着桌子，"说实话，我有些害怕。我的妻子奈纳，她才是那个勇敢的人，她……"他没再说下去，有些哽咽。

他能感觉到，阿莱莎正怜悯地看着他。

"穆克什先生，"她轻声说，"您还记得阿米尔回喀布尔的时候吗？他完全不知道，自己长大的那座城市现在变成了什么样子。"

穆克什平静了下来。

"那是一段漫长的旅程。"阿莱莎劝他，"无意冒犯，不过，穆克什先生，那可比您离开温布利过一个下午难多了。如果他能做到，您当然也可以。普丽娅可能还会对您另眼相看。她会觉得您并不是一个老顽固，和她没什么不同……"

穆克什点了点头，告诉自己，不要对她刚说的话生气。他低头看着《追风筝的人》。它被放在阿莱莎的桌子上，等着被收回书架，等着下一位读者为它流泪。

当他朝门口走去时，阿莱莎追了上来。"嘿，穆克什先生，您忘记拿下一本书了。里面有只老虎。是我妈妈的新宠。"她把《少年派的奇幻漂流》递给穆克什，穆克什假装害怕地对着面前的老虎做了个鬼脸，"还是这种故事，某人被迫走出自己的舒适区，和凶猛的动物一起困在救生艇上。"阿莱莎眨了眨眼睛。

"谢谢你，我看得出这是你专门为我选的书。真抱歉，我真是无以为报！"

阿莱莎害羞地笑了："帕特尔先生，没关系，这是我的工作呀。"

随后，他迈着轻快的步子走了出去。努力地不让门上挂着的"拯救我们的图书馆"浇灭这片刻的喜悦。

想想好的一面。想想好的一面——穆克什在心底默念，想缓解自己紧张的情绪。他已经很久没坐地铁了，感觉像是在重新学走路一样。

他定好了今天和普丽娅旅行的目的地：伦敦市中心。那里更嘈杂，人们也更急躁——他不禁有些畏惧。这是一大步，是个很大的改变。希望阿莱莎没说错。

多年以前，他还在车站工作的时候，这就是他的生活。那时他最喜欢贝克鲁这条线。现在也还是老式的装潢，几乎和以前一个样。他以前总会轻身上路探索这片地区，只带一张票和一块手表，保证自己能准时回家，和奈纳、女儿们一起吃晚饭。他没办法在下班后抽出一个小时左右的时间在地铁上坐一会儿，要是可以的话，他肯定会喜欢那种感觉。

列车停了下来，上上下下也没几个人。穆克什抓住车门边缘的橡胶，大跨一步上了车。普丽娅轻巧地跳进车厢，向外公伸出手。他拒绝了。他自己可以。普丽娅跑去占座，穆克什突然觉得有些无力。还好，紧跟在他后面的女人牢牢地拽住了他的胳膊，对他说："我扶您。"

当他双脚踩在车厢的地面上时，身子不自觉地开始晃动，但也没到控制不住的程度。他总算坐到了普丽娅身旁，而普丽娅已经看起了书。他觉得这是个机会。他随身带着《少年派的奇幻漂流》呢，可以和外孙女一起看。他突然有些心跳加速。普丽娅没见过他读书，他也没在车上读过书——他可不想晕车吐出来。还是算了。老虎和船可以再等等。他望向窗外，温布利渐渐地被甩在了身后。

十六站。

一家四口上了火车。两个小女孩，妈妈和爸爸。他们又在麦达维尔下了车。他已经很多年没去过麦达维尔了。

随后又有个男人步履蹒跚地上了车，和穆克什一模一样。他不想发生眼神接触，但还是忍不住往那边瞟，想知道后面还会发生什么。穆克什明白他的感受：不确定脚下的地板能不能撑住自己，是足够坚实，还是会很快变成软塌塌的果冻？总是让人两腿发软。那人抓住了褐红的扶手，手捏得很紧，皮肤都成了苍白的紫色，然后才坐了下来。

那人死死地盯着穆克什，穆克什无处可躲，只好回了个笑脸。那人就对他点了点头。普丽娅对这一切浑然不觉，露出了和奈纳一样全神贯注的表情。她的思绪已经飘到了别处。

"外公，我们去哪儿啊？"普丽娅紧紧地握着穆克什的手，一起穿过了查令十字街。穆克什手掌都被汗水浸湿了，真丢脸。

伦敦市中心的路牌比他记忆中更光亮，环境更为嘈杂，车辆川流不息。人潮拥挤，他只看得见眼前几步远的地方。

"嗯，我想你会喜欢的。你外婆带我来过一次，来给你妈妈和姨妈买礼物，那时她们还很小呢。我也想送你件礼物。"

奈纳去世后，穆克什就没送过能让普丽娅真心喜欢的礼物。去年，他给她买了一个粉色毛绒钱包，上面缀满了亮片。她直接把它递给了小表妹贾亚，贾亚把它当成乐器玩了几个小时，然后就把它丢在了一个角落里。穆克什在家里发现了它，上面落满了灰尘，还躺着一只死蚂蚁。

"妈妈说她从没收到过礼物。"普丽娅皱着眉。

"她收到过!"穆克什尽力地表现得不那么震惊,"都是在特殊场合。"他又加了一句,"通常是你外婆做的新裙子。我记得还是在圣诞节那阵子来着,都好多年了。我们说过要过圣诞节,但也过了排灯节。两份礼物呢。还有一棵圣诞树、圣诞贺卡、巴菲蛋糕和甜汤丸。我们都准备了。你妈妈很羡慕学校里的同学,他们收到的礼物都是用闪闪发光的包装纸装起来的。她也想要。"

奈纳给罗希尼、弗里蒂和迪帕利买了书。看得出来,女儿们都不记得了。他还清楚地记得,当时罗希尼说:"妈妈,我以为我今年会收到一条新裙子呢。"迪帕利和弗里蒂拆礼物的时候,努力装出感动的样子,咧着嘴强颜欢笑。

一进书店,他俩就被橱窗里的书吸引了注意力,不由得愣在了那里——玻璃窗上倒映出了一整片风景,大海和橘红色的落日余晖与大大小小、五颜六色的书交叠在一起。浪花、深蓝色的海面,穆克什自然而然地想到了派,他在的那片海,还有救生艇和他的老虎。

"哇!"普丽娅轻轻地喘着粗气。她迅速地挣脱了压力,竭力地恢复冷静。穆克什也一样。眼前有这么多书,相比之下,图书馆里的书可真少。一排排书架、一层层空间、一张张书桌、成堆的书。它们好像在某种魔法的作用下绕着他漂浮,向他展示着新的世界,新的体验。真是美妙绝伦。

"跟我来。"他对普丽娅说,随即领着她走向收银台。

他停在台前,抖擞起精神,脑海中闪现出第一次去图书馆时的情景。"打扰一下。"他对台后的女子说道。他想在外孙女面前表现得大胆些，外孙女可正从柜台那边望着他呢。

"需要帮忙吗？"她笑着说。

他舒了一口气。这和他与阿莱莎初次见面时很不一样。"我想要三本书。《蝴蝶梦》，"他微笑地低头看了看普丽娅，"《追风筝的人》和《杀死一只知更鸟》。"后两个名字他说得很快，于是这位胸牌上写着"路易莎"的女子请他再说一遍。

"《蝴蝶梦》，"他轻声地说，"《追风筝的人》，还有哈珀·李的《杀死一只知更鸟》。"

"谢谢，先生。我来帮您查一下。"

她的手指飞速地敲击着键盘。"啊，很好，这几本我们都有。我这就去给您拿。"

她从桌后走了出来。还有很多人也在翻阅书籍，他还以为她会给他们指个方向，让他们自己去找，然后就开始为下一位顾客服务呢。他环顾四周，满眼都是书、桌子和楼梯。一张桌子上堆满了简装书，桌后站着一位年轻女子，他几乎可以肯定，那就是已经长大成人的斯各特。他停住了脚步。在他的想象中，她就长这个样子。她还有着一头乱蓬蓬的金色短发。是斯各特吗？怎么可能呢？虽然他十分希望，但斯各特是不存在的啊。普丽娅用力地扯了扯她外公的袖子，指着前面几步远的那个女人。她来回地扫视着整间书店，好像在认真找什么东西。

"太让人振奋了。"他低声地说，更像是自言自语，而不是对普丽娅说。

当他回头看路易莎时，她已经走出了好远，已经踏上了楼梯。

他拉着普丽娅，蹒跚着追了上去。其他在看书的人为什么看不到这些角色？丽贝卡的鬼魂就躲在角落一隅，挑选着今年去海滩度假时要读的小说；阿提库斯则藏在参考资料区，周围都是大部头的书——完全符合穆克什的想象！为什么只有他一个人在狂喜？

他们终于找齐了书。路易莎把书逐个从书架上取下来，问他想要哪个版本。他点了点头。他不太明白这是什么意思，但只要书对了，他就很高兴。

他把书都递给了普丽娅。"你觉得怎么样？你喜欢哪种封面？"

"什么？"她抬起眼睛看着他，一副难以置信的样子，"这是给我的吗？"

"是呀！"

普丽娅猛地扑上来，紧紧地抱住他的腰，几乎把他体内所有的空气都挤了出来。穆克什有点喘不过气。那个女人微笑地看着他们。穆克什毫不在意自己的呼吸问题。他已经记不得普丽娅上一次不用她妈妈催就抱住他是什么时候了。

她终于松开了手，垂下眼看着书。"我喜欢这些书。"她用手指抚摸着书封面上的立体花纹和光亮的涂层，然后把它们紧紧地抱在了胸前。

"太好啦，小姑娘。还有什么需要我帮忙的吗？"路易莎问道。

"外公，你为什么挑了这些书呀？是外婆最爱读的书吗？"普丽娅嘴里塞满了从书店小餐馆买来的奶酪蛋糕。

他耸了耸肩，大口吃着巧克力松饼，一丝惭愧感涌上心头。他不知道。他从来都没有问过。奈纳看书的时候，总是一副心事重重的样子。他一直以为，相比于其他东西，他或许可以通过奈纳读的书来了解她。时至今日，他自己也开始读书了。看着丽贝卡在书架间走动，丹弗斯太太和他一起坐在弗伊尔小餐馆里吃奶油干酪百吉饼，阿米尔和哈桑在书桌间奔跑玩耍……他这才意识到，如果能多了解一点儿奈纳所沉迷的世界，还有和她一起遨游的那些人物，该有多好。

普丽娅好不容易愿意和他待在一起，他可不想对她吐苦水，于是回答说："你外婆应该已经把书读了个遍啦。她多爱读书啊！"

"我知道，外公。"她认真地看着他，"但她读过这些书吗？这些是她的最爱吗？"她把三本新买的书摊开，摆在面前，就像玩纸牌一样。她先擦了擦手，免得把奶酪蛋糕弄到书上，然后又摸了摸封面。奈纳在拿书之前也总会用茶巾擦擦手。

"我不确定。但它们是我的最爱。"他不知道这句话能否引起她的共鸣，也不知道她在不在意。可他的小外孙女什么也没说，只是耸了耸肩。

"那你能告诉我，这些讲的是什么吗？只要说一点点我就懂了，你知道的。"

他点了点头。他以前没有做过这种事——有点像一场考试。他想起了阿莱莎看完《追风筝的人》后的神情——她的推荐总是洋溢着充沛的情感。他在概述每部小说时，都尽力地想把阿莱莎的情绪倾注其中。

"嗯，《杀死一只知更鸟》。"穆克什坐在小餐馆里，刚好能看见参考资料区里的阿提库斯·芬奇。普丽娅的眼睛睁得大大的，全神贯注地盯着外公的脸，"这是关于一对兄妹——杰姆和斯各特的故事，他们学到了对人生至关重要的道理。他们的父亲，阿提库斯·芬奇，是一个举足轻重的大律师——他真的很好，非常聪明、公正——要为一个叫汤姆·鲁滨孙的人做辩护。就因为鲁滨孙是黑人，就被指控攻击了一个白人妇女。是那个女人诬陷了他。年纪尚小的杰姆和斯各特还理解不了这事件的严重性——他们选择妥协，以孩童的眼光审视着其中的不公。所以，发生了什么事情呢——"

"打住，外公！"普丽娅举起双手，"我要自己读，我要自己细细地品味。"

"好，好，你说得对。嗯，那本书是要细细地品味。"他又说起了另一本书：《蝴蝶梦》。他发出"呜"的声音，希望能营造出一种恐怖阴森的氛围感，但其实听起来就像个犯了关节痛的老大爷。

"你还好吗，外公？要不要坐到这个位子上，这儿会不会更舒服些？"普丽娅站起来指着她身下的坐垫。

"不，孩子，没事，我没事。就刚刚疼了一下。"他尴尬地说道，"我说到哪里了……哦，对了。你记得在康沃尔郡过的暑假吗？"

"当然啦，外公。"

"那你看过那些悬崖，还有汹涌的海浪吧。"

"没错，外公。"

"嗯，想象一下，不远处有一座大房子，还有一个女人的鬼魂在大厅里飘荡……《蝴蝶梦》的氛围就是这样，阴森又诡异，我觉得这种景观本身就有人的特征！我不知道书中描写的是不是康沃尔，但我感觉很像。你觉得康沃尔是不是这样？"

穆克什突然产生了一种在凝视自己的感觉——他实在无法相信。他竟然在谈论一本书，好像他知道自己在讲什么一样。他听起来像是英文老师，甚至有点像图书管理员。他觉得自己坐着都比平时高了一英尺多，骄傲感油然而生。

"也不全是，我们通常会去冲浪，天气好的时候，那儿还是很漂亮的。但一碰上坏天气，就乌云密布、阴森可怖。"

"对！它有美丽的一面……也有黑暗的一面，就像《蝴蝶梦》一样。"

最后，他讲了讲《追风筝的人》。他不知道该怎么对普丽娅讲述这个故事。"这个故事有点悲伤，你现在看这个还太小了。"

普丽娅摇了摇头。"我学校里有个同学读过这个。她比我大一点儿，但我理解力比她好。"她实事求是地说。

"好吧，既然你这么说了。故事讲的是两个亲如手足的好朋友，阿米尔和哈桑。"穆克什指着封面上的两个小男孩说道，"只是阿米尔出身富裕，哈桑却家境贫寒。哈桑是阿米尔家里仆人的孩子。"

他把《追风筝的人》拿在手里。虽然这个故事跟他和自己朋友经历的事无甚关联，但阿米尔和哈桑之间的亲密关系总是让他想起他在肯尼亚的好朋友乌芒。他们在很多方面都很相似，但这两个男孩的过去和未来截然不同——穆克什知道，自己拥有很多机遇，可乌芒……乌芒没有。

他希望乌芒一切都好——他心胸宽广，头脑灵活，比他的同龄人聪明得多。穆克什很喜欢和乌芒一起玩——在乌芒面前，穆克什一直都可以做自己。他的母亲总会用英语说他俩就像"一个豆荚里的两颗豌豆"。

从十几岁时开始，他们的关系就淡了——虽然在路上、沙滩上还会遇见——但穆克什已经很多年都没有想起乌芒了。直到他看了《追风筝的人》。

"我小时候有个特别要好的朋友。"穆克什开口说道，他不知道如何措辞才不让自己像个坏人，他注意到，丹弗斯太太停下了咀嚼奶油芝士贝果的动作，把视线移到了他身上，"他总想和我一起玩。有一天，我没给乌芒开门，因为我不想玩，只想一个人待着。但是我的朋友，嗯，他只是想有人做伴，寻求些安宁，可能还想吃点我妈妈做的多莎饼——村里的人都喜欢我妈妈做的多莎饼。"

"和外婆做的一样好吃吗？"

"配方就是我妈妈给的！我还做过一些不好的事情——现在回想起来，我对乌芒来说可真是个糟糕的朋友，只有在我想玩的时候才会找他玩。那些年龄大的男孩一叫我去玩，我就不管乌芒了。因为怕被说三道四，所以我根本不想让别人知道，我俩是最好的朋友。你知道吧，我们的家境差距很大。"他深吸了一口气，阿提库斯会对这个故事做何感想，"对人友善是件好事，对你爱的人更是如此。只有真正地体验过对方的境遇，才能做到感同身受。不过到那时，想彻底地改正也已经太晚了。不过，也是。"他又轻轻地拍了拍这本书，"要不还是等你长大些再看吧。好吗？"

"好吧，外公，既然你这么说的话……"

奈纳突然出现在了他身边。她回来了。瞬息之间，她又回到了他的身旁。她容光焕发，带着灿烂的笑容。今天是一个重要的里程碑。他迫不及待地想告诉阿莱莎，自己做得有多好。

阅读清单的漂流之旅：英迪拉

2017

英迪拉站在图书馆外，手里捏着那张清单，从门口向里张望。她看着清单，仿佛能给她指明方向似的。今天早上，隔壁邻居的女儿往她的信箱里塞了一张纸条：致英迪拉，我想和你说一声，我妈妈琳达很快就不待在温布利了。她会搬来和我一起住——我们都希望她能离我们近一些。她的记忆力大不如前，我们觉得是时候让她过来了。保持联系哦。祝你一切顺利，奥利维娅，亲亲。

琳达和英迪拉已经做了二十年的邻居。她们并不是特别要好的朋友，但基本每天都会聊上几句。每天早上十点，她们都要在外面的花园里坐几分钟，然后再去做别的事。她们俩都很孤独，都喜欢用填字游戏、喝茶，还有茶歇来打发时间。虽然没有什么意义，但她们每天都有固定的作息章程。但今天，英迪拉发觉了不同。琳达身边有人陪伴，而且从现在开始，她再也不会是孤身一人了。而英迪拉……她什么都没有。她的女儿马娅住在澳大利亚——每隔几年才能见一面。马娅和她丈夫也从未提起过，要让她搬过去和他们一起住。她把奥利维娅的纸条看了一遍、两遍、三遍，折起来，又一次次地打开。

失落，但又说不出原因。她快步地走到衣架边，扯下挂在上面的大衣，披到身上——虽然无处可去，但她非出门不可。她从口袋里掏出寺庙的塑料袋，里面有·张纸条。又是一张纸条。这是她几周前在寺庙的鞋柜里发现的。是一份清单。

她把它翻过来。哈罗路图书馆。

没错，英迪拉心想。这就是我要去的地方。

英迪拉一直都很喜欢寻找线索。虽然起初，她并不觉得这张书单是什么线索，但她的思绪不停地被吸引，它简直就像是夜里吟唱的海妖一样。她今天刚好需要转移下注意力，它就出现了。图书馆就在几条街之外。那就去一趟吧，反正也没有别的事可做——她一直都没有什么事可做。她上次去图书馆，还是在马娅小的时候——她俩会一起蜷在"儿童天地"里看书。

《杀死一只知更鸟》——哈珀·李。她一遍又一遍地告诉自己，应该是在字母"L"那一类别下。

她深吸了一口气，推开了门。前台那个穿着开襟毛衣和马甲的印度男人就注意到了她。

"您好，女士！"他带着灿烂的笑容，"有什么可以帮您的吗？"

他的笑容很有感染力，她也忍不住朝他微笑了一下。

"啊，你好！我想找些书。"她把清单递给他，"这些书好像都不错。你觉得我先看哪一本比较好？还是说，就从第一本开始看？"她没忍住，一股脑儿地全说了出来。男人沉默了一阵，顺着那张纸往下看，又向上看。

"从哪本开始读都可以。哎，《追风筝的人》？"他说，"其实，我们志愿者组织的读书会正准备一起读这本书呢。那边就有一个组员。"他指了指一位白人妇女。她大概比英迪拉年轻二十岁，一头银发向后挽成一个髻，半张脸都隐在书后。

"露西。"他喊了一声，女人应声抬头，她的脸上也带着灿烂的笑容，这里的每个人都面带微笑，"这位女士在找《追风筝的人》！"

女人拿着她的书匆匆地赶了过来："啊，太好了，你会喜欢的！我们书架上有几本。如果你感兴趣的话，也可以来参加我们的读书会。"

"星期几啊？"英迪拉小心翼翼地问了一句，还没弄明白这是要参加什么。她只是想来借几本书而已。

"我们会在每个月的第二个星期四碰一次面。"

英迪拉知道自己那天有空——她哪天都有空。

"好，没问题——我会……我会看这本书的。如果我觉得喜欢，就可以来参加吗？"

"当然了。"露西说道，"如果你不喜欢，也没关系！我们欢迎大家分享自己的看法，真的！有一个叫莉奥诺拉的年轻姑娘，她为了参加读书会才特意办了图书馆的卡。还有个叫伊兹的小女孩，她可真是个重度书迷，总是带着一长串书单，跟你倒是有点儿像哈。但她已经读过《追风筝的人》了——她还在上面贴了很多小便利贴——我们其他人才不会这样！她简直像个侦探……不管怎么说，她已经说过她对这本书不太感兴趣了。所以，不管你喜不喜欢这本书，都总有些人和你有差不多的想法。读书会就是用来和大家交流的嘛。"

这位女图书管理员热情地笑了笑。她看着英迪拉的眼睛，最后一句说得很慢。还是说，只是英迪拉的幻觉？

"露西是我们这里的一位志愿者，她对这个地方了如指掌。需要我帮你把其余的书都拿过来吗？"印度图书管理员上下打量着英迪拉，注意到了她的齐默助行架。

"呃，不用了，我就先借这本吧。其他的看情况再说。"她看着女人手里的书，不知道自己能否集中精力读完整本，她已经很久没有看过这么长的英文了，"你们有古吉拉特语[1]版的吗？"她对着印度男人问道，希望他能理解。

"这本没有，但我们有不少古吉拉特语的书。"他把她领到了书架前。大约有五十本书。够她看很长一段时间了。"哇。"她不由得惊叹，"好，我先从《追风筝的人》开始。不过我还会再回来看看这些的。"

"你书单上的其他书呢？"

她低下头看了看。"哦，当然了。我还会来的。"

---

1 属于印欧语系印度语族，全世界大约有 4600 万人讲这种语言。

"真的很高兴认识你……不好意思,你叫什么名字?"白人女子问她。

"英迪拉。"英迪拉答道,"我也很高兴认识你,露西。我很期待读书会哦。"

"要我说的话,真的是一群很好的人!你会喜欢的。我们还会带蛋糕和零食。如果你也愿意分享的话,我们很欢迎哦。"

"谢谢你!"

"我们是个有爱的小团体。"露西的脸上仍然带着微笑。英迪拉很好奇,她的脸颊会不会笑得发酸?

那天在离开图书馆的时候,英迪拉就知道,自己肯定还会再来。那一书架的书简直太让人兴奋了。她喜欢读英文,没有任何障碍,但她真的很怀念古吉拉特语的小说。

她还捏着那张清单。她把它塞进了《追风筝的人》里。"谢谢,"她喃喃地对它说,"谢谢你带我来这里。"

朦胧的爱意

第十九章

阿莱莎

　　她朝床头柜的方向瞥了一眼。那本《傲慢与偏见》似乎也在凝望她。这真不是她喜欢看的类型。她已经尝试过两次，却依然无法接受 19 世纪早期的舞蹈、舞会、婚配观念，以及那个爱插手的母亲。但是凭穆克什先生读书的速度，他很快就要赶上她了。她只好强打起精神往下看，看贝内特家的房子，还有那位专横跋扈的贝内特太太。其实，伊丽莎白自己也相当傲慢，还有她的爱慕的对象达西先生，也相当自负。她忍不住地拿他和扎克做比较。自打她开始看这本冗长乏味的书以来，扎克就总会突然出现在她的脑海里。她也不知道这是怎么回事。他频繁地出现在她的脑海中，和达西先生一样，穿着那个时代的服装，神情忧郁。如果莱拉是贝内特太太……她会欣赏他吗？她的思绪已经不知飘到了何处。把扎克和莱拉设想成这样，她是在做什么呀？

　　她听见楼上的地板吱吱作响。艾丹的房间就在她房间的正上方，但他现在应该已经睡熟了呀。冰箱上的便利贴上写着，他明天要上早班。听起来，他好像正在房间里慌乱地踱来踱去。她在一楼的卧室里住了很久，能分出各种"吱吱"声的差异。她已习惯了从莱拉房间传出来的"吱吱"声。她把书倒扣在床上，悄悄地溜出卧室，然后蹑手蹑脚地往楼上走。她可不想把莱拉吵醒。她站在艾丹的卧室门外，伸出一只手正准备敲门，却清楚地听见了房间里的脚步声，以及轻微的抽泣声。她的心怦怦直跳。她心里有个声音在说，快冲进去，给哥哥一个拥抱。但又有一个怯懦的声音说，他讨厌那样，他只想一个人待着。后者占了上风。阿莱莎又蹑手蹑脚地走下了楼梯。

　　她关上了房门，放起了音乐，想一头扎进手机世界里，忘记哥哥的事。不行。她还是不由自主地在想他。

　　她又翻开了《傲慢与偏见》，希望能找到些和古典人物，以及他们的装饰和服装之间的联系，她甚至希望扎克能穿着那个年代的服装突然现身，抹除她脑海中的其他东西。不行。她还在想艾丹的事，思绪还停留在他的房间里。她用力地合上书，把它扔回床边。不知怎的，这个家又变成了曼德利庄园，有阴魂在边角处飘荡。她紧闭双眼，心底涌动着黑色的旋涡。

　　"嘿，莱莎。"第二天早上，哥哥从她卧室门外探头进来叫她。阳光已经透过窗帘照了进来，但她知道现在时间还早，因为家里非常安静。她揉了揉眼睛，咕哝着应了一声。

"我换了班，白天要去上班，但今晚就能回来。"他顿了顿，"我会赶在你出门前回来。保证不耽误你去烧烤。"阿莱莎盯着哥哥的脸，却没看出一点儿紧张感，只有满满的愉悦；他的眼睛闪闪发亮，好像在密谋什么。他小时候准备在花园里给她做一个泥饼庆生，或是在马桶圈上贴保鲜膜，然后把保鲜膜盒藏进阿莱莎的房间等着被迪恩发现时，就会露出这样的表情。她想知道昨天晚上他究竟经历了什么，能在一夜之间忘了个干净。难道是她在做梦吗？

"艾丹，你没事吧？你——"

"我很好啊！"他打断了她，"米娅上回说的烧烤，你就去吧。去外面感受一下夏天的尾巴。"

"不。"阿莱莎没精打采地笑了笑，"我不去，我就留在家里。你都已经很久没休息过了。"阿莱莎在床边晃荡着腿，踩进了拖鞋里，"我们可以放松放松。"

"没事，你去吧。你也很久没和朋友们出去玩了。我和妈都觉得你出去玩玩挺好的。"

"你告诉妈了？"

"对。"

又来了。艾丹和莱拉，步调一致地规划着阿莱莎的生活。她简直想笑。他们想让她做一个孩子的时候，她就是一个孩子；但当莱拉需要她成为一个成年人的时候，她连青少年都没得做，就要瞬间长大。

"答应我，好好考虑考虑？"艾丹竖起了他的小拇指。

"好。"阿莱莎嘟囔道。还想从他的表情里看出些蛛丝马迹。艾丹的小拇指晃来晃去，身体的其他部分都躲在门后，阿莱莎只能看见他的脸和手。"行行行，我答应！"阿莱莎不耐烦地向艾丹晃了晃小拇指。

"很好，那晚点儿再见啦。我在冰箱上留好便利贴了哦。"

她看着艾丹转身离开，似乎和往常一样能量满满。她摇了摇头，想清除脑海里的画面。昨晚，艾丹卧室里的动静，肯定是她想多了。

要不是艾丹竭力推荐，还特意换了班，她应该已经在WhatsApp上找借口——病了、犯恶心、偏头痛说不去了。但看到他在冰箱上留言说，"出去吧，好好玩玩，我在家就行，你不用待家里"，她觉得很内疚。所以她穿上了短裤和只会在晚上出去时穿的上衣。还往裤子后面的口袋里塞了一包快抽完的烟。妈妈和艾丹都不知道她抽烟。

她在楼下给艾丹打电话："艾丹，如果我回来晚了，你能给我开下门吗？我到时候给你打电话。我身上没地方放钥匙了。"艾丹和阿莱莎都知道，真正的原因是她喝醉后会把钥匙乱丢。艾丹已经花钱换过两次锁了。

"嗯，当然可以。"艾丹答应她，"出去好好玩吧。"

今天晚上还挺凉快，很舒服，天空也已被晕染成了糖果色。拉胡尔教过她用 Tipp-Ex[1] 修正带和钢笔改身份证，她就这样买到了六瓶装的啤酒。她走进公园，还没看见人，就听见了他们的声音。她很清楚：这不是场正经烧烤活动。这场活动充斥着以酒精和香烟为催化剂的笑声，以及由此建立起的友谊。公园人烟稀少，只有几个在遛狗的人，还有几群青少年（阿莱莎的朋友们从未把自己当成是青少年。他们看不起青少年）。

她听见拉胡尔笑着、吼哮着，好像是要极力地证明自己有多开心。"你来了！"米娅一见到阿莱莎就跳了起来，"我还以为你不会来'放松'呢。"阿莱莎尴尬地笑了笑，米娅对她眨了眨眼睛。

"凯西他们没来吗？"

"他们不来了，要去看演出还是什么的。最后才拿到的票。就放我们鸽子啦。他们要是知道你来了，肯定后悔。但你也知道，他们都以为你不会来。"阿莱莎有点儿难过，但这是事实，"算了。你最近在干吗？大家都没见到你了。"

阿莱莎屏住了呼吸。她什么都没干。唯一的新鲜事就是认识了穆克什先生、看书、给妈妈读书。这对他们来说都毫无意义。"没干吗啦。"她说。

"各位！"米娅朝大家喊道，"阿莱莎在哈罗路图书馆上班呢！"

阿莱莎的脸瞬间惨白。有几个人一听这话就笑了，大多数人连

---

1 Tipp-Ex 是涂改液和其他相关产品的品牌，在欧洲很受欢迎。

头都没抬一下。

"不是快倒闭了吗？"拉胡尔朝她眨了眨眼睛，想加入她们的闲聊。

阿莱莎一句话都没说。她想赶紧结束——反正她也没什么要说的。

整个晚上，她都尽力表现得好像她和米娅还很亲密一样。她们曾经是朋友，现在只是陌生人，有着同一个圈子，住在同一个地方，但对彼此生活的细节一无所知。拉胡尔一直盯着阿莱莎，想找机会和她搭话，现在米娅就是她唯一的保护伞。她一直盯着米娅，畅快地喝着那瓶夏季水果西打，假装关心她们一家的假期生活，关心她和爸爸、哥哥一起抽的大麻——野生的那种。

到了晚上十一点，大家都已昏昏欲睡。他们都想早点儿回家——这已经是他们这周第三次夜游了。今天还算结束得早。阿莱莎整晚都没离开过米娅。米娅突然仰头大笑，差点儿带着阿莱莎一起摔倒。阿莱莎赶紧扶住她。她发现有些人正看着米娅，看着她喝得越来越醉，嗓门越来越大，也显得越来越开心。

"小米，我们回家吧？"

米娅摇了摇头。她喝得很醉，举着手臂摇摇晃晃，和着某人手机里隐隐约约的音乐声唱着歌。烧烤的事已经被抛到了脑后，一群人用废弃的瓶子和锡罐围了个圈，标出了他们的领地。

阿莱莎想把米娅拉起来，但她铁了心要躺在地上，仰望天空，迎着微风唱歌。

拉胡尔走了过来。

"我帮你吧。"他说。

"不用，我很好。"米娅躺在地上替阿莱莎一口回绝道。

"好吧。"阿莱莎向他点了点头。她一个人着实无能为力。

拉胡尔没有再说什么。他弯腰蹲下。"小米。"他轻声地说，"我们该走了。很晚了，大家都要回家了。"

米娅夸张地摇了摇头。"谁也不许回家。"她的声音突然变得很清脆，"阿莱莎来了，我们得多玩会儿。要不然可能就再也见不到她了。"

他俩一人一边，把米娅的胳膊搭在肩膀上，扶着她站了起来。就算米娅双脚离地挂在他们身上，他们也依然坚持往前走。米娅和其他朋友告别，一边抱怨着自己的"牧者和监护人"，一边晃晃悠悠地走出了公园。

阿莱莎很生气，但她在尽力地克制自己。艾丹总说自己对她了如指掌——希望别人看不出来。她不想今晚就这样结束。她不想有个烂醉的朋友，也不想和拉胡尔待在一起。

米娅还是住在她从小长大的屋子里，而阿莱莎几乎要穿越一整个温布利才能到家。她觉得应该还能坐公交回家。时间还早，艾丹应该还没睡。可能在刷 YouTube 吧。她经常在差不多的时间看到他在刷 YouTube。漆黑的客厅里，电脑屏幕的光照亮了他的脸，绿莹莹一片。她应该给他发条短信。但那不就像是承认了自己的失败吗——不管她多么努力，都无法再开心起来了。她可不想让他觉得，自己还不如他。她终究没有拿出口袋里的手机。

在送米娅回家的路上，阿莱莎认出了街边的建筑，凭着肌肉记忆，找到了米娅的家。

他们站在门口，她家窗帘紧闭，没有透出一丝光亮。已是午夜，整条街寂静无声，阿莱莎不敢按响门铃。拉胡尔耸了耸肩。米娅迷迷糊糊的，找不到包里的钥匙，阿莱莎只好循着丁零当啷的声音帮她翻找，总算打开了门。她的朋友跳上台阶，一句话都没说，就关上了家门。屋内接连传来"乒乒乓乓"的碰撞声。他们根本不必担心吵醒米娅的家人——反正也会被米娅吵醒。

"那。"拉胡尔低声说，"我送你回家，好吗？"

阿莱莎摇了摇头。"不用了，我自己可以。"

拉胡尔还在坚持。阿莱莎已经拿出了手机。他只好举白旗投降了。她拨通了艾丹的电话。

他们在米娅的家外面等。阿莱莎这才发觉，自己只穿了件短裤和要命的系带上衣，都快冻死了。她抱着胳膊，躲避着拉胡尔的眼神，生怕他提出要把衣服给她穿。等待的时间无比漫长。她想和拉胡尔聊聊，告诉他家里发生的事，还有她在图书馆和一位老人交了朋友的事。他会笑吗？会不会觉得很蠢？还是会告诉她，陪伴一个孤独的老人是件好事？她想找个人说说话。不能是艾丹，得是个不知道照顾无法自理的妈妈是什么感觉，却可能会试着理解她的人。

她差点儿就要开口了，但最终还是选择了放弃。没有意义。很可能她刚说出点儿妈妈的事，拉胡尔就要被吓跑。这不是年轻人习惯谈论的话题。她跟穆克什先生谈到过，那种程度就已经够了。她还有艾丹，他们才是一条船上的人。

在一片寂静中，艾丹的车停在了他们面前。音响里放着比平时轻柔的音乐。他透过车窗喊道："你们两个，快上车。"

虽然今晚很是惊慌，但她的心已成了空洞。她想做一个无忧无虑的少年，哪怕有一次喝得烂醉也好。但她是一个理智的人，要做正确的事，还要照顾别人。一切都没有改变。

第二十章
穆克什

　　嘟。"嗨，爸，我是罗希尼，谢谢你照顾普丽娅。""没错，外公，谢谢你！""她说跟你在伦敦玩得很开心。多注意身体哦。你身体健康比什么都重要。"

　　嘟。"爸爸，我是弗里蒂。抱歉，今天电话打得有点早。我刚和罗希尼通过电话。你下个星期要不要过来吃个午饭？我可以去接你，你不用自己坐车来。我们真的很想见你！"

　　嘟。"穆克什先生您好，我是阿莱莎。抱歉打扰了。今天图书馆安静得要命，我就想问问您，《少年派的奇幻漂流》看得怎么样了？要是看完了，我就给你推荐下一本。我过会儿再打给你吧。"

　　过会儿再打来？穆克什突然觉得有些惊慌。他还没和阿莱莎通过电话。要聊些什么？他今早没看信息，因为尼拉克什本提早过来了。阿莱莎随时可能打电话来，他几乎没有准备！

"那是谁的留言？"尼拉克什本坐在客厅里的老位置（没错，她已经有常坐的位置了），开口问他。她的视线并未从 Zee TV 的印地语肥皂剧上移开。

"哦，"穆克什回答，"就是——嗯——我的图书管理员。"他不知道这样描述是否合适。

"啊！那个好姑娘，"她依然紧盯着电视，"你跟我说过很多关于她的事，她好像读了很多书。奈纳会喜欢那份工作的，对吧？"

"她会的。"穆克什坐回椅子上，腿有些发抖。《少年派的奇幻漂流》还剩最后几页没看完，于是他戴上了降噪耳机（尼拉克什本带来的，是她丈夫的耳机），想隔断 Zee TV 播放的震耳欲聋的音乐声和喋喋不休的说话声，集中注意力看书。Zee TV 现在是他家最常播放的电视频道——奇怪的是，他对此很高兴。它已经取代了 Netflix 和国家地理频道大卫·爱登堡的地位。

看完最后一页，留下派和他那出人意料的故事转身离开，他没有立刻摘下耳机，希望能再安静地待一会儿，整理好思绪。虽然不愿这个故事就此结束，但他得好好想想，派的旅程意味着什么——是真实的故事，抑或只是幻想？对派来说，那是一段漫长而艰辛的旅程；对穆克什来说，却是一段值得惊叹、具有启示性的旅程。

他用余光瞥见了尼拉克什本，思绪瞬间被打断了。她离开沙发，挪着脚步朝玄关处走去。

过了一会儿，她折回来，对他说了些什么，但他一个字都听不见。她对着他挥了挥电话。

"谁打来的？"穆克什摘下耳机，挂在了脖子上。

"找你的！那个图书管理员！"

"啊。"穆克什的心跳再次加速。尼拉克什替他接了电话，如果是他的某个女儿打来的怎么办？他抓起电话，用手捂住话筒，迅速走进了隔壁的卧室。

"喂？"他说。

"帕特尔先生！帕特尔先生！抱歉，我希望没有打扰到您。图书馆现在简直和曼德利庄园一样，全都是人。我喜欢安静，觉得有点难熬。刚刚那是谁？"

"什么谁？"

"那个接电话的女人。"

穆克什深吸了一口气。"是我的……嗯……我有一个……是我女儿，她有时会替我接电话。我刚才在看书呢。"

"《少年派的奇幻漂流》吗？你看完了吗？"

"刚刚看完！"穆克什很庆幸她没有继续追问，心头涌起了一种罪恶感。他因为说谎而觉得内疚，想到说谎的原因，更觉得内疚了。

他想象着阿莱莎坐在书桌前扫视整个图书馆的样子。今天都有谁去了图书馆？是那位喜欢用咖啡机煮一杯咖啡，然后坐在窗边，把报纸搭在腿上看的老先生？又在看悬疑小说的克里斯？还是读书会的人？迄今为止，他还没有见过读书会的成员。但据他想象，他们应该是戴着厚厚的眼镜、拎着装满书的大手提袋、衣冠整洁的样子。

"你觉得怎么样？"

"嗯？"穆克什的思绪还飘荡在图书馆里。

"我说这本书！"

"哦哦哦，是我犯迷糊了！这书特别好。"穆克什说，"太惊人了——这是真实发生的事吗？派因为沉船事故而失去了一切，却与老虎、猩猩和鬣狗一起，在救生艇上过了两百天！"

"这只是一本书。"阿莱莎说，"不过，作者的写作手法——所有事情，都太疯狂了。"

"书的最后提到了一件小事，我有些怀疑，是不是一切都只是派的幻想？是真的吗？"

"我不知道作者想让我们怎么想，但是……我相信派。你难道不信他吗？"

"我信，但这也太悲伤了。他是怎么做到的？这么孤独，还……他太勇敢了！"

"我觉得是有寓意的——像那些《圣经》里的故事，它们都有不同的寓意。小的时候，老师们总是谈论《圣经》——我始终都没弄懂。只好去问我爸爸，那些都是什么意思。但他也不懂。"

她又提起了她爸爸。是他的错觉，还是阿莱莎变得没那么谨慎了？

"但我不知道，"阿莱莎接着说道，"我不知道这只老虎是不是代表着什么，比如面对逆境的坚韧？"

"可能吧。我没有想得那么深。我没有你聪明，也没我妻子奈纳聪明。"脑海中又浮现出了丹弗斯太太斥责的样子，"我有没有告诉过你，我当初是为了奈纳才去那间图书馆的？还有这些书，你给我的这些书让我觉得自己可能会让她感到骄傲。奈纳和我的小外孙女普丽娅都很喜欢看书，所以她俩关系很亲密。我没你那么聪明，弄不明白这些深奥的意义。"

阿莱莎轻轻地笑了起来。"我也不确定。不过挺好，穆克什先生，您妻子一定会为您骄傲的。况且，您在这之前不是已经读过一本书了吗？我怎么有点不信呢，您就像机器似的，能看这么快，以前真的没怎么看过书吗？"

穆克什对她的话很受用，骄傲充斥着他的胸膛和脑袋。丹弗斯太太也消失不见了。就在这时，门铃"叮咚——叮咚"地响了起来。

"噢，不是吧！"穆克什说，谁会来呀？

"等等，您和普丽娅一起出去的那天过得怎么样？"一听这话，穆克什瞬间就把门铃，还有尼拉克什本和她在看的 Zee TV 电视剧抛到了脑后。

"阿莱莎，那天太神奇了！"他听见阿莱莎在另一头"咯咯"地笑，"我听你的建议，带她去了伦敦市中心的一间书店。那儿人很多，所有人都在读书，或者在咖啡馆喝咖啡……到处都是人！啊，抱歉，我不是觉得图书馆不好，我的意思是……那里比图书馆里热闹。阿莱莎小姐，我希望大家和我们一样喜爱图书馆。"

"叮咚，叮咚。"

"穆克什大哥，我去开门！"

"不用！"穆克什大喊。阿莱莎同时开口说："那太好了，穆克什先生。"他把手机往床上一扔，没来得及穿拖鞋就往玄关处跑。

但当他赶到的时候，门已经被打开，迪帕利就站在门口的蹭脚垫上。尼拉克什本微笑地站在一旁，招呼她进来。

"嗨，爸爸，"迪帕利开口说，"我……我只是顺路过来打个招呼。但是……我应该先打个电话的，我，呃，不知道家里有人。我还是走吧。"

"再见，尼拉克什阿姨。很高兴见到你。"她转向尼拉克什说道。

穆克什还没走到门口，迪帕利就已经上了车，发动引擎准备离开。

和阿莱莎交谈的兴奋感瞬间消失得无影无踪。他看着女儿开车离开，尼拉克什本把一只手搭在他的肩膀上。"穆克什，我们只是朋友。你的女儿们——肯定会理解的。"

可穆克什知道，她们不会。他让她们失望了——他注意到了迪帕利沉下去的脸色。他和阿莱莎说话的时候，丹弗斯太太消失了；但因为迪帕利，她又出现了。而且，他再也看不见奈纳的身影，感受不到她的存在，也听不到她的声音了。

阅读清单的漂流之旅：伊兹
2019

　　"您好？"伊兹探着身子往图书馆前台看，"没事吧？"

　　桌后的那个人满身灰尘，身边堆满了箱子。"没事。"他气喘吁吁，"我没事，就是在清理一些东西。老板说我们得把这里打扫得干干净净，防止被人抓住把柄，借机把图书馆关掉。其实我也不知道这个神秘的'别人'是谁，但还得照做啊……"

　　伊兹看着他，想起了那块标牌：拯救我们的图书馆。自从发现那张阅读清单以来，她就经常来图书馆。标牌都在那挂了两年了。但每次只要字迹变得模糊、被太阳晒到褪色，就总会有"拯救图书馆"的小精灵换上一张崭新的A4纸。让她和塞奇感到宽慰的是，虽然图书馆人流量不大，却还一直坚持开着。她还真无法想象，要是图书馆没了会怎样。

"不好意思。"男人掸了掸灯芯绒裤子和 T 恤上的灰尘，"不好意思。您好，我是凯尔。有什么需要帮忙的吗？"

这些年来，她见过凯尔好几次，总觉得他很特别：既显得非常疲惫，又始终表现出一副平和的样子。伊兹沉默了一会儿。这样做合适吗？她手里拿着那张清单——原封不动地在她收纳清单的盒子里放到现在，生怕弄坏。两年来，她一直不愿面对外面的世界，就躲在图书馆里，时不时地参与读书会，四处搭话：万一就能找到这份清单的主人呢？但她运气不太好。每一本书她都读了一遍又一遍，在上面做笔记，在关键的场景和重要的台词上贴上小便签，生怕这些书和所显示的信息是某种拼图游戏。但她试遍了所有办法，两年过去了，还是没能释怀。

有天晚上，当伊兹第 N 次翻看《小妇人》时，塞奇对她说："你得把这件事情放下，你都快把自己逼疯了。"这是她从图书馆借出的第三本。她猜测，这份清单上列出的书，可能会在特定的某一本上留有线索——所以她一本本地看，一本本地找。可这本《小妇人》也没有给她提供什么新线索。

"我已经把自己逼疯了。"伊兹回答说，"我现在就想弄清楚。"

于是，她来到图书馆，把自己的执念告诉凯尔。这是最后的办法。

"嗯，听起来有点奇怪——但我看到了这份阅读清单。"伊兹开口说道，男孩睁大眼睛，面带微笑，希望能为她提供满意的服务，"我不知道是谁写的，但我……我只是想知道。"

"好……的。"凯尔有些迟疑。

"我知道写这张清单的人来过这家图书馆。所以想问一下，你能不能告诉我有谁借过这些书。可能断断续续地借了好几年，也可能是一次性全借走了。"

凯尔站直了身子——他的笑容消失了。"不行，不行，对不起。这是顾客的隐私。就算我能查到这些信息，也不能告诉你。"

一阵沉默。

"我能看看吗？"凯尔伸出手。她把清单轻轻地放进他手里。他就像对待文物似的托着它。

"我会收集各种清单。"她试探性地开口，"我知道这是个古怪的习惯，但我就是喜欢。我爸爸以前说过，我就是他的小喜鹊。"

"很酷啊。"话虽如此，但她知道，他其实并不了解，"不过，因为我们经常会看到这种清单，所以并不觉得有什么特别。"

"确实。我只是觉得，可以通过一张清单——书和艺术之类的窥见一个人的灵魂……我知道听起来很傻。"

"不。"他说，"我觉得挺好的。"

他低声念着一个个书名。伊兹四下张望，希望能找到别的线索。她看见了英迪拉，她在读书会上见过英迪拉几次。她真的很喜欢英迪拉，但英迪拉太能聊了。所以每次看到英迪拉，伊兹只有在确定自己想聊天的时候才会走过去。其他地方几乎空无一人。

"好奇怪啊，我敢肯定这些书没什么特别，但我有个朋友也在读这些书，顺序几乎都一模一样。"

"现在？"伊兹瞬间睁大了眼睛。

"对，我想是的。"

"你觉得这张清单是你朋友写的？"

"不不不，她讨厌书。"他一本正经地否认，"但是……我不知道她有没有看到过你这张清单。你把它留在这里过吗？"

"从来没有。"伊兹摇了摇头。

"好吧，真的很抱歉，我帮不上忙。但我的朋友，她也是图书管理员，也在这里工作。要不你下次来找她？她通常是星期三上班。"男人微笑地对她说。但伊兹能感觉到，他有点被她吓到了。她不得不承认，自己或许太过偏执。

"真是抱歉，现在还有什么需要我帮忙的吗？"

伊兹耸了耸肩，脸上挂着笑意。"就借这本书。"她放下《如意郎君》，上面是她的借书证。

"这本书你看过几遍了？"

"还没找到任何线索，算是没读过吧。"伊兹笑了，"这本书很厚，我得确认自己没遗漏任何细节。"

"是因为这张清单。"凯尔恍然大悟，"这就说得通了，为什么你总是一遍又一遍地借走同样的书。我们还以为是你不好意思问别人，还有什么好看的书呢。"凯尔把书递给她。她把书抱在怀里，从沉甸甸的重量里获得了些许安慰。

"谢谢你！"

伊兹往图书馆外走去。她环顾四周，依然怀疑写下清单的人是否正躲在书架间。抑或可能正坐在图书馆的某张书桌旁？这个人究竟想干什么？

即便现在已经读遍了这些书，还问了那么多人，她依然不确定，自己是否离揭开那人的面纱更进了一步。但她很享受这段过程。她很喜欢读书，但在发现这份清单之前，她已经很久没有坐下来专心致志地看书了。生活如此忙碌，这简直就是一种奢侈的放纵。

这份书单给予了她太多——她喜欢和图书馆里的人说话。在这座熙熙攘攘、永不停歇的新城市里，这份书单为她开辟出了一片小天地。

第二十一章
阿莱莎

"所以，达西先生喜欢伊丽莎白·贝内特，她显然也喜欢他，但大多数时候都对他很粗鲁。他也一样。"阿莱莎自言自语道。她又在给莱拉读书，竭力地想找回上次的那种平静。

可莱拉心不在焉，她的视线在客厅里转来转去。当阿莱莎向她解释二进制时，她点了点头，但很快就走了神。

"对不起，对不起。"莱拉昏昏欲睡地说，"所以这是一个爱情故事吗？"

阿莱莎想介绍各个不同的角色，却把自己搞昏了头。她一边往下读，一边艰难地分辨着谁和谁是亲戚，谁喜欢谁，谁想和谁结婚……她又翻回到了伊丽莎白和达西第一次见面的时候，希望能引起莱拉的兴趣。阿莱莎还暗自希望，莱拉会顺理成章地问起她的爱情生活。可她为什么要这么做呢？阿莱莎没有爱情生活。就连莱拉都清楚得很。

但当她读着书，听见伊丽莎白自作聪明地反驳达西先生，达西也不甘示弱地回嘴时，她心里想着的全是扎克，以及他们一起走过的那段路。不过，扎克和达西不同，他并不阴沉，也不无趣，反而太过健谈。他能逗得她哈哈大笑，还一直努力地想让她放下警惕。但这里是伦敦，不是 19 世纪的什么地方，没有人会跟陌生人搭话。

她看了看莱拉。恍惚间，莱拉似乎穿上了贝内特太太最好的那件礼服。应该是这篇故事在作祟。是她过于活跃的想象力在作祟。这太可笑了——贝内特太太和莱拉一点儿也不像。她势利、吵闹、傲慢、诡计多端，喜欢插手别人的事情。莱拉则很矜持，沉溺在自己的世界里，对别人都不感兴趣。

"好吧，就是伊丽莎白和达西先生。"莱拉睁开了眼睛，"可你还提到了莉迪亚。莉迪亚是谁？"

"伊丽莎白的妹妹。"

"好吧。维克汉姆是谁？"

"他应该是坏人吧？"

莱拉说："我集中不了注意力。"阿莱莎有些泄气。她把书摊放在膝盖上，字又小又难读。莱拉从沙发上站起来，走了出去。阿莱莎则尝试着继续认真地看下去。

艾丹转过头来，手里拿着阿莱莎留给他的便利贴。"野餐吗？"上面这么写着，还印了个笑脸。

"阿莱莎，我真不觉得现在适合把妈妈带到外面去。"艾丹很坚决。

阿莱莎却打定了主意。况且，《傲慢与偏见》也没能把妈妈从迷雾中拉出来。去年的这个时候，阿莱莎和艾丹在自家花园里组织了一次野餐，当时莱拉也正处于低潮期，那次野餐让她的心情好了很多。她笑得特别开心。

"今天天气很好——你也知道，她上次就很喜欢。我们可以找个离家近的地方。"

他深深地叹了一口气："我觉得你这是在给自己找麻烦。"

"但去年是你提议去野餐的啊，而且真的有用啊！"

"是，但我现在不确定这招还有没有用。"他小声嘟囔着说，"我承担不起失败。"

空气中笼罩着沉沉的寂静。阿莱莎仔细地观察着哥哥紧锁的眉头和深深的黑眼圈。

"我来负责准备，好吗？我会安排妥当的，你只要到场就行。"

艾丹耸了耸肩，一脸质疑。"我得去药店买点儿药——你跟我一起吧。妈妈一会儿就没事了。回来的路上，我们可以去买点儿食材。"

她对哥哥咧嘴一笑。"谢啦，艾丹。"

阿莱莎坐在公园的长椅上沐浴着阳光，等着艾丹从药店回来。她又从包里掏出了《傲慢与偏见》。在自己家里读给妈妈听，完全不算什么……但现在，她有些难为情，担心会被人看见，被认识的人看见。

她旁边坐着一个陌生人。她以最快的速度把《傲慢与偏见》放回包里，重新拿了书单上的下一本书：《小妇人》。她一直随身带着这本书，准备看完简·奥斯汀的小说之后就开始看。她随便翻了一页。

她偷瞄了一眼，不想被人发现。

她突然觉得，这颗被《傲慢与偏见》弄晕的脑袋简直坑人。她眨了眨眼睛。不是幻觉。那个人——扎克，正看着她。

"嘿，孩子。"

她不安地挪动了一下身子，两颊发红。孩子。行啊。她想模仿伊丽莎白·贝内特，做出点毒舌的回应——但大脑一片空白。

"嗨。"她的声音里透着一丝冷漠，她尽力了。

"《小妇人》……我好几年前看的了。还是和我妹妹一起看的。这是她最喜欢的书。她看完之后，就想要妹妹，不想要弟弟了。但谁会想要艾米这样的妹妹呢？"

她不知道艾米是谁……她一页都还没看过。但她偏要和他对着来。"我喜欢艾米。她是被误解了。"阿莱莎不停地翻着书，试图表现得冷漠些，"你读过多少本书？"

"应该有几千本了吧。你还没看完那几本书啊。"他起初像是在以一种尖锐的、冷漠的达西式语气回答她的问题。但当她抬头望去，他的脸上又露出了灿烂的笑容。他在耍她。

"你说的话可真刺耳。"阿莱莎微笑着，低头看着她的书。她不想告诉他阅读清单的事。对她来说，那是件很神圣的东西（对穆克什先生来说也算是，但他自己并不清楚）。

"有空一起喝杯咖啡吗？"

"抱歉，不行，我在等我哥哥。"阿莱莎放下书，直直地看着他，果断拒绝，"我没空。"

"行，那我们再约个时间？"

"这话谁说过？"阿莱莎缩了缩脖子，"是这本书里的角色吗？"她拍了拍《小妇人》，"还是《傲慢与偏见》？肯定是哪里的台词……"

"真好笑。还有比书里的话更糟的呢。"

"听着，我现在有五分钟时间。如果你有话要说，就赶紧说吧。"她甜甜地说道。

"哦，好的。"她惊讶地发现，他的脸变成了粉红色，他开始不自觉地蹭着他的运动鞋，"我不知道该从哪儿说起。"他笑着，声音有些颤抖。那抹粉色加深成了鲜红的斑点，布满了他的脖子，爬上他的下巴，继而扩散到整个脸颊。他毕竟没有达西先生那么淡定。她突然觉得有些愧疚，自己不该把他置于这种境地。沉默了几分钟之后，她还是先开口了。因为她总算想到了个话题，可以缓解他的尴尬。"你上大学了吗？"

"对，伯明翰大学。"

"不错。你学的什么？"

"法律。"

阿莱莎转过头看着他。"我就想学这个专业。"

"真的吗？"他双眼放光，"我觉得你势在必得啊。"

她皱着眉说："我说真的。"

"那你看这么多故事干吗？你得读些正经书。"他指着脚边的背包，"提起来。掂量掂量。"

她摇了摇头。

"提提看啊。"

她又摇了摇头，但还是伸出了手。"哇！你包里装了具尸体吗？怎么这么重！"

她往长椅上一靠，包就扔在了地上。她这才看见，艾丹正在往这边走。扎克顺着她的视线望了过去。

"是你哥哥吗？"

"对。"

"你们长得很像。"

扎克站了起来，还没来得及拿包，艾丹就走到了他身边。

"嘿，莱莎，这个人在纠缠你吗？"

"没有，"她的声音尤其冰冷，"就是个朋友。扎克，这是我哥哥艾丹。"

"嘿，兄弟。"扎克向艾丹伸出一只手。艾丹没有回握。

"以前没听说过你。你们是一个学校的吗？"

"就是……附近的朋友。"扎克看起来弱小且无助，就像是被车前灯照到的兔子。

"开玩笑的，别紧张。"艾丹笑了笑，扎克这才松了一口气。

"嘿，没关系，我该走了。阿莱莎。"他转向她，"真的很高兴见到你。下次不要偶遇了。我们约个日子见面吧。"他向她递过来了一张名片，"需要的话，我可以教你如何做一位孤独的隐士。法律方面的问题也可以问我。"他对她眨了眨眼。

她拿过名片，翻了个白眼。这个年纪，谁会有名片啊？

名片上写着：扎克·罗威——法学专业学生／自由平面设计，中间是用大号加亮字体写的电话号码。他也懂平面设计，和她妈妈一样。

艾丹坐到了她身边。

"你怎么这么久才回来？"她问。

"就开了个处方。药店里排队的人特别多。"

"给妈妈的药？"

"不，不，是给我自己的。我头痛。我们去买食材吧，好吗？如果你还想去的话。野餐的食材！"他一边说，一边伸手抓乱了她的头发。

刚踏进特易购的大门，他们就后悔了。里面全都是人。他们在货架间的过道里挤着往里走，找他们喜欢的三明治。阿莱莎选了肉酱馅的，她就喜欢这种。艾丹给自己挑了个粗盐腌牛肉馅的，虽然他不愿承认，但这个口味和迪恩以前做过的确实很像。他们给莱拉买了鸡尾酒虾馅的，希望她口味没变。

回来的路上，他们路过了奶油冰激凌店。她朝里面看了看，寻找着熟悉的身影。阿莱莎以前经常来这家店，因为能让十八岁以下的孩子闲逛几个小时、在脸上涂满糖的室内场所寥寥无几。穿着阿迪达斯的拖鞋和袜子，挤在黑色和紫色桌椅上的青少年已经换成了新的一批。阿莱莎的朋友们已经长大了，不会再来这里——他们进入了社会生活的下一个阶段：弄假身份证，和保安扯关系、交朋友，好混进正规的酒吧。她并没有错过什么，对吧？

一个小时后，三明治做好了。有些被切成了三角形，有些被切成了粗条形。它们出现在了莱拉的餐盘里。白色带金边的餐盘。都不新鲜了。阿莱莎用手指戳了戳，摸到了干瘪的面包。

　　艾丹坐在外面。莱拉坐在厨房的椅子上，透过敞开的后门望着花园里。尽管阿莱莎能清楚地看见她惨白的脸色，但她还是面带微笑。她的眼神暗沉无光，没有一丝神采。额头上的皮肤很干燥。她又累了。

　　艾丹在地上铺了一张旧的野餐垫。"妈妈。"他一边喊，一边抚平褶皱，"到外面来！"他努力地让自己的声音显得很有朝气，但阿莱莎听得出来，他在发抖。他很紧张，还很害怕。从未如此明显。

　　阿莱莎看了莱拉一眼——决定性的时刻到了。

　　莱拉一动不动。然后渐渐地开始摇头。起初比较慢。一下、两下、三下。

　　逐渐变得疯狂。一、二、三、四、五、六下。

　　她的呼吸声越发粗重，但随即又突然变得很浅。

　　她闭上眼睛，用手捂住脸，又抱住了自己。手指深深地插进了双臂的缝隙。她把自己与外界隔绝开来。

　　阿莱莎放下了三明治。艾丹也顾不得抚平餐垫的最后几条褶皱。他俩一齐冲向了妈妈。

　　莱拉本能地先向艾丹求助。阿莱莎知道，自己被隔开了。艾丹轻声地安慰，"没事的，妈妈""你很安全，妈妈"，还有"我们可以在家里吃，不用出去"。

　　阿莱莎被遗忘了。她是多余的那个。

她走回到厨房的操作台边，远远地观望，心里愈发忧虑。胸口好像压了块大石头，好重、好痛。艾丹跪在妈妈面前，用双手紧握着她的一只手，祈祷着，祈求她再次好转。莱拉从来都只想要艾丹陪在她身边。空气很闷。阿莱莎几乎无法呼吸。哥哥担心地看向她，想确认她是否没事。但她看得出来，他也很痛苦。有那么一瞬间，她忍不住地想，原来不是只有她一个人觉得受不了。

"没事的，会没事的。"他对莱拉说。艾丹"砰"的一声关上了通往花园的门，把世界挡在了外面，把他们三人锁在了里面。他带着莱拉往楼上的卧室走去。

"要我帮忙吗？"阿莱莎喊道。

"不用了，没事。给我们一点儿时间。"艾丹朝楼下喊道。

虽然阿莱莎竭力地压制住自己，但她还是可以感受到自己逐渐积累的怒气。她的脑子飞速地运转着。她靠在厨房的操作台边上，盯着艾丹那该死的彼得兔餐盘。小兔子总是这么快乐。总是提醒她，艾丹是家里最好的孩子。还没反应过来自己在做什么，她就抓起了放在架子上的盘子。然后松开了手。盘子落在地上，摔得粉碎。在阿莱莎眼里，整个过程似乎是在以慢镜头播放。每一毫秒，都反映着她的自私。

"莱莎？"艾丹冲了下来，看见她正捡起一块盘子碎片，锋利的边缘刺入指尖，一粒血珠冒了出来，"你还好吗？"他抓起一块茶巾，紧紧地裹住她的手指，仿佛这是世界上最严重的伤口，"对不起，我应该和你一起收拾的。"

"妈妈还好吗？"但阿莱莎并不想知道答案。

“她会没事的。”

他一句都没有问。那是他的盘子，是他特意拿出来展示的盘子。当他拾起彼得兔毛茸茸的尾巴时，三明治还放在厨房的操作台上，一点儿都没动。

几个小时后，阿莱莎蜷缩在沙发上，恨不得就此消失。艾丹走进客厅。他站在那里，拿着一瓶啤酒，盯着她看了一会儿。“阿莱莎？”他轻声地说。

“怎么了？”她不想看他。

他深吸了一口气。“我真的觉得，我们应该让妈妈和别人说说话了。”这是他那天晚上第二次声音发抖。

房间里的静默反复震荡着阿莱莎的耳膜。艾丹以前曾试探着提起这个话题，但从未直接说过。他们都相信：“下一次，下一次就不一样了。”可这回，她能感觉到，他已经开始动摇了。

她能感觉到，哥哥正盯着自己看。阿莱莎没有回应。她现在不想说话。

他在原地站了一会儿，然后又深深地叹了一口气。他坐下来，茫然地看着电视广告。Comparing the Meerkats[1]。该去配副眼镜了。总归能有点儿用。

“我一会儿要回仓库上夜班。”终于，艾丹开口了。

---

1 Comparing the Meerkats 是 BGL Group 旗下比价网站 comparethemarket. com 在美国和澳大利亚商业电视上的广告活动。这些广告以拟人化的俄罗斯猫鼬 Aleksandr Orlov 及其家人和朋友为特色。

"别喝了。"她能闻见溢出来的啤酒味，"艾丹。请个病假吧，然后去睡觉。今天够累了。"

起初，艾丹什么也没说。过了一会儿，他说："喝一罐没事。"

她看着他。从他的语气，从他低垂的眼睛里可以看出，这不是第一次。

"之前公园里的那个人是谁？男朋友吗？"他努力地表现出很感兴趣的样子。

"我每天两点一线的，不是在图书馆，就是在家，哪有时间找男朋友啊？"

"你又不是一直在家。"艾丹说。

"我觉得是啊。"

"妈妈说，你最近都在给她读书。从图书馆借的书。"

"我以为她喜欢。"

"就是让你小心点儿，好吗？没别的意思。"

"她喜欢听。能帮助她放松。"

"她可能根本就没专心听。"

"不要紧。她在听就行。不需要专心。"

"好吧，好吧。请那个人过来吧。我想和他正式见一面。"

"我都还没和他正儿八经地见过呢。"阿莱莎回过头看着电视。

"那他怎么表现得那么好？"

"可能是我很容易让人想要敞开心扉吧。"阿莱莎笑了。尽管她不愿承认，但一想到扎克，她就想全身心地沉浸到《傲慢与偏见》中去，去跳舞，去享受一段无忧无虑的时光，过 19 世纪的青少年该过的日子。在调情、男人和婚姻之间忙碌。想到现实生活，如果她真的有时间和扎克出去玩，如果真能和他成为朋友，或者不只是朋友，会是什么样子？

她漫无目的地看着电视。然后关掉了电视。"夜深了，艾丹。去睡觉吧。别去上班了，你现在干不了活儿。"

她走之后，艾丹坐了下来，拿起罐子喝了一大口。她能听到他在敲手机。在屏幕的映照下，他的脸散发着幽灵般的光芒。她真想知道，他在想什么。

回到房间里，她拿出手机，想给她的表姐蕾切尔发信息。只有她可能懂得自己的处境。但是蕾切尔很忙，总是很忙，学习、工作，她刚打完字就后悔了。她没必要再让表姐操心这些。找个时间再给她打电话吧。

她抽出了扎克的名片。她能感觉到，有的时候，他和自己一样孤独。她想找个人聊聊，一个不会因为她的失落和孤独评判她的人。她输入了他的号码，发出了一条短信：嘿，我是图书馆的女孩阿莱莎，你好吗？

第二十二章
穆克什

电话响了又响，一次、两次、三次。他很困惑，也有点儿恐慌。现在是早上八点，虽然女儿们常在这个时间段给他打电话，但只会打一次，然后等着转接语音信箱。她们不会一遍又一遍地打电话。他慢吞吞地下了床，以防有什么紧急的事情。

"喂？"他的声音有些颤抖。

"爸？嗨！"是弗里蒂。她的声音听起来轻快又活泼。只是一大早听着有点儿吵。

"早上好，孩子。"

"你今天还来吗？来吃午饭吗？"

"哦，去。"穆克什完全忘记了，"我很期待呢！是去你们的餐馆吗？"

"不了，来我家比较方便。迪帕利和双胞胎也来。"

"罗希尼和普丽娅呢？"

"爸爸，你知道我的公寓没那么大。不过，罗希尼要工作，来不了。"罗希尼不去，穆克什感到如释重负——他只能勉强应付与弗里蒂和迪帕利的对话，要是再加上罗希尼，可就太难了，"需要的话，我可以去接你。"

穆克什摇了摇头。他想到了在和普丽娅去伦敦市中心的旅途中，他战胜过的那些恶魔——他可以自己去。

"爸爸？"

"不，不用。我可以乘地铁去。"

"很远耶……你确定吗？"

"当然了！我对地铁很熟悉。以前就把时刻表和路线背得滚瓜烂熟了。没问题的。"

"好吧，我知道了。那待会儿见。爸爸再见！"

穆克什很期待今天的长途旅行，期待着见到他的女儿们——虽然不可避免地要提起尼拉克什本的事。他甚至可以在火车上多读点儿《傲慢与偏见》。但这本书的字体比其他书还要小很多，他担心自己会晕车。这书很有意思。看到现在，他发现贝内特夫妇有五个女儿，都是意志坚强、精力充沛的女人。他不由自主地想到了自己的三个女儿。而迪帕利和莉迪亚·贝内特非常像。他知道这样说有些恶毒，但真是这样！八卦且自私的莉迪亚与自己家最小的女儿性格十分相像。当她发现开门的是尼拉克什时，那震惊的表情；没错，是震惊，但也有一丝喜悦，不是吗？他敢打赌，迪帕利回到家之后，就准备向罗希尼和弗里蒂透露这一丑闻了。他顺势又想到了罗希尼，她难道不是和贝内特的姐姐伊丽莎白一模一样吗？女王伊丽莎白！聪明、机智，但总会直白地评判他人——这很像罗希尼。至于弗里蒂，她究竟是那个总认为别人无辜的简，还是玛丽？他其实对玛丽了解不多——她太普通了。弗里蒂可一点儿也不普通。最后是基蒂——厚脸皮、傻乎乎的，总是惹麻烦、瞎淘气。穆克什很高兴，他的女儿没有一个像基蒂那样。不然的话，穆克什和奈纳肯定会很烦心的。

他又想到了和莉迪亚一样八卦的迪帕利。他干吗要自讨苦吃？他深吸了一口气，做好心理准备，然后拍了拍口袋。他带了钥匙，最重要的是，他带了六十岁以上老人专用的交通卡。哈里什总是叫它"老年交通卡"，但穆克什觉得还是得给它起个更合适的名字。伦敦交通局应该也是这么希望的。他准备好出发了。

除了时髦的新浴室，弗里蒂的公寓和他上次来看到的没有太大的变化。这是一幢相当现代化的公寓楼，有电梯。迪帕利之前说过："太好了，爸爸，她这儿有电梯！"优秀的采光设计弥补了它不宽敞的缺点，虽然只有一个种满植物（都是绿叶植物，没有花）的小阳台，但通风很好，所以没有花园也就罢了。

公寓很小，墙上挂着很多艺术品。不像另外两个女儿，弗里蒂的东西向来很少，她从不想要太多。但穆克什总觉得，这套公寓不像个家的样子。没有从寺庙里买来的成堆商品，没有充当蜡烛架、别针盒、孜然罐的粉色特百惠塑料盒，没有胡乱裱装起来，挂在每一面墙上的全家福和斯瓦米·巴帕的照片，没有奈纳的纱丽放得到处都是，怎么会有家的样子？

不过，奈纳一直都很喜欢这套公寓——它代表了她无法拥有的生活。她养育了三个孩子和三个外孙，不仅要负责家务，还要完成自己的工作。她喜欢这套公寓，因为这是完全属于自己女儿的公寓。而奈纳一直为能让女儿做最适合她们的事，并在这个世界上为她们创造一处属于自己的空间而感到骄傲。她常说："如果你不去做，那么谁还会去做？"

他从电梯里出来，弗里蒂就站在门口迎接他。她张开双臂，这是她问候家人和朋友的一贯做法。她一向喜欢扮演主人的角色。

"外公！"迪帕利的双胞胎贾亚和贾耶什一齐站在门后。当两个小家伙抱住他双腿的时候，穆克什捂住了耳朵。希望今天过去之后，耳朵不会痛。

他走向厨房，迪帕利迎面而来。"嘿，爸爸。噢，你的 T 恤真好看。但这袖子对你这个年纪来说，是不是太短了？"

衣着华丽的莉迪亚·贝内特似乎正借着迪帕利的眼睛盯着他。

"你好，迪帕利。袖子不短，这是我的时尚顾问帮我挑的。长度刚刚好。"

阿莱莎在图书馆的电脑上帮他下单买了一些新的T恤，告诉他最适合哪种袖长，颜色也是她选的。她选了件橄榄绿色的T恤，他不确定是否适合自己，但她说，这是时下"流行"的颜色。流不流行并不是他考虑的重点，但他还是买下了这一件。她很年轻，还差点去快时尚，她肯定懂。她还挑中了一件海军蓝的T恤——她说，"海军蓝，永远都不会嫌多"——以及一件白色的T恤。她说，白色简直就是"夏季主粮"。

他觉得自己很适合打扮时髦。穿上这件运动款上衣，他突然就恢复了年轻的活力，简直势不可挡。他想起了尼拉克什本。他在卧室里试穿新衣服的时候，她就在客厅里等着。他想给她看自己买的新衣服——他称之为"时装秀"，因为奈纳以前总会这样。"噢，"尼拉克什本一语中的，"真时髦。"

"爸，打扮得挺精神啊！"弗里蒂说道，"过来坐！"

餐桌已经布置好了。干净的白色桌面，中央放着一束花。穆克什才知道，这些都是弗里蒂早上刚摘的花。新鲜又娇艳。这是她从奈纳，还有他们搬来伦敦时的第一个邻居那儿学来的习惯。搬进新家的第一天，邻居就带着一篮子雏菊敲响了他家的门，说："这是送你们的花！有了新鲜好看的花，就有家的感觉啦！"所以每当家里的花快枯萎时，弗里蒂都会恳求奈纳再去采弄一些新鲜的花。

追着双胞胎跑了好久，迪帕利已经筋疲力尽。她一屁股坐了下来，叹了一口气——穆克什不由得内疚，不该把她和莉迪亚·贝内特画等号。他的女儿们小时候可没那么烦人，不是吗？每每回想起那些年，他的心头总是温热的——正如奈纳所说，她们都是小天使，会在家里帮着做事，该坐的时候就乖乖地坐着，也完全不挑食。

双胞胎贾亚和贾耶什虽然看起来像是天使，却总喜欢在屋子里乱跑，还总想往墙上爬。要是下雨天，他们就会拿着水彩笔在所有伸手够得到的表面上乱涂乱画。迪帕利曾经装饰得非常完美的房子因此受了不少"折磨"。但她总说，他们玩得开心就好，那才是最重要的。

孩子们一拿到自己的餐盘，就狼吞虎咽地吃掉了薯条和鸡块。迪帕利的丈夫普拉纳夫不是素食主义者，所以孩子们也不是。奈纳曾对此深表失望，因为迪帕利没能带着她的小家庭一起延续素食主义者斯瓦米纳拉扬的信仰，穆克什却不以为意。他只觉得，炸鸡块比绿豆好做。不过他最近发现哈罗米炸薯条也很容易做。

"你过得怎么样，爸爸？"弗里蒂拿来了一些餐具。

"很好，嗯，还是老样子。"他说，"你们俩怎么样？"

"对了，爸爸。"迪帕利说，"罗希尼说你们去了图书馆？"

"对！我已经看过很多书了。"他从夹克口袋里掏出《傲慢与偏见》——他没在地铁上读这本书，但他喜欢随身带着，就像奈纳以前那样，"这本也很好。"

"《傲慢与偏见》？"迪帕利笑了，"想不到你会喜欢这种书！"

"可能不是我喜欢的类型，但封面不错。"他拿起书，"你妈妈一直喜欢这样的画——挺合适，像是一部不错的经典之作。"

"难道不是 19 世纪的淫秽作品吗？"弗里蒂笑着在桌旁坐下。

穆克什脸色发白。"淫秽作品？真的吗？我才读了四分之一。没看到淫秽的内容啊。"

"往下看吧。"弗里蒂眨了眨眼。

"尼拉克什本阿姨怎么样？"迪帕利一边问，一边把弗里蒂做的彩色沙拉递给大家。这个问题像手榴弹一样砸在了桌子上。弗里蒂陷入了沉默。穆克什一动不动。就连双胞胎似乎也僵住了，呆呆地举着鸡块。

是了，这就是她们真正关心的话题。穆克什环顾四周，希望那个声音能够出现，告诉他该怎么回答。弗里蒂紧紧地盯着她的盘子。

"她很好，嗯。"他喃喃地说。

"前几天看到她我还挺高兴的。"迪帕利说，"我不是非要打听，但她的丈夫和儿子发生了那样的事……她现在还好吗？真是太悲惨了。妈妈要是知道了，一定会伤心欲绝。"

穆克什深吸了一口气。"跟莉迪亚·贝内特一模一样。"他心想。要是贝内特先生的女儿这样跟他说话该怎么办？莉迪亚总爱惹麻烦，脑袋一热就毁了家族的名声。他绞尽脑汁。贝内特先生从一开始就不会让自己陷入这种境地，对吧？他总是那么严厉——他能够为自己赢得尊重，穆克什可学不来。

"我听说她很快就释怀了！"迪帕利看了弗里蒂一眼，但弗里蒂皱起了眉头，还轻轻地摇了摇头。

迪帕利说得好像尼拉克什本只是随便什么人，而不是她们母亲最好的朋友似的。她们小的时候，她照顾过她们；奈纳生病的时候，是她陪在她们身边；她们累得不能自己开车的时候，也是她开车接送她们去诺斯维克公园医院。可现在，迪帕利只想着那些闲言碎语。

"人必须往前看。"穆克什的声音比他自己想象的更为尖锐，"虽然会被悲伤缠绕一阵子，但总还是要勇敢地走出自己的舒适区。"

弗里蒂想结束这段对话，当即打断了他们。"请把你们的盘子堆起来！"她好聒噪，"希望你们吃得满意。"

穆克什刚准备按她说的做，但他刚一举起沙拉碗，就被迪帕利拿走了。"爸爸，我来做这个。"当他想伸手拿一瓶水往自己的不锈钢杯子里倒时，弗里蒂从他手里抢了过去，"爸爸，我来帮你。"他只好听命。

他的餐盘装得满满当当，杯子里的水也满得几乎要溢出，他拿起刀叉，觉得手指夹着有些局促。他知道女儿们正盯着自己看，但还是慢慢地吃了起来。没过多久，两个女儿就好像忘记了他的存在，开始自顾自地讨论。"爸爸的锅炉隔三岔五地出问题，我们应该找个人来修修。""我觉得他吃那么多豆子不健康。希望他也能吃点别的东西。""我想让他做做新的菜——但我没时间教他。""他没再去庙里用过餐，他应该去的。他们提供的饮食营养比较均衡。""总的来说，他过得还算不错。"

"说到尼拉克什本阿姨。"尽管他们都知道，弗里蒂已经结束了这个话题，但迪帕利还是忍不住开口说，"普拉纳夫的朋友也是斯瓦米纳拉扬派的，他听说了很多关于尼拉克什本阿姨和男人们在一起的流言蜚语。你不会想要成为害她沦为别人谈资的原因吧？"

穆克什愣住了。

"等一下，"弗里蒂说，"别说这事了，小迪。"

"爸爸，尼拉克什本阿姨想再婚吗？"迪帕利甜甜地笑着。

"尼拉克什本阿姨和爸爸差不多大——应该不会打算再婚，"弗里蒂实事求是地说，"换个话题吧，小迪。"

"我不要！这不是我们的风格。"迪帕利生气地说。

穆克什看着弗里蒂，她无奈地翻了个白眼。但迪帕利完全没注意到。

"爸爸。"迪帕利问，"你多久和她见一次面？我在家里看到她的时候，是她第一次上门来吗？"

贝内特先生绝不会容忍这些。可帕特尔只是咽了口唾沫："她是我的朋友。我们每个星期都会见一面，每隔几天吧。我们互相陪伴。你有什么意见？"他说完了。他现在恨不得融进椅子里，让沙拉，还有这一切都彻底地消失。

迪帕利没有回答。

穆克什突然希望，自己正和尼拉克什本一起待在家里，好告诉她自己有多尴尬。也希望她能教自己做更多的菜。迪帕利和弗里蒂可能说得对，他吃豆类确实太频繁了。

电话响了，打破了紧张的气氛。

"喂？"弗里蒂拿起听筒，"哦，是罗希尼。"弗里蒂做口型告诉房间里的人，她的脸涨得通红，似乎非常尴尬，"哈，爸爸和小迪。还有双胞胎。"她又点了点头，"爸爸，罗希尼想和你说话。"她把电话交给了爸爸。

为了让他听得清楚，罗希尼特意放大了音量，穆克什发现，迪帕利、弗里蒂，甚至那对双胞胎都在侧耳聆听。

"外公要被罗希尼阿姨数落了！"贾耶什用大家都听得见的声音对他妹妹小声地说，"妈妈说过，她会打电话来！"

穆克什又觉得喘不过气来了。他被逼进了死胡同。

"爸爸，你和尼拉克什阿姨待在一起的时间是不是太久了？"

"喂，罗希尼，我也很高兴和你通话。"他的语气很是嘲讽。看了看表现得很不舒服的弗里蒂，又看了看得意扬扬的迪帕利。

"我在上班的路上碰到了赫塔尔阿姨，她问我，你们是不是在搞对象。"

"我们不是。而且，为什么赫塔尔会知道？"穆克什怒气冲天。这种被监视的感觉——他已经好几个月没在庙里见过赫塔尔了！

"我希望你注意点，爸爸。我们都知道尼拉克什阿姨是个可爱、善良的人，但我们不知道她想从你那里得到什么。重要的是，不要让外人觉得，你不尊重我们的妈妈！"

弗里蒂站了起来。"没有人会觉得爸爸不尊重妈妈。"她说得很果决。

罗希尼的声音再次从听筒里传来："我知道我们不会，但就是会有人产生这种离谱的想法。不是所有事情都那么简单！"

一阵寂静。

"爸爸，你爱妈妈。我们都知道。你可以追求快乐，但我只是说有人会说闲话、泼脏水。还有尼拉克什阿姨，我也不知道她是否能让你开心。"

穆克什站了起来，仍然把电话贴在耳边。

"罗希尼，我很孤独。"他看着弗里蒂和迪帕利的眼睛，"我妻子去世了。她不在了。可和她有关的记忆无处不在。"这是他内心深处的想法，"可她真的不在了。你们都有自己的生活，你们都很忙。要不是我还能帮上忙，你们都没空搭理我。你们想关心我的时候，就各种瞎忙活。你们都不听我说话！我们之间没有真正地交流过！你们只会给我留语音信息，从不期待我回电。你们过去常常和你们的妈妈说话，常常关心她。如果你们也关心关心我，如果你们能理解我，知道我想要一个朋友……好啦，尼拉克什本对我很好。"

他的心怦怦直跳。他能感觉到他的头皮因汗水而刺痛。他握着电话的手湿漉漉的，他握得更紧了些，生怕它从手里掉下去。他的耳朵有充血的感觉。弗里蒂和迪帕利都看着他。弗里蒂似乎很高兴，但她努力地不让嘴角上扬；迪帕利却露出了悲伤与同情的神态。

穆克什回到座位上。在这一瞬间，他感受到了自己的高大与权威。最小的女儿看了他一眼，电话里传来了二女儿的叹息声。他觉得自己的形象刹那间又缩水了，就像个孩子一样无助。

他把电话递给弗里蒂，弗里蒂伸直胳膊接过去。"弗里蒂，谢谢你丰盛的午餐。我该走了。再见。贾亚、贾耶什，再见！"

贾亚和贾耶什正在看电视，鸡块已经快被他们消灭了，他们根本没听穆克什说话。

"迪帕利，再见。"穆克什接着说完。他颤抖着拿起帽子，慢吞吞地走出门去，随手关上了门。

他在走廊里站了一会儿，试图平缓呼吸，放松心态，盼着哪个女儿能追出来。但她们没有。他离开后，在门的另一边，她们依旧在自顾自地聊天。

"他觉得自己被下套了。这显然是有预谋的。"弗里蒂低声地说，"他又不是白痴。谁会随便给自己的妹妹打电话，让她和自己的父亲聊聊，看看他是否在谈恋爱？我知道这主意很蠢，但你从来不听我的！你为什么不能让他享受自己的生活？"

"别假装我们才是坏人了。可能一开始就是你给他灌输了这些愚蠢的想法。这种自作主张、为所欲为的心态。至少我们把它说开了，而不仅仅是在家庭群里瞎讨论！"

穆克什不想再听下去了。他进了电梯，不知不觉间，就走到了街上，乘上了地铁，最终回到了家里。

第二十三章
阿莱莎

演职人员名单在荧幕上滚动，莱拉没有睡着。她已经很多年没和别人一起看电影了。这是一部迪士尼电影，所以不需要看得太认真，但它算得上是一部好看的电影。阿莱莎心生疑惑的同时，也在等待着咒语解除的一刻——那次失败的野餐刚过去几天，莱拉就已经表现得像是无事发生了。

阿莱莎看着妈妈开怀大笑的样子，门牙间的缝隙都一览无余。妈妈的笑脸总是让她回想起很久以前的那次家庭海滩之旅，那就是一张铭刻在她记忆中的相片。

她真希望艾丹能亲眼看见这个场景。他会让她谨慎些，不要抱有太大希望——他会提醒她，可能还需要几周，甚至几个月的时间，莱拉才能"完全恢复成她自己"。

但现在，一切都不重要了。在这一个半小时的时间里，他们就是一个沉闷、乏味且平凡的家庭。这就是阿莱莎想要的。

她还记得，在她和艾丹年纪还小的时候，只要迪恩工作到了很晚，莱拉就会和他们一起看电影。冬天，他们会一起蜷缩在毛毯里；夏天，他们会一起吃特易购的香草冰激凌。艾丹一直喜欢吃冰激凌上的碎屑——要很多很多的巧克力碎屑。阿莱莎则更喜欢糖浆。有的时候，莱拉就会要两种。他们把那些夜晚称为电影评论家之夜，因为他们会先看电影，然后讨论很长时间——谈论不同的角色、有趣的片段、悲伤的片段。莱拉会问一些比较深入的问题，比如，"那个人物从自己的所作所为中认识到了什么？"。阿莱莎这才发觉，她在和穆克什先生聊天的时候也使用了这样的方法，以此了解到他对每本书的更多看法。莱拉这样做是为了打开话题，帮他们延长快乐的感觉。因为只要迪恩一回家，这团快乐的泡沫就会破碎，一切都会回归到无聊的现实中——艾丹和阿莱莎要上床睡觉，等着第二天上学。迪恩则会在电视机前坐下，观看十点钟的新闻。她很想念那个时候，他们三个人相互陪伴，除了角色的行为动机和主题曲，什么都不用担心。

"你在想什么呢？"阿莱莎问看着电视屏幕的莱拉。她的妈妈双手合十，仿佛在祈祷。

"这太感人了！"莱拉轻轻地说道，仍然盯着电视上的字幕。电视上各种不同的颜色照亮了她的脸：红色、蓝色、绿色。妈妈一脸悲伤，每一道皱纹都清晰可见。她很可爱。

"谢谢你。"莱拉目不转睛地看着电视，温柔地捏了捏阿莱莎的手。

"不客气。"阿莱莎不知道莱拉在谢什么。

"过来和我坐坐好吗？"莱拉拍了拍她身旁的垫子。

阿莱莎顺从地坐下，不愿打破这道魔咒。

"你怎么样？"莱拉看着她。

阿莱莎沉默了一会儿，生怕说错话。

"嗯，我很好。"她开口回答，头脑却是一片空白。

"你最近在和谁聊天呀？"阿莱莎的手机传来了信息提示音时，莱拉问道。

"什么？"阿莱莎脸红了。

"在和你短信聊天的这个人。你刚刚一直看着手机，和那个人发信息。那个人是谁呀？"

阿莱莎看了看扎克发来的信息：*嘿，你还好吗？你觉得电影怎么样？要不要一起喝一杯咖啡？*

"哎呀，没谁啦，"她含糊地说道，"就是一个朋友。"

"男朋友！你有男朋友了？！"莱拉的眼睛里闪烁着少女般的喜悦。阿莱莎情不自禁地笑了。

"不是的，不是的，不是的。我没有男朋友。"阿莱莎的脑海里突然浮现出扎克穿着简·奥斯汀小说里那种褶皱款白衬衫的画面。她害羞地用双手捂住了脸。

"是不是和你在一起工作的人？你以前是不是提起过，有个叫凯尔的？"

"不是！"她被这个猜测吓坏了。

"你一定要告诉我。"

阿莱莎大笑起来。她讨厌这样。但妈妈对她有没有男朋友这件事表现出了强烈的关心。这真是件新鲜事。

"你会邀请他到家里来吗？"

莱拉好像觉得，他们现在并未生活在异常状态下，好像她和艾丹可以随时邀请朋友到家里来。

"老实告诉我，那个男的是谁？"

"你为什么会觉得是个男的？"

"我可能是老了，但我知道他是个小伙子，我想知道全部的事情。不是因为我是你妈妈，只是因为，为什么我就不能知道一些有趣又激动的事情呢？看着我！"莱拉伸出双臂。她看起来很瘦小。T恤在腰间晃荡着，双腿盘在身前。

"我是说，如果是个女孩呢？不是男孩。"

"我都不介意。快告诉我！"

阿莱莎叹了一口气。"他叫扎克。我在地铁上见过他一次。然后他帮我把包从商店拎回家，他住的地方离这儿不远。我在公园看到他，他非要把电话号码给我，然后我们就一直在聊天。"

"一见钟情。"

"妈！"

"好啦，挺好的。再说点儿别的！"

"他学法律——"

"就他了。嫁了吧！"莱拉夸张地把手举在空中，"我总说你要学法律嘛！我们家很快就会有两个律师了！"

"不！冷静。"阿莱莎直直地盯着前面的墙，很尴尬，"但他真的很乐于助人，说他会给我看一些他的大学简介。他都保存得很好。"

"太般配了。"莱拉眨了眨眼，"不，不，我开玩笑的。听起来是个不错的孩子。他多大了？"

"二十。也不是很大。"

"那挺好。我像你这么大的时候，跟几个二十六岁的人约会过。"

"妈妈！"

"又不是同时。他知道你的另一个恋人吗？"

"什么另一个恋人？"

"清单。你给我看的书单。"

阿莱莎很震惊，她竟然还记得。

"不是的，那个没什么。"

"那可能是一段恋情的开始呢。如果写清单的人就是你的完美爱人怎么办？理查德·柯蒂斯的电影不就是这样的吗？"

阿莱莎没有回答。

"嗯……你真的被这张清单吸引住了。你还在看书，对吧。这孩子没让你分心吧？"

阿莱莎一琢磨。"对，妈妈。我还在看书。我很喜欢，也很感兴趣。再说了，等别人都去参加读书节之类的活动，或是出去度假、出席什么正式场合的时候，我不就有事可做了吗？我很久没跟别人见面玩了，也没人跟我聊天。好像我根本不存在似的。"

阿莱莎深吸了一口气。对她来说，这份清单早已不止是一种消遭了。她从阿提库斯·芬奇那里学会了如何为自己的信仰而战；她从派那里学会了如何在老虎的眼皮子底下生存；她认识到，永远不要住进康沃尔郡那种让人毛骨悚然的房子，还是去有提供食宿的旅馆比较好；她从《追风筝的人》中的阿米尔身上了解到，做正确的事情，永远都不晚；《傲慢与偏见》……更像是一种罪恶感与愉悦感共存的读物，但也有她喜欢的地方——特别是会让她想起扎克的几个部分。

她也想到了穆克什——她新认识的朋友，可能也不算是朋友。在图书馆里，他一直是她的好伙伴。上回他来的时候，她就看见他坐得笔直，鼻梁上架着副老花镜，正全神贯注地看着《傲慢与偏见》。

"嗨，穆克什先生。"悬疑小说爱好者克里斯从他身边走过，问他，"这本书好看吗？"

帕特尔先生耸了耸肩："还没到好看的部分……"

阿莱莎暗自发笑——她没想到一向宽厚的帕特尔先生会这么诚实。

"我喜欢这些人物，非常非常有趣。角色丰富多样。但是故事情节，我觉得不是很……怎么说……能让我产生共鸣？是这么形容吗，阿莱莎？"她也不确定自己有没有感觉到共鸣。但网上说，大家都喜欢这本书，很多女权主义者都把它奉为"圣经"。

"您觉得达西和伊丽莎白怎么样？有没有让您想起追求您妻子时的经历？"她逗他。

"不，不。我的婚姻完全不是这样开始的。"穆克什似乎总算找到了个放下这本书的理由。

"什么意思？"她问。

"没有这种冗长的追求。我们是被凑成一对的——就像贝内特太太喜欢撮合别人一样。我们是包办婚姻——我第一次见到奈纳的时候，几乎就是在婚礼前夕——但那是我一生中最特别的一天。我的妻子，她很完美。我太幸运了。"这一瞬间，他不免有些恍惚，"虽然我们没有像伊丽莎白和达西先生那样，花好几个月的时间追求对方，但这并不代表我们不能是天作之合。我们原本根本不认识对方，但我总觉得，自己好像从小就和她认识了。我可以对她敞开心扉。我也是这么做的，那是我做过的最好的决定。"

阿莱莎想到了扎克——想到了第一次见到他的时候，当时的她可否能想到，会有一天和他成为朋友？

"从见到达西先生和伊丽莎白小姐的那一刻起，你就应该知道，他们注定要在一起。多出来的那些情节，不过是作者故意拉远他们之间的距离，吊我们的胃口罢了。"

穆克什先生说得对——她不禁思索，自己不愿意对扎克坦诚以待，他又如此努力地想帮助她敞开心扉，是否这就是自己封闭内心、陷于孤独的主要原因？就只是为了……取悦她想象中的读者？

莱拉慢悠悠地靠近阿莱莎。阿莱莎瞬间就从迷迷糊糊的状态中清醒了过来。

"你和你哥哥说过阅读清单的事吗？他很爱那个图书馆。"

"如果他这么喜欢图书馆，为什么没再去过？"

"他很忙，他工作很多。他不像你，有那么多时间。"

莱拉的话无意中刺痛了她。"对不起，我不是那个意思。我知道我不太会说话，我知道你们两个为我付出了很多，我知道你们很难。我真的想帮你。但我希望你可以放心地跟我说，说什么都可以。告诉艾丹也行。你们两个对我来说都是第一位的。"

阿莱莎努力地掩饰着内心的惊讶。"妈妈，这很好。"她小心翼翼地说，然后她深吸了一口气，仔细地斟酌了一番，才说，"但我也希望你能对自己好一点。"

阴霾骤现，又被莱拉假装轻松地驱散："我赌她是个老师。我敢确定。除了老师，还有谁会写阅读清单？"

"你为什么这么肯定是个女人？"

"我不是肯定，只是感觉像。"

"所有女人都会列清单的吧？"

"也许是艾丹。他喜欢图书馆，而且我知道，艾丹经常给你列清单。"

"没错，但我真的无法想象艾丹会读《傲慢与偏见》……或《小妇人》。"阿莱莎找出了一份清单——是艾丹用WhatsApp发给她的，"糖；羊肉；买洗洁精；向委员会订购食品回收袋；今晚倒垃圾；给空的垃圾箱换上新的垃圾袋。"阿莱莎大声地读了出来，着重读了最后一行字，"所以，垃圾袋是……爱情故事的开端。"

她俩突然开始大笑，而且根本停不下来。听见艾丹用钥匙开门时，她俩正紧紧地抓着对方的身体。

"噢，嘿。"他的声音传入客厅。

"嘿！"阿莱莎猛地松开了母亲，像被烫伤了一样。

"你们在做什么呢？"他的眼神充满了疲倦，但他仍挺直着身子，面带微笑，似乎在给自己注入某种能量。

"我们刚看了迪士尼电影《飞屋环游记》。"

"它，真是，太棒了！"莱拉一板一眼地说道。每停顿一次，就要用手指戳一下大腿。

艾丹点了点头。"好吧，听起来不错。"莱拉和阿莱莎相视而笑，等她们再回过头看向艾丹时，他已经转身上楼去了，"好啦，我累坏了。"

"为什么耷拉着脸啊，艾丹？"莱拉"咯咯"笑着。

艾丹避开母亲的目光，温柔地看了妹妹一眼。"值班太久。"他打了个哈欠，"睡觉去了，明早见。"他走楼梯走到一半时，突然大声喊道，"阿莱莎，别忘了倒垃圾！"

莱拉用手抚摸着阿莱莎的头发。"他待我们很好，是不是？"

她点了点头。莱拉从沙发上起身，离开了客厅。过了一会儿，独自待在客厅里的阿莱莎感到了一阵寒意。在这栋最近只会闷热得令人窒息的房子里，这实在太不寻常了。她突然发现，窗户都大开着。她不记得自己开过窗。

第二十四章
穆克什

嘟。您没有新的消息。

穆克什哽住了。他一屁股坐在沙发上，眼睛直愣愣地看着前方。他已经好几天没见过尼拉克什本了，没回她的电话，也没去过图书馆。《傲慢与偏见》还放在床头柜上。他试过，他非常努力地试过，但每当他开始阅读，就会走神。他不停地回想起弗里蒂家里的情景，想起女儿们说过和没说过的一切。

他失败了——他自己、阿莱莎、他的女儿们。还有奈纳。奈纳——她沉默了太久。虽然他尝试过很多办法——想通过那些书让她的灵魂陪在自己身边，但他还是觉得，自己失去她了。

谈资。这个词在他脑海里跳动着——迪帕利的脸，她失望的眼神，仍然刺痛着他。

他躺回床上，盯着天花板。过去的几周，所有那些他觉得自己有所收获的时刻——最终都毫无意义。因为他又回到了原点。

一个小时后，有人敲门。穆克什从床上爬起来，顶着又重又痛的脑袋，穿上拖鞋，挪着步子走入玄关。

"弗里蒂？"他一把拉开了门。

"嗨，爸爸。"弗里蒂轻轻地说道，"我就是想过来喝一杯印度奶茶。你有时间吗？"

穆克什的眼睛被泪水刺痛了。他走到一边，让女儿进来。他眨了眨眼睛，不让泪水流下来。

"袋装的印度奶茶？"弗里蒂径直走向了厨房。

"嗯，有的。但是你要加一点甜味剂。上次罗希尼带过来的都是无糖款。"穆克什在厨房门口徘徊，看着弗里蒂像在自己家一样，熟练地在厨房里走来走去。

"没事，我可以喝不甜的。你可别告诉罗希尼！"弗里蒂说道，"不然我就要听她唠叨个不停。爸爸，你去坐吧，别站着了。"

他顺从地坐下，不知道该说些什么。

过了一会儿，弗里蒂稳稳地端着两杯放在小茶盘上的印度奶茶走了过来。是奈纳的茶盘。上面还放着几块糖。她轻轻地把茶盘放在穆克什身旁的桌子上，虽然很小心，但还是在茶盘上洒了一些茶水。糖块开始滚动，有些差点儿要滚到茶盘外面，有些安然无恙，还有些慢慢地裂了开来。弗里蒂和穆克什只愣了一秒，就想起了罗希尼的责备："去厨房拿些抹布过来。把这儿清理干净！"

"我来！"穆克什双眼发光，看着弗里蒂。他伸出胳膊，从扶手椅旁边掏出了一个手持真空吸尘器，"这东西能吸水！"

弗里蒂放声大笑："你是从哪里买到这个的？为什么要买啊？"

"从电视购物节目上买的呀。可方便了！这是我第二次发挥它的正式用途。大多数时候，我都用它来清理淋浴器了。"

弗里蒂又笑了起来，穆克什突然明白这是多么可笑，多么鸡肋，他也开始笑了起来。

"你买了多久啦？"

"大概三个月。Netflix 看不了的时候，我就会一直看购物频道。这是个蠢东西，但是很好用！"

门铃声再次打断了他们的午后时光。穆克什觉得血液涌上了脸颊。弗里蒂在这儿……如果，这会不会成为又一个转折点？他抬头看了看奈纳的画像，希望能得到一些提示。

"你知道谁要来吗？"穆克什问弗里蒂，但对方只是不在意地耸了耸肩。

他拖着脚步走进玄关，小心翼翼地打开了门。

"外公！"两个小孩尖叫道。几秒钟后，两双小胳膊紧紧地搂住了穆克什的腿。迪帕利——莉迪亚·贝内特站在他面前，但并没有戴着他想象中，贝内特家的姐妹都会戴着的帽子。

"嗨，爸爸。"她试探性地打了个招呼。

"迪帕利。"他笑着回应。普丽娅站在阿姨的身后，笑得合不拢嘴。

"罗希尼刚才打电话给我，让我去接一下普丽娅，送她来陪陪你。双胞胎也想你了。"迪帕利把双胞胎推进门，低头看着自己的手，他一向了解迪帕利，能想象到她的内心有多尴尬，"我只是，我只是想为前几天的事情说声抱歉。我太偏心了。我能听到妈妈在责备我，那天之后……她就一直在我脑海中。"她讨厌道歉……

穆克什想起了《杀死一只知更鸟》里好心的老阿提库斯·芬奇。他年纪很大了，也够聪明，能处理好各种私人恩怨。这是他的女儿——虽然他并不总能理解她，但他知道，她并不想伤害他。贾亚和贾耶什冲进客厅去和他们的表姐玩耍。就在这时，迪帕利伸出手，一把抓住了爸爸的胳膊。

"哎哟。"穆克什哼了一声，"我年纪大了，别捏得太紧。"

迪帕利没有松开。"我想她。"她把头埋在他的肩上，"我只是想她了。"

穆克什觉得喉咙有些沙哑。"我知道，孩子，我也想她。每一天都想。"他看着自己的女儿。她在比普丽娅大几岁的时候，有一天，从学校里哭着走回了家。看到她泪流满面的样子，他就能切身地感受到她的心情。但前几天，在弗里蒂家里，他没有看到愤怒背后的伤痛，他没有看出她有多想她的妈妈。她总是那么勇敢、果断。就像阿提库斯说的，弄清真相的唯一办法就是以人度己。

"进来吧，孩子。"他领着大家走进了客厅。迪帕利坐在母亲最喜欢的椅子上，贾亚和贾耶什挤在她脚边。普丽娅径直走到外公身边，兴奋地把书举到他面前。"我才刚开始读这本书，可我觉得它很好看。我现在能理解阿提库斯·芬奇了。"他高兴地笑了。有一瞬间，穆克什简直不敢相信自己的好运。他迫不及待地想告诉阿莱莎，就目前看来，她推荐的书对普丽娅很有用。她帮他找到了能和孙女一起看的书。

"外公。"普丽娅脆生生地问道，"这本书讲的是什么？"她举起了《傲慢与偏见》。他看得出来，她是想吸引迪帕利阿姨的注意力。

"这是个爱情故事，对吧？"弗里蒂自告奋勇地回答。

"哈，可以说是。"穆克什说，"专横的贝内特太太想把她的女儿嫁给有钱人。但是她其中一个女儿，伊丽莎白·贝内特，想因为爱情而非金钱结婚。"他向普丽娅解释道。

"外公。"普丽娅问，"你觉得外婆读过这本书吗？"

迪帕利抬头看着她爸爸："她肯定读过。就连我都读过。"

"爸爸，你是她的达西先生吗？"弗里蒂和迪帕利都笑了。普丽娅一脸茫然，但还是跟着笑了起来。

"我觉得不是！我没那么温文尔雅。再说，你妈妈也没得选。"他自嘲地说，"但她是我的整个天地。"他似乎看到了婚礼那天的奈纳。他很害怕，他根本不认识这个女人，但她马上就要成为他的家人了，"她总能让别人觉得舒服，对吧？"

"不然你觉得，庙里为什么每次都要请她参加活动？"迪帕利翻了个白眼。

"我记得我妈妈在我婚礼的前一天把我带到了一边。"穆克什继续说，"妈妈告诉我，她是一个多么可爱的女孩。聪明，又善良。我不愿相信。她听起来好得让人难以置信。我强烈地感觉到，如果我有时间和自由，可以自己选一个更好的人。但当我遇到她的时候，马上就知道了……"

"知道了什么，外公？"普丽娅问。

"知道你外婆就是唯一适合我的人！"

他们在婚礼过后才开始恋爱。和奈纳在一起的每一天都有惊喜。首先就是奈纳早上的样子，没人告诉过他，不管在什么时候，她都那么漂亮。即便在结婚好几年之后，也依然能发现惊喜。当他的父亲因慢性疾病奄奄一息时，奈纳非常明白，该对他说些什么。

"穆克什？"一天早晨，她站在门口，手里紧握着一本大书，是她整理的一本家庭相册，"给你的。"

他只有寥寥几张童年时期的照片。在其中一张照片里，他正坐在父亲的膝盖上——他们的表情很严肃，但穆克什立即就回想起了父亲的音容笑貌。他不知道那本相册现在在哪儿。应该稳妥地收起来了吧。

"你小的时候，他是什么样子的？"奈纳问。

"有些吓人。我记得那时候，要是敢在屋子里乱跑，或者在外面把鞋子弄脏，就一定会被他责备。但他喜欢和我一起玩——我们会一起打板球。"他笑着说。

奈纳皱起了眉头。"可是你板球打得一塌糊涂。"

"我知道——我随他。他也打得不好。"他笑着把相册拿得近了些，把他和父亲的那张照片撕了下来。他们的眼睛周围涂了眼影粉，很显眼，像是某个可怕的哥特风乐队的成员一样。他没想到在这几个月里，还会有人来安慰他，但奈纳来了。谈起了他的童年，谈起了他和父亲的关系。她用这种方式让他慢慢地接受了父亲无法永远陪伴自己的事实。

他只希望奈纳在离开后，也能握着他的手，领着他一步步地走出悲伤。

虽然他用微小的力量把她留在了身边，但这还不够。

在穆克什追忆往昔的时候，普丽娅来到了她外公身边，像以前搂着奈纳一样搂着他，让他平静下来，和家人们一起好好地生活下去。

"他们爱你，"他听到了从远处飘来的声音，"他们一直都很爱你。"

不管在什么时候，他都能认出这个声音——是奈纳。她又回来了。

"爸爸。"迪帕利朝他走来，"我很高兴你找到了伙伴，找到了可以陪你聊天的人。你知道吗？"她把书举了起来，"我很高兴你能和别人交流。无论是在图书馆里，还是在寺庙里。或者是在尼拉克什阿姨面前。"她抱住了他，"妈妈会为你感到骄傲的。"

初次约会

第二十五章
阿莱莎

"你还好吧，阿莱莎？"

是"叫我克里斯"——悬疑小说爱好者——他走到书桌前，背着一个看起来很重的背包。不用想，里面肯定装满了书。

"我没事。"阿莱莎拨开了挡在眼前的发丝，疯狂地搜寻着放在桌上某个地方的待办事项清单，眼神疲倦，"总会有这么几天。"

"我明白。别担心。我见过那个女人在萨摩斯和凯尔上班的时候因为同样的事和他们争吵。"

"真的吗？她每次都这样吗？"

"真的。我敢肯定，她在网上订购的时候肯定选错了图书馆。"

阿莱莎刚刚在众目睽睽之下遭到了一个顾客的投诉。这位顾客原本想来取一本书，却发现书被送到了汉威尔图书馆。按照萨摩斯寻常的做法，她代表布伦特图书馆承担了全部责任，主动提出去汉威尔图书馆帮她取书，再把书送到她家里，请她不要生气。那位女士怒气冲冲地说："要不怎么有这么多图书馆开不下去呢。没办法，服务太差。我敢打赌，下一个关门大吉的就是这家图书馆。"

"本来今天挺安稳。现在好啦，我还得去汉威尔图书馆取书。"

悬疑小说爱好者做了个鬼脸，对她表示同情，然后走到老地方，拿起了一本精装悬疑小说夹在了胳膊底下。这可是今天刚到的新书。

愤怒的女人一直拿着她自己的书单。她高举着那张小纸片，像是在说："顾客永远都是对的。"她疯狂地挥舞着书单，所以阿莱莎看不清上面的字迹。但阿莱莎真的特别希望她没写这张阅读清单。会污染魔法的，不是吗？

她预订的其中一本书是《宠儿》，属于哈罗路图书馆，但现在正安稳地待在阿莱莎的包里……几周前就已经登记借出了，她随时都可以给她，多少也可以安抚一下她的情绪。但阿莱莎不打算拱手让人。这些书，这张清单，现在都变得特别重要。

几天前的晚上，在等艾丹回家的时候，她又开始给莱拉读书。

"他去哪了？"莱拉问道，"他一般不会这么晚回家啊。"

"妈妈，没关系，他经常晚回家。他快回来了。"阿莉莎翻开《小妇人》，能感觉到莱拉正盯着书看。魔咒似乎又生效了。

"等等，"莱拉说，"《小妇人》讲的是什么？我听说过这本书。"

阿莱莎翻到封底，又扫了一眼短信。"啊，是19世纪60年代……四姐妹在新英格兰发生的故事。"她继续往下看，"对，讲的是她们想帮家里多赚些钱，她们与邻居之间的友谊……显然后面还有'恋爱'故事。梅格梦想成为一名淑女；乔……据说是以作者本人为原型的，她想成为一名作家；贝丝文静而娇弱……她喜欢音乐；还有艾米，她是个'金发美女'，漂亮的那个。"阿莱莎盯着封面看。莱拉点了点头，看着她俩之间隔着的空间。"可以开始了吗？"阿莱莎问道。

"可以了，读吧。"

阿莱莎磕磕巴巴地读着第一页上的文字："父亲现在不在我们身边，而且很长一段时间都将是如此。"她紧盯着莱拉的脸。这句话说的是马奇家四姐妹的父亲，他上了战场，阿莱莎却忍不住想到迪恩。莱拉低垂着眼，脸上却挂着淡淡的微笑。她的思绪暂时还停留在四姐妹的身上，没有像阿莱莎这样往自己身上联想。

穆克什先生提到了这本书——显然这是他外孙女最喜欢的书之一。随着故事的深入，她逐渐弄懂了一个小女孩喜欢这个故事的原因：在一个不断变化的世界里，学着成长为年轻女人是一件很快乐、特别的事。这是篇有些年头的故事，但马奇家的四姐妹活力四射，勇敢无畏；无论身处何等境地，她们都坚持追逐着自己的梦想。

乔，阿莱莎喜欢乔。乔浑身带刺、雄心勃勃，一直在写剧本，还会带着姐妹们演绎剧情，给家人带来欢乐。她也让莱拉的脸上露出了笑容。有一回，莱拉破天荒地听她读了一个多小时的书，阿莱莎很惊讶。"我喜欢她。"莱拉又说，"她会让我想到你。你小时候就是这么霸道。"阿莱莎自己无法比较，但她心里还是暖暖的，"难怪隔壁的那个男孩……劳里，他是叫这个名字吗？"

阿莱莎点了点头。

"难怪他爱乔。她是最好的。"莱拉说，"她知道该怎么做——对他耍小脾气，让他保持热情……"

"他们是朋友，妈妈，我不知道她是不是在对他耍小脾气！"

两人坐着笑了一会儿，然后恢复了安静。阿莱莎继续念道："如果我们没有烦恼，该会有多么幸福和美好……"

她叹了一口气，抬起头来。莱拉闭上了眼睛，紧紧地闭上了眼睛，好像不希望这些话存在于现实世界中，只想让它们存在于四姐妹的世界里一样。

就在这时，艾丹回到了家。他推开门，把包扔在地上，发出一阵响声。然后随手就甩上了门。

"嘘。"阿莱莎说着，蹑手蹑脚地走进客厅，"嘿，你干吗弄得丁零当啷的？"

艾丹轻轻地拍了一下她的胳膊，就迈着沉重的脚步走进了厨房。

"妈妈在休息。"阿莱莎跟在他身后，"我一直在给她读书。"

艾丹从冰箱里拿出瓶子，给自己倒了一杯水。一口气喝完之后，才终于看了妹妹一眼。

"艾丹……我很惊讶，你知道吗，这真的有用。她能融入书里的世界。"

"那真不错，莱莎。"艾丹心不在焉地说道。他在厨房里晃来晃去，从各个橱柜里拿出各种东西：一个盘子、一把叉子和一把刀，还有装着吃剩咖喱的特百惠餐盒。他没有直视她的眼睛。

"能帮上忙我真的很高兴。之前都只有你能和她沟通。"阿莱莎在心里默默地乞求他能停一会儿。让他自己稍微歇一歇。

艾丹看着她。"阿莱莎，不是只有我才能和她沟通。你也可以。你做得很好。其实你做得比我好多了。"他的声音听起来柔和且疏远，"书对你们俩来说都有用处，我觉得很高兴。"

阿莱莎低头看了看自己的脚——这似是而非的赞美，竟比她很久以来从别人那里收获的称赞更重。

"妈妈似乎好多了，是吧？"艾丹突然说道。

阿莱莎耸了耸肩。

艾丹开始往盘子里盛食物。"很抱歉，最近和你相处得不够多——工作实在太忙了。而且我一直都太希望始终能有个人在家陪着妈妈，却不知道，她有改善，改善了很多。"

阿莱莎看着他。她并不认同——但是她不想告诉艾丹。她明白他正在试图说服自己。只要一提到莱拉的事，哥哥就没那么乐观了。他心里在想什么呢？

"莱莎，接下来几天我排到了很长时间的班。"他继续说道，"我们见不了多久。但是妈妈会没事的，你可以好好地陪着她。你特别棒。"他转过身对她微笑道。

"我会想你的。"阿莱莎小声地说道，"我们已经很久没有一起待着了。"

"我知道，但就算我不在，你也能做得很好。不管你和妈妈一起做了什么，确实有用。真的，莱莎。"

他从厨房探出头来，一只手拿着盘子，另一只手伸出来揉了揉她的肩膀。"好吗？"她点了点头。她还没来得及反过来问他，他就拖着疲倦的步伐，头也不回地上楼回房间了。

为了让艾丹开心一点儿，阿莱莎在冰箱上开玩笑地给他留了一张"欢迎回家"的便利贴。他说到做到——她能听到他早上在她起床之前悄悄地关门离开的声音，也能听到他回家时，门"吱呀"一声打开的声音。但除此之外，除了他贴在冰箱上提醒她做事的便利贴，没有任何迹象能证明他的存在。他们又一次成了黑夜中的船只。她其实只想和哥哥待在一起，问清楚他的近况，和他真正地聊聊天。她知道他有心事，并没有告诉她。

她把《宠儿》紧紧地抓在手里，脑海里一直回想着这些。她不打算把它交给图书馆里那个脾气暴躁的女人。如果艾丹这几天要连轴转地工作，没法待在家里，阿莱莎就只能通过读书让莱拉保持平静。书籍填补了曾经一片死寂的空缺。

穆克什先生马上就会来图书馆。她已经为他登记借好了另一个版本的《小妇人》。她能想到他会有多激动——他时不时地就要提起这本书，虽然他并不知道这本书讲了些什么，还总是把它误叫作"小夫人"。

到十一点了，十一点过了。十一点半也到了，又过了。阿莱莎看了看钟，又看了看门。没有其他人来烦她。今天的每个人都选择了自助机器，或者只是坐在扶手椅里看书。她对这份宁静十分满意。但她一直很想和穆克什先生谈谈。他从不说太多，但她觉得和哥哥或妈妈以外的人聊天，是件很有新鲜感的事，她想多听他讲讲和普丽娅去伦敦的那次旅程。不知为何，她越来越关心这个老人的生活，也许是为了分散自己的注意力吧，但也可能是因为他们现在是朋友了。

穆克什先生没有先入为主的习惯。虽然阿莱莎的状态好像"不太好"，还讲述了些"糟糕透顶的"（她是这么说的）家庭生活。但直到这时，他才问道："啊，你爸爸不在吗？"这也太古板了，她忍不住发笑。但他确实问到了点子上。

"他现在有自己的家庭了。"

"你也是他的家人。"

"对他来说不是。"

穆克什"嘶"了一声表示不满。"这糊涂的白痴。"他本想小声说的，但还是被她听见了。

"啊，唉，太不好意思了。看我这又笨又坏的嘴！"穆克什下意识地用手拍了下自己的脸，惊慌地睁大了双眼。

她哈哈大笑。

"不，你说得对！就是糊涂的白痴。我希望我妈妈也能知道这一点：都是爸爸的错，不是她的错。"

"她肯定知道。有的时候，男人就是很蠢。反正我是这么认为的。我有三个女儿，她们一个也不傻。"

阿莱莎放在一旁的手机响了起来，又把她拉回了现实。

嘿！阅读生活过得如何？

是扎克——自从在公园里遇见以来，他每天都给她发信息——先打个招呼，然后就是一个书的图案，或是猫的表情包

（他真的很喜欢猫——她没法想象达西先生特别喜欢猫的样子）。她尽量精简回短信的字数，不说太多。她记得莱拉的话："对他耍小脾气，让他保持热情。"阿莱莎把莱拉根据《小妇人》修改过的人生建议听进去了吗？做起来比听起来难多了。她一直想和他说话。

有个噩梦一样的顾客把我一天的好心情都毁了！ 阿莱莎回复。

你需要什么吗？ 扎克几乎马上就回了消息。

和扎克说话就简单多了——当她真的想说"今天过得像屎一样"，就不用说"过得不错"，只要说"今天过得像屎一样"就可以了。他没见过她在别人面前努力地扮演的样子，所以和他在一起时，她只需要做她自己。

你待会儿有什么计划？

没有什么计划！ 她知道，扎克在内心深处和她很像。一个被排斥的人，一个孤独的灵魂。但扎克做得很好——他从来没有假装与自己内心不符的样子。

你有空吗？晚点儿可能需要你帮忙。你可以来吗？是和书有关的事…… 她输入完，又删了个干净，改用不那么热切的语气重新编辑了条信息：**可能需要你的帮助**——她只能做到这样了。

她的手机突然开始闪烁。来电：扎克。

在按下绿色按钮之前，她觉得自己的心脏都快从喉咙里跳出来了。她以前从没和扎克通过电话。"喂？"她听到了自己的声音，比往常更加尖锐。

"嗨。待会儿想出去兜兜风吗？你愿意的话，帮你做完事情之后，我们可以去里士满之类的地方，去公园里兜兜风。你觉得呢？"他的声音像往常一样从容。

阿莱莎从没去过里士满。她知道艾丹今晚在家，也是这周第一次在家，所以只要她赶在他去上班之前，也就是晚上九点之前回家，她想做什么都可以。可是，宵禁听起来也太幼稚了，她又不是十二岁的小姑娘。突然，皮肤传来一阵刺痛，她想起了莱拉。

"好啊，听起来很不错。"她放下了心中的疑虑，她的声音因尴尬而颤抖，"其实是我工作上要用到你的车。可以吗？"

"'老板'，当然可以。下班后给我发短信，我去接你。能见到你真是太好了。"

阿莱莎锁好门，扎克已经坐在他的沃克斯豪尔科萨里等她了。车窗开着，音乐轻柔地飘出。和艾丹完全不同，艾丹开车的时候，只会用超高的音量放音乐。

他的前臂搁在门上。他看到她了，脸上露出了笑意。阿莱莎不知道自己是饿了，还是仅仅出于焦虑。她已经把伊丽莎白·贝内特式的冷淡抛在了脑后。

她打开车门，突然有些缺乏安全感。她慢慢地坐进车里，生怕发生头撞到车顶，或是撞到变速器操纵杆之类的傻事。她觉得自己的四肢好像已经失去了控制。

"嗨，"他说，"准备好了吗？我们要去哪里？"

"当然了，第一站，汉威尔图书馆。我们得尽快赶到那里，有人在等我们。"她想用正经的商务腔调来掩饰胸口涌动的焦虑，她一般会对脾气暴躁的顾客这样说话。

"绝密任务。我喜欢。"他开玩笑地说。

一路上的大部分时间都在沉默中度过，或者更准确地说，是在恼人的细微音乐声中度过。终于，拥挤的车流和热浪将他们层层包围。车辆缓慢地向前移动，车内温度越来越高，扎克也越来越沮丧。

"如果正常行驶的话，应该是二十分钟的车程，但我感觉我们已经在这里待了一个小时了。"

"刚过半个小时，我们快到了。"阿莱莎安慰他，却自己模仿了艾丹对莱拉使用的语气，她不禁开始想，他们在做什么呢？艾丹和莱拉坐在一起吗？他们在看电影吗？她感到一阵内疚，因为她在这里，和别人在一起，而他们俩都在家里。她本可以在家里和哥哥一起过一晚上，这还是第一次。

她咽下心中的后悔。现在可没时间用来浪费，或是供她难过。抵达之后，阿莱莎跳下车，敲响了汉威尔图书馆的门。图书管理员坐在那里，正在电脑上码字。那位顾客的书就摆在她旁边。她猜对了，就是选错了图书馆。

又是二十六分钟的车程。伴随着扎克愈加粗鲁的抱怨，穿过北环线的车流与闷热，阿莱莎终于来到那个女人的家门口，把书送给了她。

"总算拿到了。"女人说。

"不客气。"阿莱莎微笑地回答，希望这个女人能察觉到她语气中的嘲讽。

"真是花了你挺长时间呢。"她拿起书，关上了门，没有说一声"谢谢"。

阿莱莎翻了翻白眼。她很想回敬她几句,想隔着信箱大喊大叫,但她突然想起了马奇家四姐妹的妈妈,她对任何人都总是那么有礼有节。她是个虚构出来的人物,但她做得对。别生气,不值得。

她回到车里,对着手机大声地说出地址,希望扎克能忍耐住性子,在开始晚上的行程之前再当一回跑腿。

"那边——过了那个标志。"

"好的,'老板'。"

"开到这条路的尽头,左转,顺着路标上温布利大道。"

"明白,'老板'。"

"下一个路口左转,然后再下一个右转。"

"等等,等等,你说得太快了。"他关掉收音机,摇上窗户,打开了空调,"这样比较好,终于能转动脑子了。"

阿莱莎翻了翻白眼。扎克目不转睛地盯着路。

"这里左转!"她大叫,"快,不然就要开过了!"

"什么!都没有提前的预警吗?"他看了一下后视镜,然后猛打方向盘。

他们把车停在了一栋房子门口,她的手机提示说:"您已到达目的地。"车道上停了一辆车。

"在这儿等着。"她又从包里拿出了一本书。

扎克没把车熄火。阿莱莎走近门口,突然有些紧张。她违反了图书馆的规定,利用系统查到了他的住址。希望穆克什先生不会投诉她。

她按了门铃。阿莱莎能听到里面有声音，但不是穆克什先生的声音。可能是电视里在放某个印度的电视频道。过了一会儿，阿莱莎正准备转身离开，门总算开了。一个女人出现在门口，大概七十多岁的样子，穿着深蓝色旁遮普套装，脖子上围着一条白色围巾。

"你好，需要帮忙吗？"女人的声音很小，但听起来很温暖。

"您好，我是来给穆克什先生送本书的。他今天没有去图书馆取……我回家刚好顺路……就想着过来送一趟。"

"穆克什大哥！"女人向屋里喊道。帕特尔先生慢吞吞地朝玄关处走来。他穿着慢跑裤，大腿上有一些姜黄色的污渍，上身是一件 T 恤，原本应该是白色的，现在已经变成了暗灰色，胸前还带着番茄酱的痕迹。阿莱莎先前看到他的时候，他始终穿着整洁的裤子、衬衫和那顶始终不变的帽子。还没看见过他这样。

他一看见她，脸就耷拉了下来。"阿莱莎小姐！不，你不该看到我这个样子的。"

他匆忙地退了回去。

"稍等一下，亲爱的。你能等会儿吗？"那女人说。阿莱莎点了点头。她回头看了看车里的扎克。他的头靠在座位上，眼睛盯着车顶。

她隐约能听到他们的说话声，应该是从客厅传过来的，但他们换了另一种语言，阿莱莎听不懂。

就在阿莱莎犹豫着要走的时候，穆克什先生又出来了。他穿上了一件冬大衣，遮盖着身上的污渍，他还在冒着汗。

"进来吧，尼拉克什本做了晚餐。她想请你和我们一起吃。我得去换件衬衫。"

穆克什先生慢慢地向另一个房间走去，那个女人又来到了门口。她看得出，穆克什先生的臀部似乎出了些毛病。

"他还好吗？"阿莱莎问道。

"他昨天摔了一跤，不过现在没事了。他当时还在跟外孙、外孙女追追打打地闹着玩呢，现在才觉得自己是把老骨头啦。我今天一直在照顾他。"

"我真不想打扰你们。只是想把这个送过来。"她把书递给了尼拉克什本。

"别，你别走。进来吃饭吧，也到该吃晚饭的时间了。"

"不用了，没关系的，谢谢你，我的朋友还在车里等我呢。"

"那就让你的朋友一起来。"

她们就这样来回掰扯，最后阿莱莎只好让步。这位女士的态度很坚决。她看了看表，想到家里的艾丹和莱拉——她还有一些时间，但艾丹在去上班之前会不会需要她帮忙？她推算着时间，再过一个小时回家，应该完全来得及。

她现在要做的就是说服扎克。

第二十六章
阿莱莎

"我讨厌社交！"

"扎克，穆克什先生已经八十岁了。你就友好点儿吧。"阿莱莎轻声地劝他，好像马上就要第一次见家长似的。她几乎是把他从车里拖了出来。

尼拉克什和穆克什先生非常热情，他们并肩站在门口，好像要开欢迎会一样。扎克觉得这一切都让他毛骨悚然，他呆呆地走进玄关，可能是没有想到，他们的第一次约会竟然变成了这样。

"这是一次约会吗？"阿莱莎在心里想。还是说，原来会是一次约会？开车去里士满的公园兜风似乎很有约会的感觉——是达西和伊丽莎白·贝内特可能会做的事。

桌上只放了两个人的餐具，尼拉克什迅速地添了两只勺子和两个盘子，又把客厅里的立式大风扇搬进了厨房里。他们都坐了下来。尼拉克什往他们每个人的餐盘里分烤饼（她说成了"烤里"），然后端出了各种蔬豆类菜肴。

"阿莱莎，要来点扁豆汤吗？"话音未落，她已经往阿莱莎的盘子里舀了一大勺。

"小伙子，要不要吃一点炒秋葵？"她在问之前，就已经给他盛了一堆，"要不要再来一点儿？"

洗完手后，尼拉克什和穆克什立即开动，扎克和阿莱莎紧随其后，观察着他们的动作，确保自己用手吃饭的时候不要出错。桌子上的勺子根本没用上。扎克撕下来的烤饼太小了，裹不住食物。阿莱莎注意到穆克什在往这边看，她知道，他想帮助扎克，但也不想让他难堪。

穆克什几乎把盘里的食物吃了个干净，率先开口说："尼拉克什本，太好吃了。谢谢你。"

"别客气。希望你能快点儿好起来。"尼拉克什本说道。

"到底怎么了？"阿莱莎担忧地问道。

"按平常的说法，我摔了一跤。但这么说其实不对。应该说是一跤把我给摔了。"穆克什对自己的笑话很得意，但是没有人笑。尼拉克什本微微地皱着眉头，用手腕打了下他的肩膀。

"图书馆里的大家都很想你。"阿莱莎说。

穆克什抬头微笑地看着她，牙齿间夹了点菠菜叶。

"我想着要把下一本书带给你。你读完《傲慢与偏见》了吗？我知道你读书很快。"

"我读快点，就可以去图书馆借你推荐给我的下一本书了呀！不过阿莱莎小姐，这一次我花了很长时间才读完。我之前一直忙着应付自己的家庭剧呢。"他笑着看向尼拉克什本，尼拉克什本也对他笑了笑，"不过，我也演不出贝内特一家那样的离奇情节。但现在一切都好起来了。这种家庭服务也很可爱啊。"他把"可爱"说成了"可耐"，阿莱莎的心里不免有些难受。

"你是做什么的，孩子？"穆克什问扎克，迅速地转移了话题。

被点到的扎克有些愣住了。"我在读大学。嗯，现在放假。"

"啊，很好，很好。学什么的？"

"学法律。"他几乎是在模仿穆克什的说话方式。他们俩都很紧张，阿莱莎真恨不得找个地缝钻进去。这感觉就像是她带着男朋友，第一次见父母一样。

"那太好了！非常非常好！我一直想让我的一个女儿学法律，她却选了商科，不过也很好啦。非常非常好。"

"我真的很喜欢法律，穆克什先生。"

"你知道吗，阿莱莎小姐也要当律师呢。我记得我们刚认识的时候，你既粗鲁，又暴躁。"他转过来看着阿莱莎，脸上写满了骄傲，"像个真正的大律师！"穆克什哈哈大笑，尼拉克什本"啧"了一声。

"穆克什大哥，你为什么要这么说？我根本想象不到，这位年轻女士会像你说的那样失礼。"

"我当时是有点儿失礼。但我不是故意的，而且真的觉得很抱歉。我们现在很好，对吧，穆克什先生？您原谅我了吧？"

"当然了！你给我推荐了超棒的书呢。"

"啊，这样啊。是你啊，久仰大名的图书管理员！"尼拉克什本说。

"没错。"阿莱莎不想跟她说，我也听说了很多关于你的事，因为她根本没听穆克什先生提起过，"你们……当朋友很久了吗？"

"也不是。我们现在是朋友。我和他妻子奈纳是最好的朋友。但我和穆克什大哥现在会互相陪伴。我看我的电视，他看你推荐的书。"

阿莱莎能感觉到扎克正盯着她看，但她不想和他对视，怕忍不住笑出声。"那确实挺好。"

"有些人觉得，我们肯定不止朋友这么简单。神庙里的人。"穆克什插嘴说。他的耳尖有点儿发红。

看着扎克困惑的脸，阿莱莎解释了一句："就是寺庙。"

"还有我那些爱管闲事的女儿。"穆克什接着说，"她们无法理解，男女之间可以有纯友谊。但现在已经过去了——家人就是家人。但你们两个，你们也只是朋友吗？"他调皮地扬了扬眉毛。

阿莱莎和扎克都看向了自己的餐盘。

"啊，不！我真蠢，太蠢了！"他的眼睛闪闪发亮，"你们年轻人不喜欢这些'标签'！只要还没结婚，就不想被看成是一对。现在也还是这样的吗？"

扎克突然大笑起来。"真的很尴尬。"他说，"我原本是想今晚带她出去约会的，所以我现在简直一头雾水。"

阿莱莎双手捂脸。穆克什、尼拉克什和扎克都笑了起来。

"不错的选择。她很好，是个可爱的小姑娘。"穆克什说。尼拉克什本点了点头。阿莱莎简直羞得想自我了断。

吃完第一道菜之后，又上了米饭、豇豆（穆克什说是他亲手做的）和一些黄中带着浅绿色的酱，看起来像是用酸奶做的。扎克和阿莱莎用勺子吃饭，尼拉克什本和穆克什直接上手。阿莱莎埋头猛吃。他们做得很好，没有露出很随便或是很恶心人的吃相。

晚饭后，他们在客厅坐了下来。尼拉克什把电视调到了一个印度频道，但声音开得很小。他们只需要坐一会儿，消化消化。穆克什一只脚支在椅子上，时不时地"哎哟、哎哟"叫，甚至传来了轻微的"噗噗"声，但没有人说出来。

阿莱莎发现，穆克什一点儿也不尴尬。相比而言，扎克确实有些尴尬，可能是怕被阿莱莎误解，以为是他发出的声响吧。

"我们通常都待在自己的小世界里，是不是，穆克什大哥？"尼拉克什本说。

"哈哈，是的！"穆克什笑得很开心，"她给我拿了些隔音耳机，这样我就可以在她看 Zee TV 的时候看书了！"他看起来很自豪，"我已经不再看纪录片啦！"

"穆克什先生，那你确实很投入啊。"阿莱莎微笑地看着扎克，他总算放松了些，"尼拉克什本，你一般在 Zee TV 上看什么？"

"一般就是肥皂剧。我最喜欢《巴比吉在家吗》，但最近我一直在看《萨雷嘎玛巴》，就像是印度版的《X 音素》！孩子，你叫我尼拉克什就行，本是称呼妹妹的，虽然我觉得自己和你一样年轻，但我可做不了你的妹妹！"穆克什和尼拉克什笑了起来，阿莱莎和扎克也跟着笑了起来。

"我觉得你会喜欢下一本书的，穆克什先生，是《小妇人》。"

穆克什的脸色瞬间亮了起来。"我的外孙女普丽娅读过这本书！她说是外婆给她的。"

阿莱莎点了点头："我记得你和我说过。提醒你一句，很好看，但也有一点儿伤感哦。"

"我没问题，我都看完《追风筝的人》了，对吧？"他答道。

夕阳西下，阳光透过窗户照了进来，房间里泛着淡淡的橘色的光芒。

"谁能把灯打开？"穆克什问道，"快看不见你们漂亮的脸啦。"

扎克跳起来，把灯打开，不等着催，就顺势拉上了窗帘。

阿莱莎细细地打量着房间。她被一个靠垫吸引住了，上面装点着的旋涡纹样既显眼，又鲜亮。虽然与房间内的其他装饰物并不搭，但形成了一种冲突的和谐。

"这个垫子真可爱。"阿莱莎把它拿了起来，"是从哪里买来的？"

"原本是我老伴的纱丽。我的小女儿迪帕利非常擅长缝纫。她给我做的。在奈纳去世之后。我太习惯它的存在了，竟然没有留意到。"穆克什说，"谢谢你提醒我。"然后几乎是自言自语地喃喃道，"奈纳一直都在。"

阿莱莎的目光转向了挂在墙上的女性肖像，顶部从左到右挂着花带，和她脖颈上的项链相呼应。她看起来很年轻，也很漂亮。穆克什顺着她的目光望去。他的脸耷拉了下来，表情很温柔。

"你还好吗？"扎克问穆克什。

"嗯。很好。"

尼拉克什点了点头，看着照片。"奈纳特别善良。阿莱莎，你肯定会喜欢她，她是世界上最慷慨的人。"

"比你还慷慨吗？"阿莱莎一开口就后悔了，因为就在这一瞬间，房间里的气氛就沉重了起来。

"是的，比我慷慨多了。她一直都很善良，是她教会了我如何保持善良。对她的女儿们也是如此，她总是教育她们要爱别人，要先考虑别人的感受。"

"我还没见过她们呢。穆克什先生，你经常和她们见面吗？"

"时不时吧。孩子们都很忙。"

接下来的时间都过得很平静。阿莱莎觉得自己几乎成了另一个人，完全进入了另一个世界。除了这四堵墙，一切仿佛都消失了。他们听着电视里放的音乐，尼拉克什说那是祈祷歌。歌声柔和，引人沉思。阿莱莎可以在这种环境里坐上一整天。

扎克看着阿莱莎："我们该走了。你得准时回家吧？"

她看了看表，天啊，已经十点十分了。艾丹九点就得出门，莱拉得自己待在家里等她。她的心开始狂跳。

"对不起，穆克什先生，尼拉克什，我得走了。我得回去陪我妈妈。谢谢你们今晚的招待！"她连珠炮似的说了一大串，然后以最快的速度穿上了鞋子。扎克跌跌撞撞地跟在她后面。

"你没事吧？"出门后，他关心地问道。

"我妈妈，不可以把她一个人留在家里。我答应过我哥，要在九点前回去的。"

"没事的，别担心。两分钟就能到。"

"不，我迟到了。你不明白！"阿莱莎跳上车，扎克只好闭上嘴送她回家。阿莱莎只能听见自己如鼓声般咚咚作响的心跳声。

无声告别

第二十七章
阿莱莎

家里一片漆黑。所有的窗帘都紧闭着。阿莱莎在墙上摸索，打开了灯。周围不见人影。

"妈妈！"阿莱莎喊道。谢天谢地，没有回应。莱拉肯定已经睡了，她可能根本就没注意到自己回来晚了。

她走进客厅，放下自己的东西，从包里拿出那本刚从图书馆里借来的《宠儿》，带着它往楼上走。有响声，地板的"嘎吱"声。是莱拉在来回踱步吗？她的房门半掩着。

阿莱莎小心翼翼地走过去，听见了一阵低沉的、伴着呻吟的抽泣。她的心猛地一沉，似乎直接坠到了肚子里。

"妈妈？"阿莱莎又喊了一声，并不期望得到回应。她轻轻地推开门。逐渐适应黑暗之后，她看到一个人影正蜷缩在房间的角落里，来回晃动。她打开灯。

灯光亮起，整个房间里一片狼藉。每个抽屉都被翻得乱七八糟，像是在找什么东西。地毯上到处都是她的衣服，已多年没用过的闹钟正落在地上，玻璃也摔裂了。所有橱柜的门都敞开着。

莱拉缩在角落里，双手抱着头。她在哭，肩膀微微地抖动着。

房间里很热，有股难闻的味道。单靠嗅觉，就能判断出莱莎今天是如何度过的。每时每刻，都与快乐无关。

她一动不动地站在那里，看着妈妈哭泣，却不敢靠近分毫，不敢细问，这又是发生了什么。因为她很清楚，全都是自己的错。

最终，还是莱拉先开的口。声音很小，阿莱莎侧耳细听，好不容易才听明白她在说什么："他再也没回来。"

"谁没回来？"这是之前发生过的事。她在说迪恩。那天，他把属于自己的东西打包好，背起包离开了家，然后就再也没有回来过。莱拉又想起了那段回忆。就像是今天刚发生的事一样。

"艾丹。"莱拉低声说，"他没有回家。"

"不可能。"阿莱莎立即否认，"你那时候应该还没醒。今天早晨，我刚出门去图书馆时，他就回来了。我在外面待得太久，是我的错。几个小时之前我就该回来了。"

"不，阿莱莎。"莱拉抬起了头，她的眼睛哭得通红，眼神却很锐利，"你走之后，他没回过家。我一直在等。我一整天都醒着。我睡不着。我准备打电话告诉你的，但我不想打。我怕错过他的电话。我找不到我的手机。我找不到。对不起。"

"妈妈，别担心。"阿莱莎轻声地安抚着，竭力地掩藏着内心的慌乱。

"我不知道该怎么办。"

阿莱莎的心越跳越快。思绪不停地翻涌，又不得不回归现实，强迫自己理性地思考。他那么做肯定有原因的。肯定有。艾丹不是那种长时间不着家的人。他一定是有别的事。要么，就全都是阿莱莎的错——可能是看错了他留下的便利贴，或是听错了他说的话。在修理店加班吗？还是说，仓库有一大批货要交付？

她必须安抚好莱拉，不然她肯定会陷入恐慌。这绝对是个愚蠢的误会。

她从口袋里掏出手机，给艾丹打电话。电话铃响了又响，响了又响。是个好兆头。电话能打通，他也没有一听到来电就拒接。语音信箱的女声提示说："请听到'嘟'一声后留言。"

"艾丹，你在哪？妈妈说你一整天都没回家。听到留言就给我回个电话。"

她去厨房给莱拉倒了杯冰水。每次莱拉感到不安、害怕、愤怒，或有压力的时候，只要一杯冰水，就能平复下来。

她把杯子递给莱拉，莱拉一动不动，没有接。阿莱莎只好小心翼翼地把它放在了莱拉身旁的木地板上。

莱拉拒她于千里之外。

阿莱莎从房间里走了出来。她需要呼吸些新鲜空气，于是走进了艾丹的房间。

房间里一团糟。艾丹不是喜欢把所有东西都收拾整齐的吗？

床头柜上放着一瓶喝了一半的能量饮料。一品脱时代啤酒。一擦玛蒂娜·科尔的小说（一直是他的最爱），上面盖满了灰尘。

然后，她在他桌子上的一堆收据下面发现了他的手机。正在充电。她按下主页键，屏幕亮了：电量 100%。四个未接电话：阿莱莎。几条未读短信。还有未接电话：兄弟。克拉里斯。不认识，不过不重要。

艾丹出门一定会带手机。他会调成振动模式，即便仓库明令禁止携带手机，他也一定会随身带着。就怕妈妈给他打电话，阿莱莎给他打电话，或是发生什么事情。

她的内心很矛盾，下意识地觉得不对劲。艾丹向来理智，除非只是出去一会儿，否则他肯定会把手机带上的。

他肯定很快就回来了。一定是的，他肯定很快就会回来。

第二十八章
穆克什

穆克什一觉睡醒，膝盖僵硬，屁股酸疼，后背僵直。今天痛得更厉害了，就像寒气入骨一般。他本该早点儿休息，满脑子想的却都是马奇家四姐妹的故事，于是又兴致勃勃地翻开了书，走进她们的世界，一探究竟。在刚刚过去的几天里，他跟女儿们闹翻又和好，摔跤伤了屁股，他的信心也受到了打击。那种家庭的温暖——他就像是一名被她们邀请着走进家门的贵客，这就是他现在最需要的东西。

毫无疑问，《小妇人》就是对的那本书。就是他不知道该读什么好的时候，应该去借的那本书。

他一见到马奇家四姐妹和马奇太太，就明白了奈纳和普丽娅这么喜欢它的原因。这四姐妹——梅格、乔、贝丝和艾米——既风趣，又有想象力；既是书中的角色，也是时代的投影。她们彼此关心，互相照顾。《小妇人》里的一切都会让他想起奈纳。每一页中似乎都能看见她的身影，每一句话似乎都体现着她的意志。马奇先生远赴战场，马奇太太留在美国马萨诸塞州独自照顾四个女儿——不仅如此，她还照顾并关心着其他许多人：去军需社工作、亲切温暖地对待邻居、圣诞节时给生活拮据的人送食物、向邻居和朋友伸出援手……如果奈纳还在，她也会像马奇太太一样，甘愿把别人的需求和安乐放在首位。每看一页，他都觉得奈纳仿佛就陪在自己身边。

他想告诉她，阅读已经成了他消磨时间的利器，为他提供了与别人建立联系的渠道，还帮他找到了从床上爬起来、走出家门的理由。

奈纳会像马奇太太那样，继续过好自己的生活。但穆克什，自从奈纳不在了之后，就把自己隔绝成了一座孤岛，生活全靠女儿们照顾，得过且过。穆克什深吸了一口气，心想，以后再也不会了。相比从前，现在的他是不是和马奇太太很相像了？是的，没错。他知道，自己已经变了。已经有了很大的进步。

肚子"咕咕"直叫。对马奇家圣诞大餐的描述似乎从书页上顺着指尖蔓延到了全身。他能闻到食物的味道：成堆的烤土豆，还有糖果和蛋糕。他又想起了奈纳以前做的排灯节大餐：成堆的糖果、甜汤丸、巴菲蛋糕和小点心。她什么都会做。奈纳去世之后，他们就再也没吃过这样的排灯节大餐。就算会聚在一起庆祝，通常也只是吃外卖。他暗自决定，今天要为自己的家人们做一顿大餐——普丽娅和罗希尼今晚要过来吃晚饭。由他来掌勺。他想到了马奇家的四姐妹，想到了马奇太太——尽管历经种种磨难，却始终保持着积极的态度，一次又一次地证明了有志者，事竟成的道理。

他深吸了一口气，从椅子上站了起来。他要做多莎饼。他会做。

最棒的是，他现在也相信自己能做得好。

"我太为你感到骄傲了，穆克什。"奈纳在他的耳边低语，"你最好赶紧去采购！"

不必多说，他知道。

穆克什往坡上爬——虽然比平时花的时间要久一些，但考虑到他身体上的疼痛，其实也还好。他走上公路，看到了一大群球迷，脖子上围着蓝白相间的围巾，穿着蓝色的足球衫。只有在温布利球场举办足球比赛或音乐会或其他什么活动的时候，才会看到这么多的白种人。后面的汽车鸣笛示意他们让开道路，穆克什尽量靠着左侧的建筑和商店走，和他们保持着距离，防止被绊倒踩伤。不过，他们也只是欢快地唱着歌，挥着手，泼洒着手中的啤酒，庆祝蓝白队服的球队的胜利。穆克什总算躲进了商店，尼基尔迎了上来。

"穆克什，今天要些什么？"

"我要做点儿别的！多莎饼！"

"多莎饼！你确定会做？"

"嗯。"穆克什的语气无比自信。多莎饼是他最喜欢的食物。以前奈纳每隔一个星期，就会在周五晚上做给他吃。姑娘们十几岁的时候，总喜欢在晚上出去闲逛，就只有他俩在家吃。要是全家人都在，她每次都忙得没空坐下来和他们一起吃，因为只能一个一个地做。"奈纳做的多莎饼是最棒的。我真的很想做这道菜。就算没那么好，我也希望能尽力地做好。"

"嗯。奈纳阿姨也给我送过多莎饼当午餐盒饭。"

"是吗？"穆克什笑了。

"做多了的时候就会。如果我妈妈上夜班没空给我准备食物，奈纳阿姨也会来给我送吃的。"

奈纳以前总说，多莎饼做起来很简单。但穆克什知道并非如此。可能对她来说很容易，但对穆克什来说简直难如登天。

"等着，我这就把所有食材都给你拿来。"尼基尔离开柜台，动作利索地在店里东翻西找。只是看着他呼啸而过的身影，穆克什就觉得很疲惫，几乎喘不过气来。他的心怦怦直跳，不知道是因为这个年轻人跑得太快让他觉得紧张，还是他自己因为要给普丽娅和罗希尼做多莎饼而焦虑得不行。

他在脑海里疯狂地回忆着那些步骤。他知道怎么做多莎饼吗？他知道怎么才能做好吗？脑海中的画面开始旋转，他环顾商店，突然，货架上的商品似乎朝他扑了过来，各种颜色明亮的包装袋，红色、粉色、蓝色，模糊了他的视线。

"尼基尔！"穆克什喊道。

"怎么了，穆克什？"

"能给我点儿水喝吗？"

"有，稍等。现在就要吗？"

"嗯。麻烦你了，孩子。"

穆克什用手捂住胸口，费力地呼吸着。尼基尔随即从桌子后面拉出一张椅子，扶着他坐下，又麻利地给他倒了杯凉水。

"给。"

穆克什小口小口地喝着。

他试着做了弗里蒂推荐的瑜伽呼吸法。吸气、屏气、吐气，屏气、吸气，屏气、吐气。

持续了一阵子之后，他才总算缓了过来。似乎有只手搭在了他的肩膀上，不是尼基尔的手，而是奈纳在对他说："你可以的。"

穆克什看着时钟走到了五点。她们还没来。

穆克什看着时钟走到了五点十五分。她们还没来。

穆克什看着时钟走到……

门铃响起。她们来了！

穆克什猛地站起身，脑袋还没反应过来，人就已经朝门口走去。

他打开门，在裤子上擦了擦汗涔涔的手掌。

普丽娅把《杀死一只知更鸟》抱在怀里跑了进来。看到这一幕，他开心极了。

"外公，我超爱这本书的！我超爱斯各特。有的时候，我真希望也能像她那样去冒险！"

"你会的，孩子。"她张开双臂抱住穆克什，他俯身亲吻着她的额头，"你会有各种各样的冒险。各种各样的！"

普丽娅松开他，跑向她平时坐的椅子，坐下继续看她的书。奈纳正在以一种潜移默化的方式，慢慢地推动着一切。普丽娅在读一本他很熟悉的书。他知道普丽娅现在为之着迷的世界是何模样。这其中似乎蕴含着魔力——和别人分享你爱的世界，邀请别人以你的视角看那个世界。

罗希尼试探性地搂住他的肩膀，把他拉回了现实。他一眼就能看出，她四下张望，是在寻找杂物，寻找可以被列入"唠叨清单"的杂物，然后利索地收拾干净。她想说些什么，却没有说出口，只叹了一口气。"嗨，爸。"她说，"身体怎么样？我买了一些做晚饭的材料。"

穆克什摇了摇头："不用了，罗希尼，孩子。我已经在做了。材料也都已备齐了。"

罗希尼扬起眉毛，露出惊讶的表情。

尼基尔帮他在谷歌上搜到了配方，写在了被客人扔下的收据背面，还按照顺序钉到了一起，放到了穆克什的厨房操作台上。他已经做好了馅料，土豆和孜然粒、葫芦巴、阿魏[1]、黑麦一起下锅，炸至酥软，像面团一样浮起，美味又管饱。他觉得自己就是个大厨："这些是我刚做好的。"

锅里的参巴辣椒酱[2]（他说谎了。他从尼基尔那里买了现成的香料袋，尼基尔说他会保密）正"咕嘟、咕嘟"地冒泡，做多莎饼的面糊已经调好了（他又用了个香料袋，因为根本没人有那时间或力气自己磨黑吉豆。这是尼基尔说的，他还告诉了穆克什一个秘密：香料袋发明后，连奈纳都用）。

---

1 一种药材，味道微辣。
2 一款东南亚风味的辣椒酱。

"我现在只差一步——煎，就好了！"

"多莎饼！"普丽娅高兴得直跳，好像又回到了七岁那年。

他成功了，他完成了一件不可能完成的事：这是道不含豇豆，也不含秋葵的菜，的确可以算是一项成就。罗希尼愣住了。穆克什做出的煎饼几乎完美（他稍微有些心急，所以煎饼形状没那么完美，有点儿没烤透，有点儿碎……但口味很不错）。罗希尼在旁边看着，惊叹不已。

"要我帮忙吗？"罗希尼卷起了袖子。

"不，不用。"穆克什答道。罗希尼都快坐不住了，随时准备起身帮忙，但她还是克制住了自己，穆克什很高兴。她似乎也长大了。她信任他。

他们仨已经坐了下来。穆克什最后才拿起了自己的餐盘。这对他来说是件新鲜事。他现在充当的是奈纳的角色，也是马奇太太的角色，他很高兴。

"好好吃啊，外公。"普丽娅说，"但我觉得，如果把馅填进馅饼里，而不是单独放在旁边的话，就更好吃了。还有，我想要你和我们一起吃！"

"我是你们的服务员，也是你们的大厨。"

"爸爸，特别好，你做得真好吃，尤其是这个参巴辣椒酱，但是和妈妈做的味道不太一样。"

"你还记得妈妈做的酱是什么味道吗？"

"怎么可能忘了？你做的也很不错啦，比我做的好多了。"

他有点儿想告诉她，自己撒了个小谎，但还是决定把这个秘密带进坟墓。没事的，也不会瞒太久了。

穆克什原以为，普丽娅吃过晚饭，洗好自己的餐盘之后就会坐到她最喜欢的位置上看书。可普丽娅又回到餐桌旁坐了下来。

"知更鸟——阿提库斯说杀死一只知更鸟就是罪恶，他是不是在说，杀死纯真，或者杀死无辜的人就是罪恶？"普丽娅问道。

"呃……"穆克什心跳加速——他没有和阿莱莎谈到过这一点，"我也这么觉得。"他说得很小声，好像要是声音太大，就会暴露出他的不确定似的。

"这就说得通了！这本书里有那么那么多无辜的人受伤，或是受到不公正的待遇。"普丽娅满脸都写着愤恨，"太让我生气了！"

"没错，普丽娅。你说得太对了。"

"汤姆·鲁滨孙。"普丽娅说道，穆克什面色严肃地点了点头，"布·拉德利。"穆克什又点了点头，"迪尔和杰姆！太棒了，外公。"她紧紧地抓着这本书，"真希望我俩能和外婆一起聊聊这本书。不知道她有没有读过这本书哦。"

普丽娅滔滔不绝地和他分享自己的读后感，穆克什发现，她也很关注书中的小人物，而他更关注故事的主线部分。这让他不由得想起了阿莱莎。果然，年轻人都很善于观察。

"你想怎样理解，就可以怎样理解。这就是读书的妙处。"犹豫之后，穆克什说道。希望自己能传达些许阿提库斯·芬奇式的智慧。

普丽娅点了点头："外公，你说得太对了！外婆也这么说过。不过，这些书比我们之前一起读的东西可要复杂多了。"

"外婆说过吗？她可是很有智慧的。"

罗希尼滑动着手机屏幕，发了些电子邮件。她时不时地看向他们，露出了笑容。

穆克什也对罗希尼笑了笑。这就是他想要的。外孙女陪在自己身边，不再沉浸于自己的思绪之中，躲在自己的小世界里。他记起奈纳和普丽娅会一边谈论书中人物，一边咯咯直笑，这是属于她俩的怪癖。他那时还不懂。现在他明白了，对普丽娅和他自己来说，斯各特、阿提库斯和杰姆就像是自己的家人一样，都是真实存在的个体。现在，他明白了。

第二十九章

阿莱莎

五岁的她跟在爸爸身边，由爸爸轻轻地牵着。她柔软的指尖上，传来爸爸指尖的触感，毛毛糙糙的。运动鞋踩到积着层沙子的木板上，有点儿打滑，她赶忙握紧爸爸的手。两人朝大海走去。她还看不见海，但确信大海便是目的地。

他们正穿越森林。视线所及全是树。高大的树，纤细的树干，长针般的绿叶。爸爸告诉她，这是冷杉。她身处冷杉林。远处传来鸟鸣和狗吠，但听起来近在咫尺。她不停地回头张望。爸爸让她不要乱动，不然他会踩不稳步子。

阿莱莎不想让爸爸踩不稳步子。她不想让他摔倒。那样的话，就只剩下她一个人了，再没有人陪着她了，也再没办法回家了。妈妈带艾丹去了克罗默[1]。艾丹铁了心不肯去海边，尤其不肯去那种光秃秃的海滩；他只想吃东西，哪怕去商场吃都行。他想去看码头。他的朋友们去年夏天就去过，他想告诉他们自己也去了。

今天是属于阿莱莎和迪恩两人的。她能感觉自己和爸爸小手牵大手，能感觉到自己握爸爸手的力道有些过猛。她并不知道自己在期待些什么。她没法看得很远，但发觉有一束光穿透前方的树林。随后，她到了，脚下是一条分界线，隔开了森林和海滩、陆地和海洋、人世和她当下觉得自己身处的——天堂。

她环顾四周。视野所及，尽是白金色的沙。草是那么高，可能比她还高，直直地伫立着，有些甚至触碰到了天空。沙丘上似乎是暖的，光散落下来，斑斑点点，没照到的地方，是黑暗。

他们继续前行，阿莱莎终于鼓起勇气松开了爸爸的手。她能感觉到自己的双脚陷进了潮湿的沙子里。有些地方沙子湿润绵软，如同糖浆。还有些地方沙子虽然也浸了水，却坚硬结实，踩上去很稳当。沙子湿了，颜色会比较暗——如果天气再阴郁些，她可能会用"脏"来形容。但今天不会。今天，一切都是如此完美，怎么会有脏东西呢。

她发觉脚下有什么东西在嘎吱作响，她低头看，是贝壳。成千上万的贝壳。若是平常，她肯定会捡，越多越好。但今天，贝壳们各居其位，恰到好处，她不想毁了这一切。她环顾海滩，看到一个个影像，有人、有狗，星星点点，或近或远地分布着。她没盯着他们看，只是和爸爸继续向前走。她知道，大海就在不远处。她看到

---

1 位于英格兰东海岸诺福克郡的一个海边小镇。

沙滩表面覆着层浅浅的水，倒映着太阳和天空。

她转身找爸爸，看到爸爸在后方，稍稍偏左边，正站在她没踩过的一处沙子上。他身前有个什么东西，远远地看去，黑乎乎的一团。

她蹦蹦跳跳地朝爸爸跑去，毫不在意走回头路。她今天肯定能看到海，只不过天气太冷，可能没法下水。她现在看到爸爸正在朝自己挥手，他的手臂高举过头顶，比树枝还要长。

她走近才发现，那团黑乎乎的东西原来是只海豹。哥哥跟她讲过，诺福克郡这片区域有海豹出没。她又走近了些，才发现这只海豹并非完好无缺。它的身体一侧破了个口子，周围"嗡嗡"地飞着苍蝇。有那么一小会儿，阳光落在了它的皮肤上，她发现伤口周围的皮肉已经开始收缩，里面渗出某种液体，既不是血，也不是水。

先前，她从未见过海豹。直至现在，她从未见过活着的海豹。她就这么直勾勾地盯着，没法移开视线。这个伤口是怎么来的？又意味着什么？爸爸就这么看着她，她觉得自己的头疼了起来。这种疼痛感很熟悉，是夹在悲伤或愤怒之后，泪水之前的那种。

她感觉到爸爸的手搭上了她的肩膀，她想一头扑进爸爸怀里，把那只海豹、无垠的天空、无边的海滩都隔绝在外头。除了闭眼后的黑暗，什么都不看；除了爸爸大衣淡淡的霉味，什么都不闻。起初，她只是默默地流泪，冷冷的泪水黏糊糊地挂满脸庞。随后，是一瞬间的尴尬，继而她开始抽泣，虽然有点儿因此生气，但她停不下来。现在对她来说，再没有比这只海豹的遭遇更为悲惨的事了。溃烂、无望、死去。遗体也没人照看，只有两个陌生人，其中一人似乎还无动于衷。

"阿莱莎。"迪恩对他五岁的女儿说，"无须难过。万物终会消亡。没什么大不了的。"

　　她不难过，她什么感觉也没有。她看着自己的手。女警察仍然坐在她对面的椅子上，嘴巴一张一合，好像在说些什么——口型似乎是"坏消息""被陌生人发现""很抱歉"之类的——但房间里一片死寂。阿莱莎唯一能想到的就是那只海豹——那段记忆非常遥远，就像是别人小说里的文字——但记忆中的心痛感依然鲜活。阿莱莎怎么会为一只海豹感到悲伤，却对哥哥艾丹被火车撞死的消息无动于衷？

　　她陪女警察走到玄关，送她出门。说再见的时候，脸上挂着怪异、冰冷、漠然的微笑。

　　她如鬼魂般游荡进厨房，走向冰箱。看着艾丹留下的便利贴，试图找到些蛛丝马迹。看完一张，就将之从冰箱上扯下，随之松开手，任由其飘落到地板上。"嘶啦、嘶啦"的微弱声音一次次地响起。她越看越快。有些便利贴上只写了一样东西："豆子""垃圾袋""洗涤液""给妈妈的三明治"。最后一张便利贴上写着，"我晚点儿回来，不用等我。爱你，莱莎，亲亲"。她撕扯的动作越来越快，他并没有贴新的便利贴。如果贴了，他会在上面写什么？"我出门了，再也不回来。祝好运。"

　　她抬起脚，重重地踩在被撕落的便利贴上，如同秋天双车道上的落叶。她就这么看着，感受着纸片在脚下扭曲起皱。随后任由其留在原地。

　　在这堆便利贴中间，有什么东西戳了出来，半隐在冰箱底下，是艾丹奖盘的一小块碎片，上面有彼得兔永不褪去的笑脸。

第三十章

穆克什

"你好啊，穆克什！"是图书馆助理露西。他们只在阿莱莎不在的时候说过几次话，但穆克什还是喜欢她。她笑起来很可爱。"我正准备走呢。不过还是很高兴能见到你！你都已经成了我们的常客了。你拿的什么书？"

穆克什把《小妇人》递给她看。

"《小妇人》！这是我女儿最喜欢的书，到现在都是。她都二十八岁了。"

"这本书确实很好。会让我想起我的女儿们。不论是她们身上的相同点，还是不同点！从小到大，她们也会争吵打闹，但她们始终是彼此最好的朋友。"穆克什滔滔不绝地说着——昨天晚上，他刚和尼拉克什本说过几乎一模一样的话，所以现在尤为熟练，"有的时候，我真希望奈纳能把孩子们的成长故事写成一本书。"

"什么意思？"露西肩上挎着包，做好了离开的准备。

"我已故的老伴，奈纳。我们还住在肯尼亚的时候，基本都是她陪在女儿们身边，看着她们一天天地长大。等我下班回到家，她们通常都已经蜷在床上睡沉了。"

"你是觉得，自己错过了那段经历吗？"露西的表情很和善，并没有想离开的意思。

穆克什发觉，他以前从未这样想过。"有的时候是——但我的奈纳，她总是告诉我，我们是一个团队。每天晚上她都会等我回家，告诉我白天发生了什么事。那是我最喜欢的时刻，会让我觉得，自己什么都没错过。"

"那很好啊，穆克什！"露西轻轻地拍了拍他的肩膀，"谢谢你愿意和我分享。在我看来，你的经历也是一本书。"

"噢，不！也许是 Zee TV 的一部连续剧，不会是一本完整的书。"

露西忍不住笑了。

"阿莱莎小姐在哪儿？"他想告诉阿莱莎，在书里的四位小妇人，特别是马奇太太身上，他看到了他妻子的影子。不知道普丽娅长大后，会不会像争强好胜的姐姐乔一样，果断、勇敢，又聪明。乔爱读书、写作——她成了一名作家。普丽娅以后也会这样吗？

"我不知道。今天应该是凯尔当班，他在后面。要找他的话按铃就行。很高兴见到你，穆克什先生！"

他挥了挥手，用另一只手按了铃。凯尔抱着一大摞厚厚的书出现了。

"您是穆克什先生吗？"凯尔手里的书挺重的，他已经有些出汗了。

"对，是我。阿莱莎小姐在哪里？"

"她今天不在，我是来替她代班的。有什么能帮您的吗？"

"她还好吗？是身体不舒服吗？"

"好像是她家里出了点儿急事。"凯尔漫不经心地答道。

穆克什的脑海里警铃大作。"是她妈妈出事了吗？"

"我不太清楚，先生。"

穆克什有些惊慌。"我想确定她是不是一切都好。我想去看看她。你能告诉我，她在哪里吗？她在家吗？和她妈妈，还有她哥哥在一起吗？"

"我不能告诉您，先生。"

"但我是她朋友。我只是关心一下而已。我只是担心她。我能帮上忙吗？"

"不，先生，除非她自己把地址告诉您，否则我不能透露任何细节。这是违反《通用数据保护条例》的。"

"啊……"穆克什换了个方法，"她会愿意告诉我的。你知道吗，她两天前来找过我。我只是忘记了。你知道的，我的记性……不如从前了。你绝对不用担心什么通用数据。"他竭力地表现出衰老无助的样子。有的时候，这也是项优势。他在想，《小妇人》中的马奇太太或者奈纳会怎么做，"我只是想给她送点儿吃的，送点儿东西。"

"我爱莫能助，先生。"凯尔在电脑里输入了些什么，"您在这里订了一本书？"

"我没有预订。"

"那应该就是阿莱莎为您订的。托妮·莫里森的《宠儿》。"

穆克什一言不发地把《小妇人》递给了男孩，让他做自己的工作。在递过去的那一瞬间，他觉得自己好像放弃了什么，还说了"再见"。是对谁说的？马奇家的四姐妹？还是奈纳？

他看着凯尔拿着书，思绪又回到了生病的妹妹贝丝以及深爱着她的二姐乔身上。他想起了她们去海边的那一章，还希望海边的空气能让贝丝好起来。一瞬间，在他的脑海里，贝丝和乔走过的海边就幻化成了他在肯尼亚带十几岁的女儿们去过的海边。他还记得，在那令人汗流浃背的炎炎夏日，他会早早地回家，带着姑娘们去灯塔，坐在海边吃烤玉米。女儿们都欢呼雀跃，奈纳却很沉默，只是看着风景。穆克什就会用尽浑身解数逗她开心，让她们每个人都换上笑脸。不知道女儿们是否还记得那些日子。

数年过去，在伦敦的一个夏日里，天气又热又闷，奈纳对他说，她想去看海，重温这些记忆。现在回想起来，当时的她是不是也希望海边的空气能让一切好起来？就像《小妇人》里的乔所希望的那样。那天，他们坐上了开往布莱顿的地铁，带的午饭有鹰嘴豆泥三明治、胡萝卜条、一些炸洋葱和炸葫芦巴叶。奈纳还准备了一瓶印度奶茶、一瓶木瓜汁和几罐威拓果汁。药片也装在一个小小的特百惠盒子里带上了。

地铁之旅让人兴奋——他记得很清楚。他已经很多年没见过海了，姑娘们都还小，没法跟他们一起去度假。就算可以，英格兰也一直很潮湿，风刮个不断，不适合出游。那次旅行让他觉得自己和奈纳仿佛又回到了年轻的时候。在刚结婚的那几个月里，他们慢慢地增进着对彼此的了解。那时候，他的父母还没有插手他们的生活，还没有坚持让奈纳帮着操持家务。在地铁上，他牵着奈纳的手，两人就这样微笑地看着窗外匆匆而过的风景。

奈纳很喜欢海边。那天，穆克什看着她坐在海边的长凳上看书，海风吹拂着她的头发，从她的发髻上拨散下几根发丝。那一刻，他觉得自己特别幸运，能和她一起生活特别美好。多好的孩子们啊。他的小妇人们。在结婚那么多年之后，仅仅是看着自己的妻子一页又一页地翻书，他竟然就会觉得如此幸福。他依然像在刚和她一起生活的几个月里，慢慢地了解彼此的时候一样爱她。午饭过后，俯瞰着码头的风光，躲避着突如其来的海鸥，伴随着孩子们欢笑、玩闹、尖叫的声音，他向她告白，胸中小鹿直撞，如同是第一次表白。

那时的他还不知道，奈纳只剩下了一年半的生命。那是她最后一次看海。现在回想起来，他很高兴，一时兴起就踏上了前往海边的旅途。但要是每天都有对她吐露爱意的话，该多好啊。

现在他知道了，和贝丝一样，大海也没有让她焕发新的生命力。但他们还是得到了些许可以一起追忆的时间。看到乔和贝丝在海滩上的那一段时，他的心都要碎了——既是因为贝丝年轻的生命，也是因为奈纳。

他向贝丝、乔、梅格、艾米和马奇太太道别后，就欣然接下了《宠儿》。不知道阿莱莎会怎么推荐接下来的这本书。她很善于在他还沉湎于上一本书的时候，就激起他对下一本新书的兴趣。

"这本书是讲什么的？"穆克什问这个男孩。

"非常抱歉。我不确定——我没有读过这本书。不过作者托妮·莫里森，她是个好作家。"

穆克什点了点头："谢谢。现在我想知道阿莱莎女士的地址，好吗？谢谢你。我需要和她聊聊《小妇人》这本书——我们通常都会聊聊她推荐给我的书。这有助于我理解这些书，应该包含在图书馆的服务范围内吧。"

男孩摇了摇头："我说过，我不能透露那些信息。"

"我是个老人。"穆克什严肃地说——在尝试另一种新策略，"我可以大闹一场。如果你不把她的地址告诉我，我就要开始闹了。"穆克什四下看了看。又看到了坐在角落里看悬疑小说的克里斯。克里斯朝他挥了挥手，让他一时失了神。图书馆里还零零散散地坐着另外三个常客，这么些人，已经足以让凯尔难堪了。

凯尔紧张地扫视着整个图书馆。

"那么，你愿意帮我吗？"穆克什大声吼道。

过了几秒钟，图书馆里的气氛愈发紧张。凯尔用手捋了捋头发，叹了一口气："好吧。但是请不要说是我给你的，不然我会丢掉工作的。"

易如反掌，穆克什心想。现在谁还能说，他只是个没有存在感的老头子？

"干得好，穆克什。"奈纳在他耳边俏皮地低语道。

他从凯尔手里拿走了那张纸。

"谢谢，谢谢，先生！你不知道你帮了多大的忙。"

他转身就要走,不能再浪费时间了。但他突然又想到了什么。"等等,你们这里还有《时间旅行者的妻子》吗?"这本书在他需要的时候给了他安慰。他希望阿莱莎没事,但不管她正在处理什么急事,这本书都可以很好地帮助她分散注意力。

"应该有。"凯尔快步走开,过了一会儿又回来了,拿着这本特别的书,套着塑料封皮。

穆克什紧紧地拿着书,把那张写有阿莱莎家庭地址的纸塞在封皮里,然后慢悠悠地走进了温布利熙攘的人群。

对穆克什来说,通往阿莱莎家的路很是陌生——虽然就在主干道边上,但他以前甚至从未注意到过。这里也是排屋的结构,但和他家那片排屋很不一样,风格全然不同。简直就是另外一个世界。

凯尔的字迹很难辨认,穆克什好不容易才看懂了他写的数字。他不停地走。阿莱莎家应该在左手边。太阳早早地就穿过了厚重的乌云,亮晃晃地高悬在天上。

他挨个数着房屋的号码。

他能听到从窗户里传出的刺耳的音乐声,低音把窗框和窗玻璃震得发抖。

他看到孩子们在街上玩耍,踢着球,从马路的一边跑到另一边。穆克什觉得自己的心跳又加快了,他怕球会朝这边飞过来,自己要么被砸到,要么就得帮他们把球踢回去。好不容易通过了危险区,他发现,面前就是自己要找的那栋房子:79 号。

家里应该有人——阿莱莎说过:她不是在图书馆,就是在家。

一整条街上，其他家房子的窗户都敞开着，只有她们家门户紧闭。前院的花园里也只有垃圾箱和杂草。整幢房子都散发着灰暗的气息，只有窗户上映照出来一抹跳动的色彩：是路对面那辆警车的灯光。

通往前门的走道上铺着穆克什很喜欢的几何瓷砖，但很凌乱。他看得出来，这里曾经是一个让人喜爱的地方，是个精心打造的花园。他想起了自家花园因为图方便，铺的是巴腾堡铺路砖，现在已经被阳光晒得斑斑驳驳，还有了破损。

他走上前去想要敲门，又担心打扰到主人。于是就站在离门稍有点距离的地方等待着，这样还能抬头看看楼上的窗户，听听有没有什么声音，看看有没有什么动静。窗户都关着。窗帘也都拉得很严。沉重的寂静四处弥漫。

尽管天气很热，穆克什还是忍不住地发抖。

也许根本就没人在家。他又看了看纸条。会不会是自己搞错了？7 没错，9 也不容易看错。就是 79 号啊。

他的手指在门铃上方徘徊，但不知怎的，他始终没有按下。应该没有人在家。

穆克什把《时间旅行者的妻子》从信箱口里投了进去——要是地址错了，也全都是凯尔的错——随后就去公路上赶公交车了。

在离开那栋房子的时候，他觉得每走一步，都比前一步更为轻松。他很高兴能离开那些紧闭的窗户，离开房子里阴森的气息，但同时也为房子里的状况感到担心，脑海里不由得闪现出《蝴蝶梦》中曼德利庄园的样子。离开阿莱莎的家，他感觉就像是逃离了那个地方，挣脱了它所承载的过去、秘密和恐惧。他摇了摇头，试图摆脱这本书的纠缠。阿莱莎没事的，一定不会有事的。是吧？

第三十一章
阿莱莎

　　屋里一片漆黑。女警察和手下警员在离开时，也带走了唯一的光亮。他们只能踩着门垫上的那本书出去：《时间旅行者的妻子》。当它被扔进来的时候，他们都听到了"砰"的一声，还盯着它看了一会儿，但并没有大惊小怪。

　　阿莱莎觉得，家里的寂静将自己层层地包裹。她一步步地走上阶梯，不敢想接下来会发生些什么。当她走到楼梯顶端时，她的心都快跳出来了。她把手放在莱拉房间的门把手上，门上的寒气就像火一样灼烧着她的皮肤——她呆呆地愣了一秒。莱拉的房间里一丝声响都听不见，但当阿莱莎走进去时，莱拉正站在那里，好像在等她。阿莱莎反手关上了门。这种时刻，最好能把全世界都隔离在外面。

　　"妈妈，坐下来。"阿莱莎一只手搭在妈妈肩上。她试图借用别人的视角来处理此事。阿提库斯——聪明、气度不凡，没有什么能让他惊慌失措；乔·马奇——当她得知贝丝死了的那一刻，她崩溃、愤怒；派失去了所有的家人，除了一只随时可能变脸的老虎，他身边空无一人——都在海上漂流。没有什么绝对正确。

她直视着莱拉的眼睛。妈妈已经在探寻事情的真相了。阿莱莎看着妈妈的脸，好像又看到了坐在她面前的女警察——她很平静。她怎么会这么平静？她刚刚才毁了一个人的世界啊。

似乎有尖锐的针刺进她的身体，把她整个人挑了起来。她多么希望能让时光倒流，把这篇故事的最后几页撕掉，再重写一遍。

艾丹会走进门来，被书绊倒，然后责怪她乱扔东西。他会去厨房，撕掉那些没用了的便利贴，开始到处找食物。一切都会没事的，一切都会恢复正常。

一切都不可能恢复正常了。

莱拉直勾勾的眼神让她紧张。

阿莱莎吸了一口气。现在，她是阿提库斯。传达事实，说明真相。那天早晨，艾丹跳到一列火车前，自杀了。但阿莱莎很确定，这不是真的。她知道那种感觉，站在站台上，看着火车冲过来，以及那种驱使着人往前，毫无理性可言的冲动——她也曾好奇过，撞上火车是什么感觉。但那只是幻想，不是真实的生活。

莱拉看着她，而阿莱莎甚至都不知道，这些话到底能不能说通。这一切都说不通。阿莱莎只是不停地说，不停地说，直到无话可说。

在那一瞬间，世界一片死寂。阿莱莎不再是阿提库斯了。只有阿莱莎自己。她的心已经失去了知觉，她不相信会发生这样的事。

她麻木地凑上前，强忍着坐到母亲身旁。她没有理会莱拉的畏缩，紧紧地抓住了妈妈的手。莱拉的手没有一丝力气，仿佛死人的手。艾丹失去了生命。

房间里的一切似乎都被拉成了慢动作——空气似乎彻底地静止了，毫无生气。阿莱莎喘不过气来，然后莱拉开始尖叫。莱拉说得对，阿莱莎回到家的时候，她就惊慌失措，像溺水了一样。莱拉——她的本能。她知道。她一直都知道。

莱拉开始用手捶打大腿。阿莱莎小心翼翼地把她的手按在床上，分开在身体两侧。捶打的声音变得沉闷，可莱拉的哭喊声还是彻底地打破了屋内的沉默。她的声音传遍了整个屋子，传遍了整个世界。

她的儿子死了。

她的儿子永远离开了。

"滚！"莱拉对着阿莱莎吼道，她的眼睛第一次在阿莱莎身上聚焦，"滚！我不想见到你！让我一个人待着！"

第三十二章
穆克什

他坐在自己的老位置上，屋里响起了"吱呀"一声，灯光照亮了周围。一回到家，他就专心致志地看起了《宠儿》，想在书里找到些线索，弄清楚阿莱莎的心路历程。这本书是她留给他的暗示吗？或者就只是她的下一本推荐？

很快，他就看到了另一幢奇怪而诡异的房子，一幢被悲伤淹没的房子。

他想起了79号，阿莱莎的家——它看起来就像曼德利庄园一样，而那可是《蝴蝶梦》里最凶险的宅子。但现在看来，阿莱莎家所有的窗户都关着，窗帘也拉得紧紧的，一切都笼罩在黑暗中。很显然，这就是《宠儿》里的第124号房子。他知道，19世纪70年代在辛辛那提建造的房子不可能和20世纪40年代在温布利建造的排屋扯上关系。但当他看到作者对第124号房子的描述时，他想到的就是阿莱莎家——门窗紧闭，没有丝毫要打开的迹象，被寂静彻底地包围。托妮·莫里森让他见到了《宠儿》里那幢房子的内部——他可以看到那里发生了什么，而不用发散想象力。在第124号房子里，他见到了塞丝和她最后一个幸存的女儿丹佛。他替她们感到心痛，因为她们住在一个似乎无法逃离的家。塞丝的儿子，霍华德和巴格勒，多年前就逃离了这座闹鬼的房屋；就连塞丝的婆婆，也借着死亡逃离了黑暗。只剩下了塞丝和丹佛。这是一栋无人问津的房子。丹佛从未独自走出过院子。这栋房子、她的母亲以及与她们住在一起的鬼魂就是她的整个世界。已故的姐姐变成的鬼魂就是"宠儿"。

每看一页，穆克什都想闯进塞丝和丹佛的世界，告诉她们，倘若没有那个永远纠缠着她们、不让她们忘记过去的鬼魂，她们可以活得多么快乐，多么幸福。

他一直坐在电话旁边读书，他在等阿莱莎的电话，只是想确认她一切安好。可每翻一页，每听到一点儿动静，每有一辆车驶过，穆克什都能感觉到脊背一阵颤抖。他已经坐了几个小时，不忍心抛下书中的角色，可周围的空气越来越冷。阿莱莎没打电话来。随着时间的流逝，他越来越担心。

一想到这可能是阿莱莎留给他的信息，他就心痛不已。她是不是像塞丝和丹佛一样，被困在了房子里无法离开？是什么把她束缚在了那里？也是鬼魂在作祟吗？

"喂？"穆克什半睡半醒地拿起了电话。闹钟在上午十一点才响起，这比他通常起床的时间晚，但他昨晚一边阅读，一边寻找线索，直到凌晨才睡。

"能和我见个面吗？"电话里传来一个声音。

"不好意思，你是谁？"

"阿莱莎。"

穆克什深吸了一口气。他没听出她的声音，她似乎不太好。第124 号宅子再次浮现在了他的脑海中。

"阿莱莎，我能做些什么吗？"

"能和我见个面吗？"她重复了一遍。

穆克什点了点头，尽管阿莱莎并不能看见。"我过来，哪里见？"

"我在公园，图书馆附近的那个。"她的声音很低沉。

穆克什拖着步子走到电话架边，罗希尼的便利贴就放在那里。"好的，别挂，我在记。"他不想忘记。他不能忘记。他的手在发抖。

"你还好吗？需要我帮你给谁打电话吗？"穆克什问。

"我打了。我给你打电话了。"

穆克什沉默以对。他挂掉电话，以最快的速度向浴室走去。以比任何时候都快的速度收拾好了自己。

阿莱莎正坐在公园的长凳上，手里紧紧地抓着《时间旅行者的妻子》。穆克什花了四十五分钟才赶到，他觉得都是公共汽车的错——每一站都要停，那么多人要上车，大家都挤在一起。他准备一见到她就解释自己迟到的原因，并向她道歉，可从她的表情来看，她的心思完全在别的事情上。

他知道，她这样子一定是由于她妈妈。他记得阿莱莎向他敞开心扉的那天，看起来是那么悲伤，那么年轻。她才十七岁，不需要一直硬扛着。

"阿莱莎？"穆克什小心翼翼地坐到她的旁边，"你还好吧？"

她低头看着膝盖，摇了摇头。可以看出，她竭力地克制着不把身体蜷缩起来，从这个世界上消失……

"阿莱莎小姐，我能做些什么吗？你可以和我讲的。"

"不。"她低语道，声音断断续续的。她用手捂着胸口，穆克什小心翼翼地把手掌放在了她的肩上。

"没事的，没事的。"他刚一开口就后悔了。他们并肩坐在一起，阿莱莎盯着地面，穆克什盯着他的膝盖。

就这样沉默着，好像过了几个小时。

"我哥哥。"她低声说，"他死了。他们说他跳到了一列火车前面。"说出的每一个字都让她疲惫不堪。

穆克什花了一会儿时间才弄明白。"你哥哥？"他说得很轻，恨不得她听不到。他希望自己能改变一切，却无能为力。他无法改善事态。

阿莱莎点了点头。"我不得不出来，从家里出来。在家里我不能呼吸，我不能——"她挣扎着喘着气，呼吸逐渐变得急促却微弱，"这说不通啊。他挺好的。他是那么坚强。他照顾着我们所有人。"

穆克什轻轻地捏了捏她的肩膀。他深吸了一口气，觉得自己的心也碎成了两半。他想到了丹佛，她为家人而战，尽最大的努力拯救她的母亲，拯救她的姐姐"宠儿"——但他没有丹佛的力量，也没有她的智慧——他无能为力。他不能再躲在别人的话语之后了，他要寻找答案，一定要说些什么，说一些真话。

"我不知道该怎么做。"阿莱莎乞求地看着他。总是告诉他要做什么、读什么的阿莱莎，正在向他求助。

"也许，也许你应该回家。你应该陪着你的妈妈，你的家人。"

阿莱莎缩了缩肩膀。

"我错过了太多。"她的声音里藏着一股愤怒，"妈妈也错过了太多。我们之前都做了些什么啊？我们怎么能这么做啊？我一直沉溺在那些书里。"她开始大喊。穆克什四下环顾，怕被别人看见，但根本没有人注意到他们。对其他人来说，生活还在继续——可阿莱莎的生活已经完全陷入了停滞。她捶打着那本书，粗暴地把书翻开，用指甲抓着书页。穆克什屏住了呼吸，"我在为那些根本不存在的人哭，而从始至终，我哥哥都很需要我，需要我的帮助，我却没有看见。我什么都没有看见！"她把书朝地上扔去。穆克什看着它面朝下落在地上。他本能地想把它捡起来、擦干净，再把它收好。但他没有。他转向阿莱莎——她的表情十分扭曲，双眼紧闭。

"这不是你的错。"他看得出来，她想反驳，只是没有力气，"我来给尼拉克什本打电话，她知道该怎么做。"

他本不想把最后一句话说得那么大声，但阿莱莎点了点头。她看着自己的鞋子，用一个脚尖蹭着另一个脚尖。她紧紧地攥住右手，拇指拼命地往里挤。她想看看自己还有没有感知周围世界的能力。希望着、祈祷着，这只是一场梦。

半个小时后，尼拉克什带着零食来了。她带了一些salt'n'shake

牌薯片和德布拉[1]。她把薯片递给阿莱莎，阿莱莎却想要德布拉。尼拉克什说，"这是印度食物。你可能不喜欢。"但阿莱莎还是要了。她只吃了一点点，指尖那么小一块。她说这就够了。穆克什不知道她有几天没吃东西了。

尼拉克什没有对阿莱莎说什么，直接抱住了她。没有觉得尴尬，没有征求她的允许。"我的孩子。"她轻声地说，把阿莱莎紧紧地抱在了怀里。最终，阿莱莎轻轻地挣脱了她的怀抱。"我该回家了。"他们都点了点头，尼拉克什把他们领到了自己的车前。

车开到了阿莱莎的家门口，一路沉默。车停好后，阿莱莎待在车里，一动不动。很显然，她不敢再踏入家门——不想遭遇在那里等着她的一切：悲伤、空虚、心碎。穆克什没有责怪她。他想起了奈纳去世之后自己家的样子。他无法待在里面，他在里面什么事情也做不了。罗希尼接过了一切事务。她替他收拾好了奈纳的东西，把它们稳妥地放好，但还要确保屋子里有她的气息，而不至于提醒他，她已经永远离开了的事实。谁会为阿莱莎这么做？她的爸爸在哪里？他会回来帮忙吗？

穆克什内心有个声音——可能是奈纳——告诉他，要分散阿莱莎的注意力，帮助她专心思考别的事情，帮助她撑过现在这一时期。"阿莱莎？"他试探着说，"你觉得《小妇人》这本书怎么样？很好，是吧？"

她扫了他一眼。他就明白，自己不该开口。"穆克什先生，

1　一种印度小面包，来源于古吉拉特菜系，由珍珠稷粉制成。

《小妇人》怎么样跟我有什么关系！"她的语气很不耐烦，却立即用手捂住了嘴，想把说的话收回去，她的语气稍显柔和，"我在书上花了太多时间。我要重新开始生活，否则谁知道我会不会把其他的一切都搞砸？"

她猛地钻出车门。《时间旅行者的妻子》被留在了后座上。他们注视着阿莱莎的背影。她缓了一会儿，才走进了家门。在她转身关上大门的最后一秒，她又瞥了他们俩一眼。

穆克什朝她笑了笑，希望她能知道，自己想把所有的力量都传递给她，想告诉她，她还年轻，一切都值得期许。他还想说："如果你需要找人聊聊，我随时都在。"不过，他还是希望她能去找更为亲近的人。

过了一会儿，穆克什从汽车后座上拿起《时间旅行者的妻子》，带着它走近阿莱莎家的大门，尽可能轻柔地把它塞了进去。她现在可能不需要。但如果在从现在开始的几个片刻、几分钟、几天、几周或几个月后，这本书能为她提供一份安慰、一份解脱——就像他曾经经历的那样——就值了。

第三十三章
阿莱莎

"阿莱莎，我一直在给你打电话。"迪恩在电话那头，声音里带着焦虑。

手机玻璃屏贴着她耳朵，冷若冰霜。"爸爸，我不知道该怎么办。"阿莱莎低声地说。

她习惯了小声打电话，尤其是在和爸爸通话的时候。不过现在，这样做毫无意义——莱拉在楼上的房间里，像是死了一样。

她今天想把莱拉从床上叫起来，因为她知道这是自己该做的。但她也无法忍受继续待在莱拉身边，就像莱拉无法忍受她继续待在自己身边一样。事态演变成这样，她俩都有责任。

"我不知该怎么办。"她不停地重复着，眼泪顺着脸颊流了下来，这似乎是多年来她第一次对爸爸坦诚，"我不知道怎么解决问题。"

"我知道，乖宝贝。"他的声音嘶哑，但她无法忍受他表露出来的情绪，他不理解她，他什么也不懂，"我们可以一起解决这个问题。我能帮上什么忙？我可以过来，帮忙做任何事。告诉我就好。你不用独自承担一切，知道吗？我了解你现在的心情。你妈妈怎么样？"

"过来"——这样的话只是再次强调了，迪恩没有生活在这里。对他来说，这场悲剧遥不可及。他生活在阿莱莎的世界之外，也生活在艾丹的世界之外，葬礼结束后，他就会回到自己的生活。而阿莱莎永远无法离开。她已经为此付出了太多——忙着自艾自怜，忙着因为朋友的疏离掉眼泪，生活在小说人物虚幻的世界中，全然没顾得上考虑自己，考虑艾丹。

"不用，没关系，我们现在不需要你的任何帮助。杰里米舅舅和蕾切尔下周就到。他们会把需要的所有东西都带过来。"

杰里米舅舅和蕾切尔没有问阿莱莎他们需要做些什么——他们直接就做好了决定。"乖孩子，几天后我们就过来陪你们，你们需要多久，我们就会待多久。爱你们。蕾切尔。"

迪恩没有回应。他只是说："好吧，那我过阵子再去……但是，我爱你，知道吗？我们会挺过去的。如果有什么我能做的，就告诉我。我们会挺过去的，阿莱莎。"

阿莱莎放下手机。几年过去了，她和爸爸早就不是"我们"了。

挂断电话后，她看到了扎克发来的三条短信。他一直在为她担心。她跟他说了发生的事，只言片语，却令人心痛，其他的什么也说不出来。他告诉她，如果她想聊聊，他一直都在，然后不停地给她发奇奇怪怪的蠢猫表情包。她知道他已经尽力了，但总觉得缺了点什么。

阿莱莎咬着涂有指甲油的指甲。目光停留在壁炉架上的一张照片上，是四个人的合照：阿莱莎、艾丹、莱拉、迪恩。她的怒气暂时平息了下来。迪恩离开后，艾丹就扔光了他的东西。她当时还很惊讶，他竟然留下了这张照片。他甚至还会清理上面的灰尘。这是能勾起回忆的最后一个物件，是证明他们曾经是一家四口的最后一个证据。她曾一时迷糊，问妈妈这张照片会不会让她烦心，莱拉却说："不会，那是一段快乐的时光，我不后悔快乐过。"从那时开始，阿莱莎就一直记着这句话。

她想和莱拉一样，把自己封锁起来，但还有太多事情等着她去做，太多东西需要准备。可当她的哥哥，也是她心中最重要的人离世之后，一看到别人脸上幸福的微笑，她都没有一丝感觉，甚至会萌生出恐怖的恨意。

照片里的人注视着她。她看到了艾丹的脸，他孩子气的笑容，仿佛在问她："发生了什么？"

她想回答他："你跳下去了。但我好像推了你一把。"

阿莱莎在这房子里一秒钟都待不下去了。这里太吵，又太安静；太空荡，又太拥挤。她离开了家，不管莱拉是否会打电话给她，也不管自己是否能够接到电话。她已经经历了最艰难的时刻。还能再坚持多久？今天，她就只想走走。街上的人们有说有笑。他们不知道艾丹死了。孩子们玩耍、叫喊、尖叫。他们不知道艾丹死了。她从一群打闹着的少年们身边经过，生活的画卷正在他们面前展开。阿莱莎突然想到：老人们常说的无忧无虑的学生时代，她永远都无法了解。所以，她只是走路，不断前行。

她爬了很多级台阶，才站到了石桥公园站的站台上。终于到顶了。她感觉自己就像站在了世界之巅。夏日炎炎，站台上几乎空无一人。

站台边堆积着的鲜艳色彩引起了她的注意。鲜花、信封、纸条和信纸随风摇晃。

她走近了些。这是他最后生存的地点。艾丹——愿你在天堂安息。

贝克鲁线的火车向她驶来，她想象着他纵身一跃的样子。她想知道他是跨出去的，还是跳下去的。她想知道其他人是什么反应。有人尖叫吗？有人阻止他吗？还是说人们若无其事，继续着自己的生活，还抱怨火车因此延误？

她看着那些花——各种颜色的花。至少有三到四束。红色、白色、粉色、蓝色。还有一些向日葵。他从小喜欢向日葵。在她五岁的生日贺卡上，他画了一张画，他俩站在有史以来最大的向日葵旁边。他给它取名为"家"。

她站在那里，看着花瓣在风中摇曳，并在脑海中记下了它们的样子，算是对哥哥的纪念吧。她看到绑在灯柱上的花朵时，总觉得悲伤：生命消逝得太快，从不会多停留片刻。但是这些花，它们不一样。它们拥有永恒的美丽，却还是渺小，太渺小了，无法承受艾丹离世的重量。不够。用这些缅怀他的离去，远远不够。她想要更多。

她一回家，就径直走进了妈妈的房间。和她离家时一样，莱拉依然蜷缩在床上。阿莱莎的心像石头一样冰冷。她恨莱拉，也恨自己，恨所有她们做过或没做过的一切。可她只是抱住了妈妈，用整个身体包裹着她。她想要消失，她想得到些安慰，她想要亲近某个人，任何人都行，她的妈妈也行。她想远离这个世界，这个感觉很陌生，却该死地未曾改变的世界。

她拿起带上楼的那本《时间旅行者的妻子》。她想要逃离，想要安慰莱拉。可眼下，书还有什么用？她喜欢的角色都是假的，他们永远也不能解决现实中的问题，永远也不能跨越到纸张之外。而那个她曾爱着的，存在于现实世界中，鼓励过她，为她努力过、放弃过那么多东西的人——已经永远地离开了。

阿莱莎把书扔在床边的地板上，凑近莱拉。她等待着，等待着妈妈挣脱。但是莱拉没有动。她只是默默地抽泣着——她身体的颤抖，她浅浅的、断断续续的呼吸，成了她还存在的唯一证明。

第三十四章
阿莱莎

阿莱莎一夜没合眼。她已经好几天没睡觉了。害怕这一天的到来，害怕莱拉的反应，害怕自己要做的事情。

站在车边，杰里米舅舅给了阿莱莎一个大大的拥抱。"阿莱莎。"他说，"慢慢来，宝贝，好吗？我们都在，你走的每一步都有我们陪着。"她想尖叫，想大吼，想告诉全世界，她现在只想离开莱拉，离开她哥哥的葬礼，逃跑。不停地逃跑。永远都不停下脚步。

杰里米舅舅感受到了她的恐慌，把她抱得更紧了些，向她保证，自己不会让她摔倒。蕾切尔站在她身边，握着她的手，怕她崩溃，控制不住地颤抖。

"我在呢，莱莎。"坐在后座上，蕾切尔伸手捏了捏阿莱莎的膝盖。

杰里米舅舅和蕾切尔在葬礼前一周就到了，所以她不必独自承担一切，这多少让她松了一口气。

大家都上了车。一路上，他们都低垂着眼睛。虽然看不见前一辆车上的棺材，但杰里米舅舅始终盯着前方——注视着艾丹，没有移开分毫。他想开个玩笑，犹犹豫豫地柔声说道："这孩子向来喜欢时髦的旅行。那可是辆捷豹[1]。"

没有人回应他，甚至没有人开口说话。

到达火葬场后，他们都下了车。杰里米和蕾切尔走在前面，让阿莱莎和莱拉一起待会儿。

"我今天看见他了，在过马路。"莱拉低声地说。这是她那天第一次说话。

"谁？"

"艾丹。"

"没有，你看到的不是他，妈妈。"

可阿莱莎也看见了艾丹。今天、昨天、前天——到处都能看到他。那个在公交车站外放音乐的年轻人身上有他的影子，那个推着购物车的老人身上有他的影子，就连那个在现购自运区挑选蔬菜的女人的眼神里也有他的影子。艾丹无处不在。

每次看到他，他都安然无恙地站在那儿，只是无法触及。然后幻象就消失了，只留下一段关于他的记忆。

火葬场里很拥挤，大家都在外面排队，看不到里面的情况。但他们都在等他，在等艾丹。每个人都来向莱拉表示自己的悼念之情。阿莱莎的妈妈微笑地道谢，双眼却一片空白。她在和自己的儿子道别。

1　英国知名汽车品牌。

阿莱莎紧紧地握着她的手。在迪恩走近时，握得更紧了些。莱拉也捏了捏她的手，和女儿十指紧扣——自从艾丹去世以来，这是阿莱莎第一次切身地感觉到，她们之间可能还有爱的火苗闪烁。不管愿不愿意，她们都在一起。迪恩亲吻了莱拉的脸颊。

"我们的儿啊……"迪恩声音沙哑，眼睛低垂着。她看得出他满脸的悲伤，似乎苍老了很多。都是遗憾。

现在看到他，阿莱莎才发觉，艾丹和迪恩长得有多像。虽然有着不一样的瞳色和发色——迪恩的头发比她上次见到他时更浅、更金了——但艾丹的五官，简直就是和迪恩从一个模子里刻出来的。

莱拉松开她的手，搭上迪恩的肩膀。她目不转睛地盯着他。阿莱莎就看着她安慰迪恩。

沉默了一会儿之后，迪恩走到了他的新家人旁边，他们有着明亮的赤褐色头发。他们和阿莱莎长得很不像。没人能看出那是她同父异母的兄弟姐妹。

"他能来真是太好了。"莱拉说。阿莱莎听了简直想尖叫。

就在这时，穆克什慢吞吞地走了过来。他从没见过艾丹，但他还是来了。他穿着略紧绷的黑色西装、白衬衫，打着领带。他向她打招呼时，一句话也没说。她看得出来，如果他强撑着开口，就一定会哭。他只是给阿莱莎递了张纸，是一幅画，一幅儿童画——但不是简笔画，有着鲜艳的色彩和细致的笔触。画上有一个坐在桌子后面的女子，一个男人和一个拿着书的小女孩，他们周围都是书架。

阿莱莎哽住了。画的顶部用尽量显得不那么幼稚的笔触写着：我们想你，阿莱莎。底部则有两种不同的笔迹，写着：爱你的普丽娅和穆克什先生。

她抬头看着穆克什，紧紧地抓着这张画。说不出话来。

当艾丹最好的朋友盖伊走向麦克风时，阿莱莎一直盯着礼堂前面那张艾丹的照片，装在了一个金边方形相框里。她不敢看他——她已经开始哽咽了。这张照片大约是一年前拍的，哥哥的笑容是那么灿烂。他叉着胳膊坐在自己刚抛过光的汽车上，得意地扬起了一边的眉毛。那时的他还不知道，这张照片会用在自己的告别仪式上。家人和朋友们看着这张照片，想要留住他给他们带来的欢乐和希望，而他却永远地离开了。

"我想读一首诗，是艾丹八岁时写的，"盖伊柔声地说，"我记得，有一天我过得很糟，他就把这首诗送给了我。他说，我比他更需要这首诗。现在，我想把这首诗送给大家。"

> 有时候，天空灰灰的。
>
> 有时候，白天也灰灰的。
>
> 但是，在每一片灰灰的天空背后，
>
> 都有一抹蔚蓝。

盖伊让艾丹八岁时的诗在空中回荡了一会儿，然后笑了起来："他觉得，这首诗真的很深刻。"他补充说，人群中传来了一阵笑声，"……但也许他说得对。我希望他说得对。"

阿莱莎低头看着自己的膝盖，握紧了莱拉的手。

尼拉克什提出，可以在她家举办一场小型聚会来守灵，穆克什和他的女儿们也帮了忙。

"尼拉克什。"阿莱莎说，"谢谢你……谢谢你所做的一切。"她四下环顾，房间里全都是人，"也谢谢穆克什先生，帮我安置好了一切。"

"不用感谢我们，阿莱莎。"尼拉克什真诚地说，"如果有什么我们可以做的，一定要告诉我们。"

"谢谢你！有什么地方可以让我妈妈休息一下，远离这些事情吗？"

"当然有了。"尼拉克什点了点头，"来，我带她去。"她把莱拉从房间的角落带到了她的空卧室里，尽可能安静和轻柔地挽着她的手臂，带着她往前走。阿莱莎从未见过莱拉如此迅速地就允许了一个陌生人的接近。有那么一瞬间，她似乎看到了一线希望。

发现莱拉不在，迪恩走到了阿莱莎面前。"嘿，亲爱的，"他说，"你还好吗？你的工作怎么样？你一直在图书馆上班，对吗？"

他不想提起艾丹，不想面对会让他心生内疚的事情；她也不想。

"还好。"阿莱莎冷冷地说，"艾丹会厌烦这些关注的。"她向艾丹的放大版照片挥了挥手（这显然是穆克什的主意）。阿莱莎很喜欢看这些照片，但她知道哥哥会想找一个安静的角落躲起来。

"是啊，我想也是。"迪恩边说边啜饮咖啡。

"你家里人呢？"阿莱莎四下扫视了一眼。

"哦，他们刚走。孩子们困了。"

她没再接话。就这样尴尬地沉默了几分钟之后，阿莱莎发现，尼拉克什已经回到了穆克什先生身边，而穆克什先生正在跟杰里米舅舅和蕾切尔聊天。他们拿着点心托盘分享点心，但穆克什先生只吃自己拿的。

"你还好吗？"穆克什朝她看来，用口型问她。

阿莱莎的泪水填满了眼眶，但她只是轻轻地点了点头。

"那个老家伙是谁？你邀请他了？"迪恩这才注意到穆克什，"他一直都用那种奇怪的眼神看着我。"

"他是我在图书馆里认识的朋友。"她的语气比想象中还要尖锐，"他是最好的人。"没等迪恩回答，她就走开了。

一个小时后，迪恩和她说了再见："需要我的时候就给我打电话。"他把车钥匙弄得叮当作响。她看着他走开，还想问他是否愿意留下来。但没有开口。她帮着尼拉克什把用过的盘子搬到厨房，然后就被赶了出来。穆克什已经走了——她还没来得及跟他说再见，也没得及好好感谢他的画。她小心翼翼地把这幅画塞进了包里，旁边是彼得兔小小的脸。她心里空落落地走上了楼，发现莱拉正坐在床上，盯着窗外。

房间里很整洁。这是一间客房，几乎没有私人照片，橱柜的架子上放着备用毛巾。床上用品一尘不染，甚至还有抱枕和长枕。尼拉克什给她拿的毯子放在床的一端，没有动过。

"你还好吗？"莱拉问道。

妈妈已经很久没有问过她这个问题了，她不知道该怎么回答。

她们一起陷入了沉寂。莱拉的指甲划破了左手的手掌，留下了明显的伤痕。有鲜红的血渗了出来。阿莱莎眼看着莱拉开始抠自己的皮肤，起初还很缓慢，后来几近疯狂。莱拉不能尖叫，怕被人听到。她只能脸朝下地扑倒在床上，埋在枕头里喊叫。

阿莱莎也很想这么做。但她现在必须坚强。她静静地看着。脑海中，浮现出了艾丹的模样、莱拉的模样，他们有说有笑地躺在床上。她就这样看着妈妈喊到睡着。

第三十五章
穆克什

　　穆克什走出家门，来到温布利大街上，孩子们在吵吵闹闹地玩耍，汽车从他身边疾驰而过。在多莎饼快餐店外，印棟和孜然的诱人香气吸引了他的注意，短暂停留过后，他总算抵达了图书馆。馆里几乎空无一人。暑假没几周就要结束了，孩子和大人都在外面尽情地享受阳光。

　　阿莱莎就坐在前台的老地方。

　　"你好。"他正式地打了个招呼。

　　沉默了片刻，他们紧张地对视了一眼。他已经有两个星期没见过她了。他扫视了一下四周，想找点儿话说。最后，他看向了前台的一堆传单，上面写着他非常熟悉的那句要命的口号：拯救我们的图书馆。他赶紧把目光移开，不愿再去想任何负面的事情。

"我的皮肤好干，可能是晒伤了？"

穆克什咒骂着自己的蠢笨。他想不出还能说什么。

"你和我……我们不会晒伤。"阿莱莎很困惑，可穆克什摇了摇头。

他伸出一只胳膊。"看起来可能不红，但皮肤很疼。我家奈纳说得没错。"

"凯尔办公桌里有些可可油。来，涂上。它能缓解疼痛。你还好吧？"阿莱莎问道。她的眼睛布满血丝，皮肤因薄薄的一层化妆品而闪闪发光。

他没回答，也没说声"谢谢"，就把乳霜往胳膊上涂。"我家奈纳一定有这个，味道很熟悉。"

"可能吧。"

"你打算留在这里吗，阿莱莎？"他轻声地问道。

"我得上班——还是按计划来吧。和往常一样。"

"好吧，如果你确定的话……你妈妈还好吗？"

阿莱莎耸了耸肩。"我舅舅和表姐，你见过的，他们现在住我家——只是暂时帮忙。妈妈很高兴有他们陪着。"穆克什以为她还想说些什么，但他不知道该问些什么。他很高兴有人能帮阿莱莎减轻负担。她才十七岁，一个人应付不来这些。她哥哥……才二十五岁，也还太年轻，承担不起照顾一家人的责任。

"我想找人帮帮妈妈，也帮帮我。我的意思是……找个专业人士聊聊。她从来没看过医生，艾丹也希望她去看医生。她从来不和其他人说话。我觉得应该有用。"

她耸了耸肩。

穆克什不习惯谈论这些事情，关于医生，关于心理健康问题。他有点儿尴尬，但是阿莱莎需要有人陪着。他可以做得到。可能他并不博学多才，但是他能倾听，或者用另一种方式和她交流。

"我觉得……我觉得《宠儿》很有帮助。"他紧张地说道，"你看过这本书吗？"

阿莱莎瞪了他一眼。"我不想再谈书了。"

"不，阿莱莎小姐，我以前从没想过，但书真的能帮助我们。"

阿莱莎重重地叹了一口气。他看见她翻了个白眼，开始不耐烦地用指甲敲桌子。转瞬之间，他仿佛又回到了刚进图书馆的第一天。

"比如，《时间旅行者的妻子》。"他说，阿莱莎眼神游离，但他坚持往下说，"奈纳去世之后，那本书分散了我的注意力，也缩短了我和她之间的距离。但现在我认为，其实不仅如此，它还帮我解决了一些事情，你知道吗？"

"不，穆克什先生。"阿莱莎尖声说道，"我不知道。我的整个暑假都在体验别人的生活。我忘记了去过属于我自己的生活，忘记了去关注真正地在我身边的人。"

"《宠儿》，"穆克什继续说道，试图掩饰声音里的颤抖，"你读过吗？丹佛。她是怎么帮她妈妈的？"穆克什等待着她的回答，阿莱莎却只是划动着手机屏幕，"好吧，我告诉你一些我的想法。丹佛意识到，再和她妈妈，还有宠儿的鬼魂一起待在那所房子里，也于事无补。于是丹佛走出了院子，去找社区里愿意伸出援手的妇女们，向她们寻求帮助。在她妈妈无法自己求助的时候，她去求助了。"

穆克什顿了顿，有那么一瞬间，似乎有人把手搭在了他的肩膀上，安抚着他。那是奈纳的手。

阿莱莎一直盯着她的桌子，不肯抬头看他。

"阿莱莎，"穆克什轻轻地说道，"请记住，读书并不总是一种逃避，有时书籍会教给我们一些东西。书会把世界展现在我们面前，而非隐藏起来。"

"是个恰到好处的阿提库斯金句，穆克什。"奈纳在他耳边低语，比以前都要大声。他靠着桌子站稳。

穆克什等待着阿莱莎做决定。她没有回应，继续划动着手机屏幕。最后，她把手机放在身边，只是盯着屏幕看。

每隔一段时间，放在面前桌子上的手机就会亮起，发出"嗡嗡"声。通常她会把它翻过去，但今天她直接就看了。每一次都是。她心不在焉。可以理解。

穆克什不想惹她烦，但他觉得她最好还是不要看手机。他的女儿们也经常这样，总是在聊天的时候看手机，好像她们压根没参与对话似的。

"这是什么？"穆克什尽量让自己的声音轻柔一些。

阿莱莎给他看了手机屏。一张艾丹的照片，一个女孩和一个男孩，都在阳光下眯着眼睛。艾丹戴着太阳镜。

"真可爱。"

"才不可爱——看看他们在下面写了什么。"

穆克什勉强能认出一些手机上的文字，但是他怎么都看不懂这些字组合起来是什么意思。"我看不懂。"他选择坦白。阿莱莎直接把话题标签和文字内容读给他听了。

"总是在我身边，总是关心着我。想你，艾丹。永远不会忘记你。# 安息吧 # 逝去但永不遗忘 # 在天堂安息 # 抑郁 # 该谈谈了。"

"都是对他很真诚的悼念。"穆克什说。

"不，不是这样的。"她似乎很生气，"如果是这样，花五分钟发个 Instagram 帖子就行。可他们在网上大肆传播我哥哥的事，声称理应为此感到悲伤。他们甚至把葬礼写进了故事里！"

穆克什不知道"故事"到底是什么意思。但不管是什么意思，显然都惹到了阿莱莎。

"是谁给他打上了抑郁症的标签？他们甚至不知道是不是因为抑郁症。他妈的，为什么要给他贴这个标签？因为他能看到吗？哪怕在天堂？"

"我不知道是什么意思。"

"看，"阿莱莎把手机递给穆克什，"往下看。"穆克什照做了。他用手指摸着屏幕，直到图片开始移动。

有很多很多艾丹和各种人一起拍的照片——其中有些照片上用花拼出了艾丹的名字。他甚至看到了尼拉克什家那张摆满食物的餐桌。一切。他们把一切都记录了下来。

"让每个人都盯着看。每一个人——甚至是那些不认识他的人。我们只想为朋友和家人举办一个小型的、亲密的仪式，可现在每个人都占有了他的一部分。"

一滴眼泪，只一滴，从阿莱莎的脸颊滑落。为了避免引起注意，她没有伸手去擦，但穆克什还是看到了——他的三个女儿十几岁时，都做过同样的事：无论是在看完《生活多美好》（有史以来最悲伤的电影）之后，还是有人因为她们的肤色就在放学回家的路上扇她们一巴掌，她们却要装作没事、不怪别人的时候。

"对不起，阿莱莎，我想这只是他们致敬的方式。"穆克什把手机还了回去。

阿莱莎疯狂地往下划。她点了几下，然后开始打字。他有些担心，她不会是在发邮件骂那些人吧？他们会不会理解、宽恕她？

"我爸爸在他的脸书主页上放了一张艾丹小时候的照片。再婚之后，他的脸书上就再也没有我们的踪迹了。一个死去的孩子能让他赢得尊重吗？"

穆克什发现，阿莱莎说话没那么自然了——她从没用这种语气说过话。

"阿莱莎，我觉得你应该离这些网络上的东西远一点儿。拜托了。歇一会儿吧，今天不上网也没关系。"

自从他开始谈论《时间旅行者的妻子》以来，这还是阿莱莎第一次直视他的眼睛。她的表情是扭曲的，她揉了揉眼睛，深深地吸了三口气。

"你说得对。"她终于把手机翻过来，盖在了桌子上。

穆克什点了点头——是的，他做到了。

他们躲到图书馆的一个角落里，默默地坐了会儿。穆克什环顾四周——现在很安静，但他记得刚才有人，还是些熟面孔，自己也是该群体中的一部分。

他走到图书馆的另一区域里，想给阿莱莎一些空间，但又不想走得太远。他又站在了《宠儿》前面——虽然已经读完了，但他还不想开始看下一本。他现在不想给她施加压力。

他迅速地翻看着丹佛试图逃离第 124 号宅子时的计划。丹佛已经有十二年没有离开过这座房子了，她非常害怕外面的世界——她去寻求帮助了。她克服了自己的恐惧，社区里的三十个女人竭尽所能地帮助丹佛。

他四下环顾——其实，来到这里也是穆克什寻求帮助的一个机会，是他融入某个社群的机会。虽然他没有被封锁在家十二年，但他在很多年里都没有读过一本书，而且在今年夏天之前，他从来没有踏进过图书馆。他想起了那些传单，那句铭刻在他脑海中的标语：拯救我们的图书馆。奈纳一直在说这件事，说一个图书馆的消失是多么可怕。无论是书中人物的智慧，还是踏入图书馆时每一张陪伴着他的熟悉面孔，抑或阿莱莎给他的建议与指导，还有能和普丽娅说上话，看着她成为一个书迷的感觉……总会让他想起这句话。对他来说，这间图书馆已经有了特殊的意义，已经越来越有家的感觉了。而一个地方之所以能成为如今的样子，完全得益于那些创造它的人。奈纳以前总是这么说寺庙。阿莱莎也总说，图书馆对艾丹来说非常重要……

他突然有了个主意，完全是灵光一现，也许是聪明的老阿提库斯·芬奇给了他灵感。他猛地从椅子上站了起来，"噔噔噔"地走到前台。"阿莱莎？"他喊道。声音低得近乎耳语。图书馆里还是几乎空无一人，但在他的想象中，馆里满是他在这个夏天里遇到的每一个人，不管是幻想的，还是现实中的。

"怎么？"她语气很尖锐，但他看得出来，她话一出口就后悔了，"怎么了？"她又轻柔地问了一次。

"你知道这个吗？"他举着一张"拯救我们的图书馆"的传单。

"怎么了？"

"如果我们不寻求帮助，怎么能'拯救我们的图书馆'呢？"

"呃，穆克什先生，我觉得这就是制作传单的原因啊。"

"好吧，是这样，但……我之前和你提到过，丹佛出门寻求帮助的事。如果我们向社区寻求帮助呢？因为这间图书馆——它对我很有帮助。它让我变得更加勇敢，还让我交到了朋友。我还只是其中的一个人。"

"不好意思，我没听懂。"阿莱莎面无表情。

"跟坐在家里听家人不停地唠叨相比，和别人一起安静地坐在这里能够大大地减轻人的孤独感。每周都能见到同样的人，这种感觉很好，很有安抚作用。就好像觉得，自己从中得到了很多，因为有人一直陪着我。我只是其中的一个人。而且我是因为离开了家、离开了舒适区才获得了这一切，就像丹佛所做的那样……现在，我在这里，在图书馆里……这是一个能帮到我的地方。你总说艾丹也喜欢这个地方。他喜欢这里什么？"

"安静。他应该是喜欢这里安静的环境。他可以一个人待在这里。但是他已经很多年没有来了，只是偶尔来看看我怎么样。他太忙了。"

"好的，我明白了。但这个地方对他来说很重要，对吧？很多人来这里都是为了获得安宁，或是交朋友。他对'拯救我们的图书馆'有什么看法？"

阿莱莎耸了耸肩。

"如果理事会把这地方关了，他会高兴吗？"

阿莱莎又耸了耸肩。

"我觉得他不会。我想你也不会。"

阿莱莎笑了："或许你说得对。但是，我不知道我们能做什么。大家都看过传单，也只是把它当成慈善活动之类的宣传单而已。"

"好吧，但我有个更好的主意。"他等着阿莱莎说出类似"说下去，我想听听"这样的话，但她没有。他只好自己往下说。

"我知道你还负责了很多事情，比如读书会什么的，我看到过墙上的海报。但要是那样，肯定会增加你的工作负担，对吧？"阿莱莎依旧保持着沉默，"所以，我觉得可以在早上、下午或任何你认为合适的时间来一次社区拜访。你可是这方面的专家。"

阿莱莎转了转眼珠："我不是。你到底是什么意思？"

"不需要有借书证，也不一定要借书。我们可以在这个接待区提供咖啡、蛋糕等食物。有东西吃，还不花钱，大家一定会来，或者只要求来的人捐赠善款。就定在每周三吧。这是个能与人交流的机会。可以规定，每次来都要重新找一个人和他交流。让更多的人感觉不那么孤独，也许就能让图书馆维持下去。虽然不强制登记办卡，但只要能吸引人来，就总会有人愿意办卡的，不是吗？这样就能让图书馆重新热闹起来了！"

"你觉得会有那么多人来吗？他们并不能在这里高谈阔论，不是吗？只有会在周二来的那位女士才一直说个不停。"

"……对我们来说，这只是一个求助的机会——对图书馆，对任何一方来说都是如此。可以试试吗？你能问一下吗？我认为这是个不错的主意——或许，大家缺的就是一个与新朋友展开交流的契机呢？"

"我不知道老板会不会同意。如果来的人都是老面孔呢？"

"他会同意的，因为这样能吸引更多的人来图书馆，将来就会形成'为蛋糕而来，为书和新朋友而停留'的模式，不是吗？我们可以发传单，但不要发那种惨兮兮的传单。"他再次举起那沓"拯救我们的图书馆"传单。

她叹了一口气，说："我会去问问的。"

"我还在想，第一场……可以用纪念艾丹的名义举行。虽然近几年他没有时间来这里坐着看书，但这个地方对他来说意义非凡。他想让你在这里工作，不是吗？这也帮助了你，不是吗？我想这里也帮助了你。也许这就是除了发 Instagram 帖子，能让他的记忆得以延续的方法。"

阿莱莎点了点头，嘴角含着笑意。

这时，悬疑小说爱好者克里斯走了进来，一如往常穿着连帽衫和牛仔裤。

"克里斯！"穆克什喊了一声，兴奋地跑了过去，"星期三早上来图书馆一趟，怎么样？"

克里斯似乎有些惊讶——这么长时间以来，穆克什还是第一次对他说这么多话；通常他只会微笑着挥挥手。"呃，好啊，这种活动挺好的。我妈妈很喜欢。咖啡早茶会。"

"看！"穆克什指着克里斯，看向阿莱莎，"你会问的吧？克里斯会带他妈妈来。太棒了。我太高兴了。"穆克什笑得合不拢嘴，阿莱莎也跟着笑了起来。克里斯耸了耸肩，并不明白到底发生了什么，就一头雾水地走向了他的老位置。

"奈纳会喜欢的！她喜欢这种活动——现在我是活动筹划人员之一。我在庙里都没做过这种事。"

穆克什从椅子上跳了起来，拍了拍阿莱莎的肩膀，随即缓慢地伏到了她的桌子上，因为他的背比他记忆中还要僵硬。刚才有一瞬间，他甚至忘记了自己是个有关节痛的老人。在那一瞬间，他似乎重获了新生。

第三十六章
阿莱莎

　　她借着别人的眼睛看见了地铁站台上的那些花，社交媒体上的这张照片得到了 45 个赞。花瓣正逐渐地枯萎，它们就要死了。它们没法永生。艾丹如今是这些人缅怀的对象，却也和这些花一样，终有一天会消失无踪。

　　一场以纪念艾丹为名的社区早晨拜访活动……他肯定会嘲笑这个想法。他讨厌受到关注。但是他很喜欢图书馆——他一直劝她把这份工作作为首选。多年来，图书馆始终都是他的归属地。也许穆克什先生说得对。她可以做一些小事，一些在她掌控内的事情，来保鲜关于他的回忆——也让他知道，图书馆也成了对她来说很重要的存在。她知道这是他希望的事。他希望她也能在这儿获得安宁。

　　不能再浪费时间了——在得到一个结果之前，穆克什绝不会轻易放过。他的眼神里有这样一种东西：决心。他把《宠儿》抱在胸口，在图书馆里几乎跑了起来，一边向她挥手，一边向悬疑小说爱好者克里斯招手。

她给凯尔打了个电话确认，待会儿他能不能按时到岗。

"没问题，我会来的。"

"太好了。穆克什先生有些想法，可以把这个地方变得更有趣一点儿。"

"图书馆？"

"没错，图书馆。"

"阿莱莎，你确定自己没事吗？"凯尔问道。

"嗯，我很好。分散注意力这个办法很有用。这个。"她指着屏幕上临时编辑的传单，"竟然真的有用。"

凯尔点了点头。"穆克什先生好像知道自己在做什么。俗话说，树老根多，人老识多……所以在开学前你还要上多久的班？"

阿莱莎耸了耸肩。"还有一个星期开学，所以大概五六天吧。"

"天哪，那也太快了。我们会想你的。"

阿莱莎又耸了耸肩。"是啊，我喜欢这里。艾丹说过，我会喜欢这里的。我确实也没想到。"

"'这只是一份糟糕的暑期工'？第一天上班的时候，你可什么都不情愿做呢。"

"当时确实不情愿。这只是一份糟糕的暑期工嘛。但我真是越来越喜欢它了。"她的嘴角露出了一丝微笑。

没过多久，萨摩斯就来了。阿莱莎感觉肾上腺素飙升。多亏凯尔帮她开了个头，说："阿莱莎有个好主意。"

似乎整个图书馆里的注意力都转向了她这边。她的嘴唇变得干燥，好像她正准备发表演讲一样，然后她想起了阿提库斯。法庭上的阿提库斯，绝对不会表露出丝毫怯懦。

她深吸了一口气。"我们想提个建议。"虽然听起来怪怪的，却是很准确的说法。萨摩斯停下了脚步倾听，"我们建议开设早会。我们想让更多人走进这扇门。这里拥有亲切的家庭氛围——我们应该利用这一点。帮助人们了解事物的意义，让这家图书馆成为社区的中心，你明白吗？一个可以让人们见面、交谈、敞开心扉、发现新事物的地方……"

"阿莱莎，你怎么在这里？我和你说过，慢慢来，需要多少时间都可以。"萨摩斯说。

"分散一下注意力挺好的。"她低声咕哝了一句，随即又放大了音量，"总而言之，早会将向所有人开放——可以认识新朋友，可以享受平静与安宁，也可以和熟人聊天。这里原本就是社区的中心，只是最近有些冷清。我们要改变这种状况。"

萨摩斯缓慢地点了点头，拧开了保温瓶的盖子。"那，真能激励大家成为图书馆会员吗？这点对我们来说很关键。"

"能啊，当然能！露西或本尼或许也可以来帮忙发发传单之类的。我们想让大家知道，这是个多棒的地方。这样他们就会来这里吃蛋糕，留下来看书——还可以结交新朋友。"

"太好了——这就是我们需要做的。说实话，撑到现在真的很不容易。理事会总是担心预算的问题，拿我们图书馆和市民中心做比较的时候尤其如此。"萨摩斯缓缓地喝了一口保温瓶里的咖啡，"编织俱乐部原本也很好，可现在就只剩下了那几个常客——也只有露西在负责运营，她基本都没什么时间。读书会也不像以前那么受欢迎了。但这个……这个可能会有用。图书馆不仅仅是关于书的。"

凯尔和阿莱莎对视了一眼，看到了一丝希望。

"周三上午试试怎么样？就选在图书馆最安静的时候！"

凯尔和阿莱莎连连点头。

"完美。我喜欢。这里是一处连接点。这个主意……阿莱莎，你真的想到了点子上。我喜欢。"他说，"我们应该先试一试——下星期，看看结果如何。我们可以先小范围试试——每个月办一次，或者每两个月办一次。"

"只有一个礼拜的时间来把消息散播出去，好像不太够耶。"

"那你们就赶快开始准备啊。"

阿莱莎看着凯尔。他一直坐在那里，观察着整件事情的进展。她笑了，他扬起眉毛，竖起两个大拇指。

她迫不及待地想告诉穆克什先生这个好消息了。

第三十七章

穆克什

嘟。"罗希尼，你能不能为下周三的活动准备几道菜，周二晚上送到我家来？或许，可以做点印度咖喱饺吗？可以的话，就太好了。是图书馆的开放式早会。我在帮忙筹办呢。"

嘟。"弗里蒂？我需要你的烹饪协助——下周三有个开放式早会，你能不能带些小点心来？记得在周二晚上送到我家来哦。用不易过敏的材料做哦。"

嘟。"迪帕利，孩子，把你们特制的潘趣酒[1]拿出来——就是为特殊场合准备的那种。下周三图书馆要办开放式早会，直接送到那里就行。不过周二晚上也要来我家帮忙。"

---

1 一种用酒、果汁、牛奶等调和的饮料。

他挂断电话，在三个女儿的名字旁边打上了钩，转头看向正坐在客厅里看 Zee TV 频道的尼拉克什。

"尼拉克什本？"他小心翼翼地问道。

"嗯？"她的脑袋从电视前移开了一会儿，耳朵还在听着剧中的情节。

"阿莱莎要我帮忙发图书馆的传单。"他向她挥舞着新印刷的传单，颜色鲜艳，积极向上，"是扎克做的。真的很棒，对吧？你觉得我在寺庙里宣传这个消息怎么样？他们会笑我吗？会觉得我是个孤独的丧偶老头吗？"

"穆克什大哥。"尼拉克什本轻声地说，"你不是一个孤独的丧偶老头。他们也知道图书馆对奈纳有多重要，他们能理解，你这么做既是为了那个可爱的年轻人艾丹，也是为了她。你一定会让她觉得骄傲的。"

看着尼拉克什本，他就知道，自己已经与一切和解了。尼拉克什本是他的朋友。不知怎的，奈纳把她送到了他身边，让他们有所交集。她把他们聚在一起相互陪伴，就像她把他带到了寺庙一样，还留下了《时间旅行者的妻子》作为提示。从一开始，她就和他在一起。

他想过去寺庙里发传单的话，人们会说些什么，没人能想到，穆克什·帕特尔会这样做。这并没有让他畏惧，是吧？这是有正当理由的。城市往往是个孤独之地，在温布利，即便很多人都互相认识，也难免会觉得孤独。

他也曾想过往别人家的信箱里投递传单。有些人就是不喜欢宣传海报、传单之类的东西。像往信箱里投递传单这样简单的事情，难道会让他陷入酸辣酱吗？

"陷入困境[1]。"奈纳突然对他说，"那是个俗语。"

在寺庙里，穆克什终于鼓起了勇气。如他所愿，哈里什的小儿子推着他坐在轮椅上转悠了一天。

"我要发完手上这些传单，推快点儿吧。"穆克什恳求道。

"行啊，穆克什，给我十块钱！"哈里什的小儿子跟他谈起了价钱。

穆克什被推着在走廊里来来回回，经过了礼品店、鞋区和厕所。到目前为止，他只发出去大约三份传单。他必须改变方法了。

哈里什的小儿子正在听播客，只有当穆克什伸出手指或拼命挥动手臂的时候，他才知道该往哪个方向走。穆克什松了一口气，他也不想和男孩一直聊天。虽然他不喜欢被当成老人，但他很喜欢轮椅，为自己没有早日坐上去体验深感惋惜。更何况，他还可以让哈里什的小儿子或随便什么人推着他到处走。移动速度可快了！

苦苦思索的穆克什想到了像《东区人》这样的电视节目，人们会待在自己的报纸摊上，用震耳欲聋的声音大喊，"快来看报纸！"或者是在杂货摊上喊，"二十便士两个番茄！"他轻轻地咳嗽了一下，然后开始大喊，还在头顶上挥舞传单。因为害怕被驱逐出去，所以声音也不敢太大。"这家大图书馆要办聚会，不要错

1　陷入困境（In a pickle）：直译为"在泡菜汁里"，指处境艰难。

过，你所有的朋友都会去，你不在的话，人们就会问你到哪儿去了。带上你的儿女或孙辈！"这简直是奇迹。有两个女人立即好奇地走了过来。他引起了她们的注意！当他被推着呼啸而过时，他将传单递给了她们，暗自祈祷她们不会只是用它来剪纸。

礼品店的过道不够宽，根本容纳不下穆克什、他的轮椅以及哈里什的小儿子。他觉得这招可能错了，随即就让哈里什的小儿子尽快掉头离开礼品店。就在这时，他们迎头撞上了罗希尼和尼拉克什。他们异口同声地……

"啊！"罗希尼喊道。

"啊！"尼拉克什喊道。

"啊！"穆克什喊道。

"嘿，我是哈里什的儿子。"哈里什的小儿子自我介绍道。

"你们俩在这儿干什么？"穆克什问。

"我们在寺庙里待了一会儿，"罗希尼说，"我们要去参加布道。我今天请假了。普丽娅和罗伯特在一起。"她抢在他提问之前又加了一句。

"你女儿和我越来越了解彼此了！"尼拉克什面露喜悦。

穆克什招了招手，让罗希尼俯下身来，然后在她耳边低语："你就像你妈妈一样。总是对别人很热情。"

罗希尼也回以微笑，像是在说："如果她和你是一家人，那么她和我就也是一家人。"

"给，给。"他把传单递给她们，"我们也欢迎带自制的食物来图书馆——所以一定要带些东西哦！你收到我的短信了吗？我们要保证素食的供应量。我可以做我最拿手的印度奶酪。"

罗希尼和尼拉克什面面相觑。"拿手的？"罗希尼问，"你只有那一次没烧焦吧……"

穆克什叫了声："哈里什老弟的儿子。"这个男孩难道没有自己的名字吗？不过，他也很欣赏哈里什清晰且强烈的"品牌意识"，"我们走吧！那边有几个孤单的人需要传单。记得准备好周三的食物哦！"

说完，他们"嗖嗖"地冲过光滑的木地板，爬上铺着地毯的斜坡，登上了通往寺庙主殿的大理石地砖。

周二晚上终于到来，穆克什非常激动。罗希尼、迪帕利和弗里蒂正在他的厨房里准备各种小食，双胞胎则是在走廊里调皮捣蛋。当扎克按响门铃时，穆克什的思绪回到了几年前的一个晚上，奈纳要去参加一场募捐晚会，她每次都会准备一些小吃和食物，"以保持精力充沛"。他没有参与过这类活动。谢天谢地，扎克手里拿着一包多力多滋[1]薯片和一些番茄酱。穆克什简直对他感激不尽。

"我妈妈说过，绝对不要空手去别人家！"扎克说。

穆克什拍了拍手。"你真是个好孩子！"

没有阿莱莎的陪同，扎克在穆克什家里显得格格不入。他不停地征求穆克什的许可，比如，"穆克什先生，我可以用这些盘子来

---

1 百事公司旗下零食品牌。

装薯片吗？"

穆克什点了点头。

"穆克什先生，我能倒杯水吗？"

穆克什点了点头。

然后，"穆克什先生，我能用一下你家的卫生间吗？"

穆克什说："当然可以，扎克。这里是我的家，现在也是你的家。你想做什么都行。"

扎克对他笑了笑，却依然小心翼翼地在房子里走来走去，好像不想留下任何痕迹似的。穆克什笑着把豌豆倒进了碗里，准备做脆饼。贾耶什来了，把他外公和那碗豌豆当成了攀爬架。

尼基尔也到了，手里拿着从商店买来的蔬菜。他刚走进玄关，就收到了罗希尼的召唤："尼基尔，我们需要你！快到这儿来。"

尼基尔一脸不情愿地走了进来，罗希尼手里拿着笔记本。

"嗯。"她郑重地说，"明天早上再多加一些食材，我可以在出发前炒好。尼拉克什阿姨说，我也可以用她的高压锅。"一提到尼拉克什的名字，她就对着爸爸笑了笑，穆克什也回头笑了笑。贾亚开始用她的小拳头轻打他，他疼得直点头。

"贾亚，不要打外公。"罗希尼告诫说，"动作轻点。"贾亚就安稳了一会儿，等罗希尼一转身，她就又不听话了。

在混乱的客厅中，穆克什看见了拿着一本书缩在角落里的普丽娅。他设法摆脱贾亚和贾耶什，拿着豌豆走向她。

他走近后才发现，她又在读《小妇人》。

"孩子，你不是已经看过这本书了吗？"

普丽娅点了点头。"对，但是这本书会让我想起外婆。我听到了她的声音。还有，外公，外婆常对我说，有时候，如果你真的喜欢一本书，就有必要再读一遍！重温你爱的细节，找出你以前错过的东西。随着读书人的变化，书也会发生变化。外婆就是这么说的。"

穆克什点了点头。他明白了。

扎克给穆克什递了杯茶，问普丽娅要不要也来一杯。罗希尼在背后说道："她不喜欢喝茶。"普丽娅却说："扎克，我也想喝一杯。"所以扎克也给普丽娅递上了一杯茶。

普丽娅笑着合上书，用双手捧着杯子。她看着妈妈，调皮地吐了吐舌头。

穆克什走到自己的椅子旁，坐了下来。他环顾客厅，大家都忙得热火朝天，双胞胎也回到了外面的走廊上跑来跑去。自从奈纳去世以来，家里还是第一次有这么多人。

他想到了阿莱莎和莱拉，在一片死寂的家中。

相约图书馆

第三十八章
阿莱莎

"阿莱莎，你好憔悴啊。"

"我想也是。"

"这样，你要不要在上班前先睡一觉？"蕾切尔把一只手搭在了她的肩膀上。

"再说吧。"阿莱莎最想做的就是瘫倒在床上，再也不起来。但她不由自主地想到了妈妈。最近几天，她一直这样。不，最近几年都是这样，"我去看看她怎么样了……"

"妈妈。"阿莱莎把头探进房间里轻声地说道，"杰里米舅舅和蕾切尔来了，我去打个盹儿，好吗？他们要在花园里吃点午餐。今天天气很好，你要和他们一起吗？"她尽可能地把声音放得很轻。

莱拉坐起来，盯着她面前的墙。"我很好。"莱拉说，"你去好好睡一觉吧。"

"她还好吗？"杰里米舅舅就站在门外。

"她不想出来。说实话，我觉得没必要非让她出来。"

"不，我的好孩子，这很有必要。"杰里米舅舅说道，"莱拉，你还好吗？外面天气很好哦。"

明天图书馆的开放式早会将以艾丹的名义举办，但她觉得自己还没有准备好。她已经筋疲力尽了。阿莱莎放空大脑，不知不觉地沿着走廊，走进了艾丹的卧室。卧室里寂静无声。什么都没动过。他们没有翻过他的东西，阿莱莎不忍心碰。她走到他的床边，床收拾得整整齐齐。尽管整个房间里都反常地凌乱，但她哥哥绝对不会不收拾床。她躺在被子上，不想留下任何痕迹。她把脑袋枕在枕头上，刚好看到了床边的一堆书。每一本书凹陷的书脊都蒙上了一层薄薄的灰尘。

她翻身仰躺，直直地盯着天花板，希望自己能睡着。突然，她放在艾丹床头柜上的手机响了起来：凯尔。反正过会儿要去图书馆上班，有什么事到时候再说吧。于是她把手机倒扣，没有接听。但她的目光又被艾丹的那堆书吸引住了。

这是……她怎么会没注意到呢？夹杂在悬疑小说之间，玛蒂娜·科尔斯，就在那里。

《时间旅行者的妻子》。

她想起了她的那本，也就是穆克什先生给的那本——那本被遗忘、被忽略了的书，还放在她的床边。

她的心提到了嗓子眼儿。她回想着穆克什先生说，这本书是如何帮到他的。"书会把世界展现在我们面前，而非隐藏起来。"她想象着艾丹坐在老位置看这本书的样子。她看到过他看这本书吗？他是什么时候看的？

她深吸了一口气，把那本书抽了出来，小心翼翼地捧在手里。她现在很清楚地知道，自己一直在逃避。也许穆克什先生是对的——她也从书本中学到了东西。她亲眼见证了别人所经历的一切——难道她不能利用这份经验解决现实的问题吗？这本书就在艾丹的房间里，在艾丹的床头柜上。如果他曾经读过，她也想读。

她翻到《时间旅行者的妻子》的第一页，强迫自己静下心来，然后开始读第一行。一个词一个词地读。

那天晚些时候，在空无一人的图书馆里，阿莱莎独自坐在书桌前——《时间旅行者的妻子》就放在她的手边。她刚刚看过几页，就仿佛已经踏入了别人的世界，接纳了他人的喜怒哀乐，暂且听从他人的指引，这样才能学会如何引导自己。她也一直在书中寻找关于艾丹的蛛丝马迹——艾丹对亨利有什么看法？对他能够穿越到自己人生中任意时期的能力有什么看法？他对这段爱情故事做何理解？他觉得克莱尔怎么样？她那对富有又势利的父母呢？艾丹一直都讨厌那样的人。

"嘿。"凯尔在前台里大喊着说，"别忘了再给图书馆的活动加最后一把火。这样我们明天才能吸引到更多的人来参加。萨摩斯刚刚发信息告诉我，露西的女儿提了些建议，还发布在社交媒体上了。"阿莱莎咕哝了一声。但她也知道，穆克什先生和艾丹都会赞成的。

她看着旁边的一大堆"拯救我们的图书馆"传单。嗯，可以把它们扔进垃圾箱，换成"图书馆大聚会"了。

　　她快速地翻看着 Instagram 上的帖子，几乎一秒一条，努力地想要感受其他人的生活。明亮的灯光，穿着短裤的人在跳跃，泳池边的腿，在沙滩边撑着书的腿。有人趁自己的猫溜达的时候拍了张猫屁股的照片，还在猫的照片里面加上了詹妮弗·洛佩兹和伊基·阿塞莉娅的"翘臀"图像。超大翘臀。太好笑了。她上大学的朋友光着上半身站在比萨斜塔前，做出噘嘴的动作，看起来就像是他撑住了比萨斜塔。太酷了。

　　她已经厌倦了旁观别人的幸福生活。要是她在社交媒体上发帖，人们会怎么看她？会把她归类为"悲伤的妹妹"吗？她没顾上细细地思索，就拍了一段图书馆的视频——空无一人——还配了文字：明天上午十一点，来让这个地方热闹起来吧！

　　她做了个鬼脸，点击了"发布"。

　　艾丹会因为她这么犹犹豫豫而连连摇头的。

　　手里的电话响了，是蕾切尔。

　　"明天的图书馆聚会是怎么回事？明天？我现在才知道。你怎么没告诉我们？"

　　"什么？"

　　"刚看到你的帖子了。"

　　"你好快啊！"

　　"我是做社交媒体的，就是要快才行。"

　　"哦，其实就是像社区早会那样。你认识的，图书馆的那位穆克什先生，他提议要办这场活动来纪念艾丹。"

"我喜欢这个主意。你想告诉你妈妈吗？她就在旁边。"

阿莱莎顿时安静了下来。她不知道该说什么，不知道莱拉会怎么想。她会嘲笑这件事情吗？还是更糟，她会什么都不说吗？

"好啊。"阿莱莎的心开始狂跳，她深吸了一口气，"妈妈？"

电话的另一端只有沉默。"妈妈？"

"抱歉，莱莎，你妈妈回去睡觉了。我晚点儿再告诉她，好吗？"蕾切尔的声音在颤抖，阿莱莎听得出来，她很紧张。

"没事，谢谢你，蕾切尔。"

阿莱莎没有期待过什么——她从来都不会期待什么。

"阿莱莎，我已经发出去九十九份传单了！"穆克什先生在电话那头激动得话都说不清楚了。

"哇，太棒了！"阿莱莎努力地表现出热情洋溢的样子，"我还以为你会觉得太无聊，直接把它们扔进垃圾桶呢。"

"绝对不会！我还在前窗玻璃上贴了一张，但我总忘记它的存在，每次有爱管闲事的老邻居路过我家，走近看传单的时候，我都慌得要命，不知道他们干吗要凑那么近往我家窗户里看！"他从未如此活力四射过。

"穆克什先生，你真会开玩笑。"

"不，我是认真的！我差点儿就要对他们喊'滚出我家'了。总之，那绝对是个很好的广告位，我非常自豪！你们那儿还有剩的传单吗？"

"嗯，还有些。看来今晚得把它们发出去了。"她咬着嘴唇。

"必须这样！明天可就到日子了，不能再浪费时间了啊。"

阿莱莎挂断电话，往沙发上一靠，看着杰里米舅舅和妈妈。表姐坐在她旁边。那天下午，她们没有再提起"图书馆大聚会"的事。阿莱莎下班回来后，蕾切尔低声说："对不起，我不想跟她说这件事。你知道的。我不想惹她生气。"

杰里米舅舅做了他最拿得出手的炖羊肉，可今天实在太热了，没什么胃口。不过，阿莱莎还是大口吃了下去。眼下，她们都坐在这间屋子里消食。

他们已经很久没有像一家人那样聚在一间屋里了。艾丹肯定很喜欢现在的氛围。不过要是他还在，也会装作毫不在意的样子，可能还会先和朋友出去喝一杯。

不，她赶忙提醒自己，一定是记错了。对艾丹来说，家庭永远排在第一位。应该排在第一位。

"我得把最后这些传单发出去。"阿莱莎敲了敲放在她俩之间的那摞传单，对她的表姐说，"你一起来吗？"

蕾切尔拍了拍自己的肚子作为回应。"宝贝，我真的动不了。"

阿莱莎开玩笑地翻了个白眼："来嘛，走一走。"她的眼睛实际上在说，"我真的需要离开这里"。

"是个好主意，阿莱莎。去吧，蕾切尔。"杰里米舅舅贴心地劝道。莱拉微微一笑，表示同意。

两个年轻女人沿着街道往前走，起初谁都没说话。蕾切尔先开口问道："你还好吗？"阿莱莎发现，表姐的眼眶里满是泪水。

阿莱莎没有立即回答。她注视着传单。传单上面是扎克花哨的泡泡字体，写着"图书馆大聚会"。

"我还好，嗯。"她喃喃地说，"我想他，但这很正常。"

蕾切尔也没有立即应答。"他那么好。我现在都还觉得很不真实，这不可能啊。"

"这不合理。"阿莱莎在脑海里反复地回放着艾丹葬礼那天的对话，尽可能地远离这种糟糕的情绪。

她们又沉默地走了一段。阿莱莎突然感觉自己的心跳开始加速。这种情况最近时有发生。她知道，再过一会儿，自己就要喘不上气来了。"你拿着这些。"她递给蕾切尔一叠传单，"把它们贴在这边。我去街对面贴。贴哪家都行，不过那些看上去就没人住的就不用了。"

蕾切尔耸了耸肩。阿莱莎穿过马路，松了一口气，做了几次深呼吸。她放慢了脚步，觉得自己随时都可能昏倒。

有幢房子里传出了一声狗叫，她迅速地转身往外跑，差点儿被栅栏绊倒。她望向路对面，呼吸又急促了起来。蕾切尔在贴传单，没有注意到自己的表妹就要在夏天灼热的空气中窒息了。

她深吸了一口气。不知道该怎么办。她想到了莱拉：把自己藏起来，拒绝和任何人分享真相。她很害怕，不想过多地暴露自己。但她知道自己需要帮助，艾丹也需要帮助，他们都需要。还有蕾切尔，蕾切尔曾经是她最好的朋友。她很想念她，希望她能回来。她走到路对面，心跳慢了下来，额上的汗水在暑热之下迅速地蒸发消失。她挽住了表姐的胳膊。

蕾切尔看着她，轻轻地拍了拍她的手。"我在呢。"隔着一条马路，她似乎已经听到了阿莱莎的心声。

刚进家门，蕾切尔就叫了她一声，"阿莱莎。"屋内十分安静，只能听见细微的水流声，莱拉已经上了床，杰里米在洗碗，"你应该把之前发在 Instagram 上的帖子转发给艾丹的朋友，让他们知道这件事啊。"

"我做不到。"阿莱莎耸了耸肩。

"我来？"蕾切尔伸出手，阿莱莎把手机递了过去，感觉松了一口气，"这是能让大家开心起来的最后一个机会。"

"已经太晚了。"阿莱莎咕哝着，一屁股坐在沙发上。

但没过多久，蕾切尔就指着阿莱莎的手机让她看。推送里都是别人转发"图书馆大聚会"的消息。

"看，阿莱莎，我就说嘛。"蕾切尔笑着，阿莱莎盯着手机，提示灯不停地闪烁，每隔几秒钟就有一条新通知，"大家是真的关心，莱莎。他们都在乎。"

这是她哥哥的拿手好戏——把人们聚在一起。他活着的时候就经常这样。让他们觉得不那么孤独。

第三十九章
穆克什

嘟。"嗨，爸。我是迪帕利。我们马上出发——待会儿图书馆见，好吗？贾亚和贾耶什和我一起去。潘趣酒也带上了。"

嘟。"嗨，爸，普丽娅今天可兴奋了！我先把她送到你那儿，然后再去尼拉克什阿姨家拿高压锅，做最后的准备，好吗？普丽娅还多做了些仙女蛋糕，我也一起带过去，好吧？"

嘟。"嗨，爸爸。要不要我再多带点食物、饮品或者其他什么东西？需要的话，我还可以带些椅子去。记得跟我说！太好了——妈妈一定会为你感到骄傲的，你知道吧？她一直都很想在图书馆里做开放式早会。"

到了"图书馆大聚会"那天，穆克什起床后并没有什么要做的事，不禁有些惊讶。女儿们前一天晚上就已经打包好了咖喱饺、春卷和各种瓦达[1]，随时可以出发。

"别偷吃啊！特别是瓦达，我们做得不多，现在还特别烫，你要是吃了，肯定会后悔的！"前一天晚上，穆克什刚把手伸向厨房餐桌上放着的托盘，迪帕利就拦住了他。

"你要我把它们带过去，但不让我吃？"

"对，就是这样。"

迪帕利刚走，他就不服气地拿了一个。哎呀，迪帕利说得对。刚咬一口，嘴唇就烫得生疼，整个吃完还怎么得了。他倒了杯牛奶，又挖了几勺酸奶，才好不容易缓解了疼痛。

他很期待今天的来宾——新面孔、老面孔、友好的面孔。他希望阿莱莎的妈妈也能来，但这不太可能。莱拉还在痛苦中挣扎。要是他有个女儿或外孙女死了（神保佑，不要发生这种事），他根本无法想象，自己会有什么感觉。他可能再也不会起床、走出家门了。要是没了她们，世界在他的眼中将变为一片黑暗。

他新办了张青少年借书证，然后抢先一步借走了《少年派的奇幻漂流》《宠儿》和《傲慢与偏见》，准备在活动开始之前送给普丽娅。现在只要等她来就可以了。

穆克什想在等待的时候看会儿书，但他现在太激动了，静不下心来看新书。于是，他又把《时间旅行者的妻子》的前几页看了一遍——这些文字瞬间就把奈纳送回了他身边。他还记得第一次看这本书的时候，自己有多难过。现在再读，心态已经完全不同了。他

---

1 瓦达，也叫炸豆饼，是印度南部的一种面食小吃和街头小食，由豆类、香料、咖喱叶等原料炸制而成。

现在觉得，这本书洋溢着充沛的生命力。奈纳就在这里，在这些文字间，在这篇爱情故事里。她就在他心里，始终伴他同行。

门铃响起，把他从故事中拉回了现实世界。穆克什猛地跳将起来，脑袋有点儿晕。他突然觉得，奈纳就在门口。

"外公！"普丽娅走进屋子，"你吃了瓦达吗？"

罗希尼站在她身后几步远的地方，气冲冲地走进厨房，认真检查了每一个角落、每一个冰箱隔间，寻找被遗漏的零食。"爸爸，你吃了？"

"没有！"

"不，你吃了。"普丽娅"咯咯"地笑着，"迪帕利阿姨说有21个，我刚刚数了，只有20个！"普丽娅站在盛着瓦达的托盘边上，责备地竖起了手指。

穆克什脸红了。

"好了，我来送这个吧。"罗希尼端起托盘，"我现在要去尼拉克什阿姨家，你们俩自己去图书馆没问题吧？准备怎么过去啊？"

穆克什坚定地说："我们走过去就行。"罗希尼正儿八经地点了点头，快步走出门去。她做事就是这么风风火火。

"普丽娅。"穆克什说，"我为你准备了个惊喜！"

"惊喜？"普丽娅有些不确定。

"对。"穆克什拎起挂在楼梯扶手上的帆布包，从里面拿出了一张小卡片和三本书，然后把它们一起交给了普丽娅。

借书证上写着普丽娅·兰顿，是阿莱莎圆滚滚的笔迹。

"我的？"普丽娅低头看着它，"是阿莱莎工作的那家图书馆吗？"她抬起头，满怀希望地望着外公。

"是，阿莱莎还特意写上了你的名字呢！"

"这些书，都是给我看的吗？"普丽娅把它们并排放在楼梯上。

"你想看就可以看。不过，这本《宠儿》可能比较适合你妈妈这个年纪的人，但我还是想把它送给你，因为它确实是本好书。只是有点吓人。"

"我读过《黑衣女人》，那才叫吓人。"普丽娅骄傲地说。

"我没听说过耶。"

"外婆说她读过一次，把她吓得魂都飞了。"普丽娅用手捂住嘴，不让自己笑出声来。但穆克什能看见，她的眼眶里正闪烁着柔和的泪光。

"哈哈，孩子。"他把她抱进怀里，"普丽娅，外婆要是能看到你长成了个这么棒的小姑娘，肯定会很高兴的。你是她的骄傲。"穆克什的声音有些颤抖，"你也是我的骄傲。"

他们就这样彼此相拥了一会儿，穆克什的脑袋靠着她的脑袋。这座沉寂许久的房子突然又有了家的感觉。

"外公，"普丽娅先开了口，"我们去图书馆吗？"

穆克什看了下表，十点二十分。"哦，天呐！对，我们该走了！我还要去帮忙准备呢！"

等他们赶到图书馆的时候，离活动开始还有二十分钟，阿莱莎已经到了，和一个跟她长得很像的人站在一起。

"你好，阿莱莎！你还记得我吗？我是普丽娅。"普丽娅蹦蹦跳跳地走到阿莱莎跟前，今天一点儿都不紧张。

"当然啦，普丽娅。"阿莱莎微笑着，眼神却带着一丝悲伤，"你过得好吗？"

"谢谢你给我写的借书证。"普丽娅叽叽喳喳地说个不停，还把借书证递给她看，"我很喜欢你的字。"

"不客气。这样你就可以时不时地陪外公来图书馆啦，对吧？"

普丽娅用力地点了点头。

"嗨，穆克什先生。"阿莱莎和他打了声招呼。他一直站在几英尺外的地方，让普丽娅自由交流。

阿莱莎向穆克什介绍："这是我表姐蕾切尔。"穆克什微笑着与这位年轻女子握了下手。

"嗯，我们之前就见过。"他发觉自己的口音越来越重了。他在紧张。

外面来了两辆车，是罗希尼、迪帕利、尼拉克什和弗里蒂。一停好车，她们就端着一盘盘的食物下了车，直接送到了专门放食物的桌子上。

"为什么要把椅子摆成这样？"穆克什问阿莱莎。凯尔在旁边插嘴道："你看，先生，像这样聚在一起，其实更方便聊天。大家可以站在外面，拿桌子上的东西吃，里面的人就可以逛逛图书馆——享受这份安宁！我们希望能在这样的开放日里，为人们创造相互了解的机会。"

"其实，穆克什先生要的就是这样的开放日呀。"阿莱莎朝穆克什眨了眨眼睛。普丽娅牵着穆克什的手，夸张地"咯咯"笑着。

人渐渐多了起来。一些常客带着亲朋好友端来了一盘盘食物，还有一些人显然是第一次来。虽然并不像穆克什想象的那样，达到数百人的规模，但至少也有三四十人。他们得搬出更多的桌子来放食物。有各种馅的印度咖喱饺、烟熏烤鸡、撒了辣椒粉的薯条，还有芒果、培根香肠卷、迷迭香素食香肠（后来成了穆克什的新宠）、普丽娅做的仙女蛋糕，还有不知道什么馅的乳蛋饼。那是肉，还是塑料？插着牙签的奶酪块，还有各种酸辣酱。可谓是盛宴。

周围的说话声和欢笑声吵得让人心烦，穆克什走到里面，在椅子上坐了一会儿。他环顾四周，生怕大家都盯着这边看。光亮的书架上成叠地放着书，曾经洁白的书页已日渐泛黄；新椅子坐着很舒服，那些旧椅子就没那么好了。他从头到脚都很平静。一想到活动结束后回到家里，坐在最喜欢的椅子上放松地读一本新书，他的内心就充满了期待。他希望今天初次来这里的那些人也能享受读书的乐趣。普丽娅舒舒服服地靠在书架中间的豆袋椅里。她注意到了他的视线，也报之以微笑。几周前的他绝对想不到会有这一刻。他知道很多事情都变了，有好也有坏……但这是一个美好的时刻，一个最令人愉快的时刻。

穆克什正啃着素香肠，突然看见罗希尼一手托着纸盘，另一只手拿着满满一杯水走了过来。

"我又给你拿了些香肠！"周围很吵，她放大了音量，"还有英迪拉阿姨自制的香料茶！"

"英迪拉来了？"

"嗯，显然她是个常客——她来这里看书也有段时间了。你怎么从来没说过这事？她今天特别健谈。"罗希尼说。

"英迪拉，健谈吗？这可算是件新闻了！这样看来，我还得在这里多待一会儿……"穆克什笑了，"你知道吗？"他小声地说，"上次和她聊天，我花了两个小时才脱身。"

罗希尼哈哈大笑。"爸爸！"她劝他，"对她好点儿吧，她很孤单。这不就是今天这场活动的意义所在吗？妈妈真的很喜欢英迪拉阿姨，一直都在照顾她。"

穆克什看着他的素香肠，捏着牙签转。"你说得对。"罗希尼轻柔但坚定地拍了拍穆克什的腿，她向穆克什表示了歉意。

"不管怎么说，爸爸，我想说声抱歉。我对你并不是很好。总是替你做决定。但看看别人，你已经做得很好了。"她用下巴指了指普丽娅，"普丽娅也说过，这个夏天和你待在一起的时候，她都很开心。"

穆克什不知道该说什么。"你为阿莱莎所做的一切也能证明，你是个很好的朋友。"

穆克什羞红了脸，不敢和女儿对视。"应该是你妈妈最后给我灌输了一些有用的东西吧。"

"妈妈去世之后，我觉得你需要有人照顾，我又不相信你能照顾好自己。我在试着照顾你的时候，又忘了给你足够的陪伴。我很抱歉。"

穆克什轻轻地笑了笑，紧紧地握了握女儿的手。

"我要出去帮迪帕利逃离英迪拉的魔爪，但我还是希望我们能多见面、多相处。这会是妈妈所希望的。我现在懂了。"

穆克什还没来得及回应,罗希尼就走了。他的喉咙里发出了一阵嘶哑的声音,在和别人说话之前,他得先清清嗓子。

他端着纸盘往嘴里塞食物,一边看着窗外的人群,一边聊天。庙里的人没有单找庙里的人交谈,他们和每个人都谈笑风生。看到这样的情景,他感到很欣慰。那些(应该是阿莱莎邀请来的)人——她的朋友、艾丹的朋友——甚至能和老人们打成一片。穆克什笑逐颜开。

又开来了一辆车。扎克从车上跳了下来。

他笑了。阿莱莎应该会开心吧。

随后,穆克什发现,那辆车的前座上还有个人在向窗外张望。这是真的吗?他必须找到阿莱莎,告诉她:莱拉来了!

第四十章
穆克什和阿莱莎

阿莱莎正往酒杯里倒潘趣酒。高温之下，冰块融化得很快，图书馆冰箱里的冰块可能不太够用。

"你知道潘趣来自印地语里的'潘奇'吗？"一位穿着华美纱丽的老妇人对她说。阿莱莎在图书馆里见过她。她总是待在某个角落里和别人聊天，声音很小。她只好请她再说一遍，这才听明白。

"我不知道。"阿莱莎笑着对那位女士说。她的头发向后挽成发髻，用网兜包着，没有一丝碎发落在外面。

"潘奇意思是五。也就是说，潘趣酒里要用到五种配料。你放了多少种？"

阿莱莎耸了耸肩，她完全不知道——这是迪帕利做的。这时，一个戴着贝雷帽、穿着布列塔尼上衣的年轻女子走了进来。阿莱莎知道自己先前在图书馆里见过她。

"英迪拉！"年轻女子喊道，"你过得好吗？我都好久没见到你了。"

"噢，伊兹。"老太太笑得合不拢嘴，"没办法，我的坐骨神经一直在痛，这段时间都卧床休息呢。但今天是个重要的日子，我肯定要来啊！你从图书馆那个男人那里打听到阅读清单的消息了吗？就是我发现的那张。这么长时间了，我一直记挂着这件事呢，孩子。"

这个女子说话简直像机关枪一样。阅读清单吗？阿莱莎竖起了耳朵。

"还没有呢。完全是个谜。我们可能永远都不会知道了——但你看，我们不是因此收获了很多吗？要不是因为它，我可能就没机会认识你啦，英迪拉！"伊兹夸张地笑着，"你想尝尝红茶菌[1]吗？我自己做的，还加了蜂蜜。"

阿莱莎闻到了红茶菌的味道，在高温天气中散发着阵阵恶臭，就赶紧逃了出去。她把刚刚听到的关于清单的事记了下来，准备调查一番。她朝那个年轻女子的方向看去，刚好看见了扎克的车。

"阿莱莎！"穆克什气喘吁吁地指着扎克，"有人找你！"

当扎克端着砂锅走过来时，她屏住了呼吸，迫切地想看一眼，和他一起来的那个人是谁。她的心都提到了嗓子眼。

"活动办得很精彩！"他大声地说，"嘿，来见见我妈妈吧？"

---

1 又名红茶菇、茶菇、康普茶，因普遍在加糖的红茶中培养而得名。

阿莱莎一下子没了胃口。从车里下来了一个女子，她手里还端着个盘子。她原本还以为，那会是她妈妈。她不觉得莱拉会来。但她心里一直希望她能来。

"嗨。"扎克的妈妈走了过来，阿莱莎和她打了个招呼。她看起来既年轻，又时髦，一头优雅的金发。她穿了一双高跟凉鞋和一件轻薄的衬衫，似乎并不适合站着吃自助餐。"很高兴见到你。"

"我也是，亲爱的。听到你哥哥的事，我很难过。扎克告诉我的。不过，这样的活动真是太棒了。希望你外公会喜欢我做的素食炖锅。"她对着穆克什点了点头。而他正疯狂地向扎克挥手。

"啊，他不是我外公。"她笑道，"他是我的朋友，也是图书馆的常客。但还是谢谢你。谢谢你能来。这对我来说很重要。"阿莱莎很高兴能见到她，但依然难掩内心的失望。她想回家，想把莱拉从踢打和尖叫的状态中拖出来。

萨摩斯走进图书馆的门，大声地呼喊着："围过来，围过来。"人们不情愿地停止了他们的谈话，渐渐地聚拢了过来。

"塞缪尔，不要拉那位女士的裙子。过来！"就在人群快完全安静下来的时候，一位母亲对她的儿子喊道，"该死！对不起！"她大喊道，"对不起！"

阿莱莎扫视了一眼人群，轻轻地笑了一声。这里现在大约有五十个人，什么年龄层都有。她又看到了穿着布列塔尼上衣的女孩，那个粉色头发的常客，还有那个科普读物爱好者……哇，她已经很久没见过他了。本尼和露西跟他们的家人一起挤在后面。她能认出某些曾在艾丹手机相册里或社交媒体上看到过的面孔，但她不认识的还是占大多数。也有一些显然是穆克什的朋友，还有一些就不知道和谁有关系了。她看到了悬疑小说爱好者克里斯和他的父母，他们仨长得就很明显是一家人，也都微驼着背，双手插在口袋里。她和克里斯目光交错，克里斯微笑着举起一本书向她挥了挥，是《杀死一只知更鸟》。

好像已经是很久之前的事了。这位悬疑小说爱好者把这第一本书递给了他，书里就夹着那张神秘的清单。直到今天，她依然很好奇，是不是他为她整理出了那份清单？他知道清单的存在吗？

"谢谢你们能来。"萨摩斯在人群中搜寻，终于找到了阿莱莎，然后对她招了招手。她不情不愿地往前排走，从穿着纱丽、夹克或T恤的人群中经过。她觉得非常尴尬。

她终于走到了最前排，羞红的脸颊上已经冒出了一层薄薄的汗珠。希望大家都把这当成是她皮肤自带的光泽感。萨摩斯又开始寻找穆克什。

穆克什向前走了两步，他一直就站在人群边上。

萨摩斯开始了发言："我想感谢我们出色的图书管理员之一阿莱莎，以及哈罗路图书馆的常客穆克什·帕特尔。感谢他们想出了这个主意，举办了今天的开放式早会活动。很高兴你们能来，也希望你们以后每周三都能继续前来。来吃吃蛋糕，再看看书！我知道，我们这里并不是这个街区最大的图书馆，但我们努力地想把这里变成一处洋溢着平和与友善气息的图书馆。我们希望能得到各位的支持，让这家图书馆继续存在下去，成为温布利的历史和未来中重要的一部分。"

穆克什靠着麦克风架，声音有些颤抖，回应说："书很好！"一听这话，有几个人忍不住笑了，包括迪帕利、罗希尼和普丽娅。他停顿了一会儿。在思考还能说些什么的时候，他突然在人群中发现了奈纳的身影——她完好地站在那儿，微笑着，鼓励地向他点了点头。

穆克什继续说："我很感谢阿莱莎、萨摩斯和那个年轻人凯尔。在他们的帮助下，我又找到了家的感觉。希望这样的活动每周三都能举办一次。大家都知道，周三是购物日——反正都要出门，为什么不顺便来一趟图书馆呢？"

阿莱莎看得出来，穆克什很紧张，说话也有点儿结结巴巴的，但他肯定很享受万众瞩目的感觉。他以前还说，自己讨厌成为关注的焦点呢——他那肯定是在说谎。

"我的奈纳，我已故的老伴。"他把目光投向了人群中的奈纳，他的眼睛有些刺痛，内心也有些空虚，"她爱书。而我在踏进这里之前，对书几乎没有一点儿了解。这间图书馆缩短了我和她之间的距离。归属感是很重要的，我希望大家都能来这里，和我一样，享受这种归属感。"

阿莱莎点了点头。

"还有，请大家一起举杯，或举书，纪念艾丹·托马斯。一位非常热爱这座图书馆的年轻人！"

穆克什交还了麦克风，走到一旁。他说完了想说的话，四周陷入了一片寂静。罗希尼拿起一张纸巾遮住了嘴巴。穆克什再一次环顾四周。阳光照在停车场的汽车上，又透过图书馆的窗户折射进来。穆克什的眼前出现了在书中读到的所有角色。派和他那只可怕的老虎待在一起，显得格格不入；伊丽莎白·贝内特仍是那副欲擒故纵的样子，达西就站在她身后几步远的地方；马奇太太和她的小妇人们手挽着手；阿米尔和哈桑又重新回到了少年时代，无忧无虑地拿着风筝在停车场里奔跑。奈纳站在正中间——仍然面带微笑，双手放在胸前。

阿莱莎和穆克什坐在窗边的老地方，图书馆里又恢复了宁静。吃空了的餐盘里堆满了垃圾，证明着当天的盛况。

"阿莱莎？"穆克什小心翼翼地问道，"你觉得怎么样？艾丹会喜欢吗？"

阿莱莎也在问自己同样的问题——来了那么多人，和新认识的人谈笑风生，甚至还特意去拿图书馆的传单看。她真希望艾丹能亲眼看到这一切。"我觉得他会喜欢。"她想了想，又说，"不。他肯定超级喜欢。"

穆克什轻轻地叹了一口气，很是满足。"他会为你感到骄傲的，孩子。"他看着阿莱莎的眼睛，"你做了这么多事。"

阿莱莎心中涌动着一股情绪，眼泪夺眶而出，流满了脸庞。她从椅子上跳起来，走到一张桌子旁，把遗落在上面的那块桌布塞进了帆布包里，不敢与穆克什对视。

"我能问问，下一本是什么书吗？我很想看。"穆克什察觉到了阿莱莎的尴尬，急忙换个话题，好让她放松下来。

她点了点头——似乎看见艾丹就坐在穆克什旁边的椅子上，读着《时间旅行者的妻子》。

"要不你明天再来一趟，我给你做做推荐？"

"谢谢你，阿莱莎。"过了一会儿，他小心翼翼地从座位上慢慢站了起来，"孩子，你今天做得很好。"他的微笑很有感染力。

"谢谢你，穆克什先生。"她声音很轻，不停地擦着桌子，装作在忙的样子。穆克什熟练地按下了"自动开门"的按钮，走出了玻璃门。走出一段距离后，阿莱莎叫住了他："啊，等等！"他小心翼翼地转过身来，"对不起，他们让我问问你，能把《司机专用公路驾驶守则与理论测试》送回来吗？"穆克什的脸瞬间变得通红。他匆匆地点了点头，然后就走开了。

阿莱莎又想到了那个从扎克车里下来的女人。她从来没想过会是莱拉，那可真是一个遥不可及的梦。今天应该是属于艾丹的一天，她允许自己怀着希望。

第四十一章
阿莱莎

阿莱莎走在家门前的街道上，往家的方向看了一眼。窗户和平时一样紧闭着，屋里一片漆黑，每个房间的窗帘都半掩着。蕾切尔和杰里米去采购晚餐食材还没有回来，他们的车不在。她突然感到一阵恐慌。莱拉还好吗？他们离开家多久了？她一心想着策划活动，把莱拉独自待在家这件事忘到了九霄云外。

她加快了脚步，然后开始小跑。跑到 79 号一看，莱拉正坐在门前的台阶上，家门敞开着。

"阿莱莎，对不……"莱拉想说抱歉，但声音越来越小。

莱拉穿着一身深蓝色的衣服，是艾丹的连帽衫和运动裤。阿莱莎朝她走去，她想站起来，但没有力气。阿莱莎弯下身，一把抱住了她。

莱拉和阿莱莎就这样相拥着坐了一会儿。阿莱莎收回了所有的怒气。她不再生气了。她没有生气的力气了。这不是艾丹所希望的。她只想让妈妈变回原来的样子。她闻着莱拉洗发水的椰子味和艾丹连帽衫的霉味。

"妈妈，没事了。"

"没有，阿莱莎，"莱拉轻轻地挣脱了她的怀抱，"真的对不起。我想去的。我试过了。可我就是做不到。"

"妈妈，没关系。"阿莱莎真希望莱拉能亲眼看见，今天来了那么多人，都是为艾丹而来的人。

"你看。"莱拉又一次挣脱了阿莱莎的怀抱，然后掏出了一张纸。是用莱拉的高级打印机打印出来的——因为纸很厚，细节也很清楚。是一封电子邮件。

"我在图书馆登记注册了。"莱拉笑了，"我知道这看起来很蠢，但我喜欢你给我读书。我想多做一些这样的事。我知道，可能要过一段时间，我才能振作起来，自己去那里。但……我是认真的。我知道你哥哥也很喜欢。他从小就很喜欢。你看。"莱拉指着邮件最下面的一行字。

一本已预留：《杀死一只知更鸟》，哈珀·李著。

阿莱莎不知道该说什么。她把莱拉抱得更紧些。她知道这不是结束，只是开始。她这才发觉，莱拉走出了家门，而且是独自一人。没有发抖，呼吸正常，能进行眼神交流。她在努力地适应。

"要不，下周我们一起去？"

"好。"

"但要先去看医生。"莱拉亲吻了女儿的脸颊，"可能需要你陪我一起去。"

阿莱莎愣住了。她深吸了一口气，尽力保持着声音的平稳。"妈妈，太棒了。我真为你感到骄傲。"这是她的真心话，每个字都出于真心。如果艾丹还在，该有多好。

那天晚上，阿莱莎和莱拉坐在客厅的阴凉处。窗户敞开着，一阵和煦的微风吹了进来。

她们一整个下午都在翻看婴儿照，有艾丹的，也有阿莱莎的。一张一张地拿出来看。莱拉看到每张照片都会为之一振，脑海中就会浮现出那一段回忆。在海边度假时下起了倾盆大雨；婴儿时期的艾丹在洗澡，头上顶着一堆泡沫；艾丹学习冲浪；艾丹和阿莱莎在学校的第一张合影……

看完照片后，一想到已经永远失去了艾丹，她们就又陷入了痛苦之中。阿莱莎翻开了清单上的最后一本书《如意郎君》，然后开始大声地朗读。

很快，莱拉和阿莱莎就见证了一场婚礼。鲁帕·梅拉太太告诉她尚未结婚的女儿拉塔，自己将替她挑选一位如意郎君，把她嫁出去。

这本书十分有趣，也很具有吸引力。她们似乎亲眼见证了那场在客厅里举办的婚礼——看到鲁帕·梅拉的严厉态度，莱拉露出了微笑。

"我不是那样的人，对吗？"

"不总是这样。"阿莱莎笑着说。

母女俩似乎被卷入了别人的故事之中。故事的主人公也是一对母女，是妈妈要为年轻的女儿寻找如意郎君的故事。

"真是活灵活现。"莱拉说，"这么多有着不同背景和信仰的角色，所有的线索还能清楚地串联起来。真是太美妙了——我要把它画出来。"

阿莱莎眼前一亮。莱拉已经好几个月没谈过艺术了。她可不想毁了因作者的文字才存在的这一刻，赶紧接着往下读。

为什么把这本书作为清单上的最后一本？写下清单的人是依照了什么特别的顺序吗？她回想着那些书曾带她经历过的旅程，去过的那些地方——亚拉巴马州的梅康镇、康沃尔郡和喀布尔、太平洋中央、英国某郡、马萨诸塞州、辛辛那提，最后是印度的布拉马普尔。那一个个角色让她体会到了不公与孩童般的纯真，恐惧与不安，内疚、遗憾与强大且永恒的友谊，达西先生的若即若离（一提到《傲慢与偏见》，她还是会想到扎克），还有小妇人的坚决，创伤的影响，希望，信仰与社区的力量。现在，翻开《如意郎君》，相当于又踏上了一段新的旅程。

"那是什么？"莱拉盯着书看。

阿莱莎抬眼望去。"什么？"

"书里吗？"

"他们刚结束婚礼——新娘萨维塔和新郎普兰。"

"不，我是说，这本书后面有东西。"

阿莱莎停下来，快速地翻到了最后一页。

莱拉说得对：这本书塑料护封里塞着一个信封。因为《如意郎君》很厚，信封已经被挤皱又压平了。

她小心翼翼地把它取了出来，好像它是一件被掩埋了的珍宝一样。

"这是什么？"莱拉问道。

"一个信封。我猜里面应该是一封信。"阿莱莎把它翻过来，看看有没有写收件人的信息。

穆克什。

"妈妈。"阿莱莎说，"这好像是写给穆克什先生的信。"

"什么？"

"这封信。"她把它举了起来。

莱拉眯起眼睛："你觉得这字迹和阅读清单上的一样吗？"

阿莱莎从手机壳里抽出了那张阅读清单。但她其实根本不需要对照着看。清单上的字迹已经深深地刻在了她的脑海里：每一本书，每一个精心勾画的"y"和"i"。

她把清单和信封都递给了莱拉。这种艺术方面的事，是妈妈所擅长的。

"一模一样。这是……是写给你认识的那个穆克什的吗？帕特尔先生？"

阿莱莎耸了耸肩，轻轻地抚摸着纸张。"嗯……我们来看一看。"

"好啊，别忘了我们读到哪里了啊。"

阿莱莎皱起了眉头，有些困惑。

"我说这本书。"莱拉说，"我想知道接下来会发生什么。"

第四十二章
穆克什

　　穆克什打开门，一看到是她，露出了灿烂的笑容。"阿莱莎！我邀请你来的吗？对不起，我忘了。我没做饭，家里也没什么吃的。自助餐吃得实在太撑了！要不你明天再来？明天普丽娅要来……她肯定很想再见到你。"他扫视着自己的屋子，看看有什么不适合让客人看到的东西，"还是说，你是来拿《司机专用公路驾驶守则与理论测试》的？"

　　"不，不是的。别担心，帕特尔先生。我们没有约好今天要一起吃晚饭。我只是过来，呃……我找到了一个东西，应该是给你的。"

　　她递出那本《如意郎君》。

　　"哦，不！阿莱莎，我知道我的阅读能力比以前强了些，但说实话，这本书现在对我来说还是太难了。我会看睡着的。"

"先说一句，穆克什先生，我看到现在，都觉得这本书特别好。你应该会喜欢的。等你读完这本书，普丽娅可能也长成了个大姑娘，可以开始看这本书了。"阿莱莎哈哈大笑，"这里。"她把书翻到最后一页，露出了一个信封，她把信封拿出来递给他，"我发现了这个，应该是留给你的。但在你看这封信之前，我得告诉你……"她咽了下口水，突然紧张了起来，"之前我发现了这份清单……一份阅读清单。我们之前看的书都在这上面。"

"你把书名写下来了？阿莱莎，你真是个好图书管理员，服务得真周到。真好。"他连声夸赞。

"不，穆克什先生，这些都是别人推荐的书。我一直在耍小聪明。你还记得我说过，我对书一无所知吗？"

"记得，你真是个谦虚的姑娘。"

"不，穆克什先生，我真的什么也不懂……我曾经什么都不懂。在你来的那天，我刚好发现了这份清单。我想……我不知道。我想，要是我读完之后觉得不错，就可以推荐给你看。"

他又低头看了看信封。"穆克什。"他念着自己的名字，就像从来没听过这个名字一样。

"我想这——"

"奈纳。"他打断了她的话，"这是她的笔迹。"

"这份清单，应该是奈纳写的。"

她把清单也递给了他。他的手在颤抖。"还有那封信，那封信是写给你的。"

穆克什抬头看着阿莱莎，好像不认识她似的，仔细地看着她的脸。他一只手拿着信封，另一只手拿着清单。阿莱莎微笑着，拍了拍她朋友的肩膀，然后就离开了。

过马路的时候，有个年轻人靠着墙站在对面。有那么一瞬间，她还以为那是艾丹。他笑了——只对着她笑了。

阅读清单的漂流之旅：奈纳
2017

　　奈纳送出了一份清单，夹在一本《杀死一只知更鸟》里面。希望克里斯能看看这本书——这和他平时喜欢看的悬疑小说完全不同，但她觉得，读些不同类型的东西可能会对他有所帮助。他受了伤。而书籍拥有治愈的力量。

　　从图书馆里借来的书都堆在她的床头柜上。她的终极图书馆阅读清单。都是她最喜欢的书，陪着她成长的书。她和它们在恰当的时候相遇，在她需要的时候给她慰藉，为她提供栖身之所，从现实中抽离，更有力量地去爱，敞开心扉，让别人靠近。她又把它们读了一遍，应该也是最后一遍了。

　　提出要她留下一份阅读清单的人是普丽娅。"外婆，总有一天，我要把你最喜欢的书一本本地读完。你是我认识的，最棒的书迷！"

孩子可能只是随口一说，奈纳却记在了心里。她知道自己命不久矣——但她还想留下些回馈，留给温布利，留给爱她的人。这些书教会了她这么多东西，是时候该把它们传下去了。她希望这些清单能与有缘人相遇——超市、公交车站、图书馆、瑜伽馆、社区花园……在哪里都行——点亮他们心中的希望，哪怕只有片刻。至于英迪拉，直接给可不行——英迪拉很骄傲，她会嘲笑奈纳这个主意，等一个人待着的时候就把它扔掉。她想把清单揉皱了丢在英迪拉的鞋架上吧，虽然有点蠢，但命运之神应该会帮她的。她希望英迪拉能看看书，如果能去图书馆的话，就更好了。

现在只剩下一张清单了。她知道该把它给谁：穆克什。他从来都不爱读书，但她希望，等她不在了，他会对奈纳总围着转的这些东西产生好奇。她不想让他孤单度日。每次难过的时候，他都只想一个人待着。她心想，有了这张清单，就算他一个人待着，也会在书中获得些许陪伴。这些书或许可以激励他去认识新朋友，尝试新事物，也可能从中获得一些智慧。

她又扯掉了一张信纸——已经不知道写了多少遍了。虽然她读过那么多书，但要找到合适的字眼，对那个与她共度过一生中最快乐时光的人说"我爱你"，似乎依然是一件非常艰难的事。

她深吸了一口气，刚一落笔，眼泪就滴在了信纸上。

穆克什：

这封信的开头我已经起草了十几二十遍，可我还是不确定，自己到底想说什么。谢谢你！谢谢你爱我，成为我的朋友，我的灵魂伴侣，携手走过了五十载春秋。能与你相遇，一起组建家庭，我真的很幸福。我为我们所拥有的生活感到骄傲。虽然平凡，却洋溢着爱。这都多亏了你。

你要明白，就算没有了我，你也可以好好地过下去。但你需要突破自己，穆克什，不停地挑战自己，去和陌生人交谈，去做些没做过的事情。你要把我们的生活之道分享给孩子们听，照看好她们，接受她们对你的照顾，不要有心理负担。小普丽娅很害羞——和她一起看书之后，她才慢慢地对我敞开心扉。你最好也试试这法子。她也想和你亲近的。希望你们俩都能跨出那一步。

你得跟自己和解。我知道你很愤怒，也很伤心。但我得癌症并不是谁犯了错。生活有的时候就是这样。当你看到这封信的时候，我应该已经不在了，你的下一段人生才刚刚开始。好好享受吧，你的下一段人生必然会和我们刚在一起时的那段时光一样特别。

保持善良，保持一颗同情心，坚持做自己。穆克什，在我心里，你就是最优秀的。如果遇到了爱情，不要害怕再次坠入爱河。如果真是这样，我会为你感到高兴的。记住，不管到了什么时候，一家人就是一家人。

献上我全部的爱

奈纳　吻你

另外，这些书让我更了解自己，塑造了我和我的整个世界——希望它们会给你带来光明和欢乐。如果你想我，看看这些书，就能找到我。我爱你。

　　还有，普丽娅应该也会喜欢这些书——不过可能要等到她再长大一点，才能看得懂。

　　她刚把清单和信一起塞进信封里，就听见了穆克什沉重的脚步声。她匆匆地把信封坐在了屁股下面，把笔塞进了床头柜里。

　　"奈纳，"穆克什探出了头，"你要不要喝点儿香料茶？"

　　"好啊，听起来不错。"奈纳应声道。穆克什轻手轻脚地走开了。奈纳慌忙地把信封抽出来。已经被压得皱巴巴的了。她叹了一口气，把它塞进《如意郎君》的末页与封底之间。如果说有哪本书能把一封信压平的话，那肯定是这一本。

　　"袋装香料茶可以吗？"穆克什的声音传来。

　　"可以啊，我最爱喝了。"奈纳答道。

作者的话

我的阅读清单

　　虽然本书中的阅读清单是由一名角色列出的，但我还有很多想加进去的书。这些书改变了我对写作、对人、对世界的看法。它们激励了我，感动了我。我从这些书中学到的东西比在任何一门学校课程中学到的都要多。这些书引领着我成为一名读者，并最终成为一名作家。

　　以下是我的阅读清单：

裴帕·拉希莉，《同名人》（*The Namesake*）

阿兰达蒂·洛伊，《微物之神》（*The God of Small Things*）

扎迪·史密斯，《白牙》（*White Teeth*）

奇玛曼达·恩戈兹·阿迪契，《美国佬》（*Americanah*）

凯瑟琳·海尼，《标准差》（*Standard Deviation*）

罗欣顿·米斯特里，《大地之上》（*A Fine Balance*）

川上弘美，《时晴时阴》（*Strange Weather in Tokyo*）

安吉拉·卡特，《魔幻玩具铺》（*The Magic Toyshop*）

玛雅·安吉洛，《我知道笼中鸟为何歌唱》（*I Know Why The Caged Bird Sings*）

阿提亚·侯赛因，《映照在折柱上的阳光》（*Sunlight on a Broken Column*）

阿莉·史密斯，《纵横交错的世界》（*There But For The*）

这些书都在我最需要的时候给予了我帮助。每一本我都记得很清楚。书中的那些人物就像是我的朋友，甚至可以说是家人。我能清楚地回想起当时的情景，以及翻到最后一页时的感受。它们一直陪伴着我，直到现在，直到遥远的将来。

图书在版编目（CIP）数据

阅读清单 / (英) 莎拉·尼莎·亚当斯著；王喆，
陈榆译 . -- 北京：北京联合出版公司 , 2024.5
ISBN 978-7-5596-7481-4

Ⅰ . ①阅… Ⅱ . ①莎… ②王… ③陈… Ⅲ . ①长篇小
说－英国－现代 Ⅳ . ① I561.45

中国国家版本馆 CIP 数据核字 (2024) 第 050086 号

北京市版权局著作权合同登记 图字：01-2024-0876 号

Copyright © 2021 SARA NISHA ADAMS
Published by arrangement with Madeleine Milburn Literary,
TV & Film Agency, through The Grayhawk Agency Ltd.
All rights reserved.

阅读清单

作　　者：[英] 莎拉·尼莎·亚当斯
译　　者：王　喆　陈　榆
出 品 人：赵红仕
责任编辑：刘　恒
出版统筹：慕云五　马海宽
项目监制：王　鑫
策划编辑：大　风
封面设计：朱　琳

北京联合出版公司出版
（北京市西城区德外大街 83 号楼 9 层　100088）
北京联合天畅文化传播公司发行
北京中科印刷有限公司印刷　新华书店经销
字数 288 千字　880 毫米 ×1230 毫米　1/32　13.5 印张
2024 年 5 月第 1 版　2024 年 5 月第 1 次印刷
ISBN 978-7-5596-7481-4
定价：59.00 元

版权所有，侵权必究
未经书面许可，不得以任何方式转载、复制、翻印本书部分或全部内容。
本书若有质量问题，请与本公司图书销售中心联系调换。电话：(010) -64258472-800